U0096353

中國新聞史研究輯刊

四編

主編　方漢奇

副主編　王潤澤、程曼麗

第1冊

臺灣解嚴解禁時期的媒介語言研究（上）

曹　軻　著

花木蘭文化事業有限公司

國家圖書館出版品預行編目資料

臺灣解嚴解禁時期的媒介語言研究（上）／曹軻 著 — 初版 —
新北市：花木蘭文化事業有限公司，2019〔民 108〕
目 2+208 面；19×26 公分
（中國新聞史研究輯刊 四編；第 1 冊）
ISBN 978-986-485-810-1（精裝）
1. 新聞史 2. 報業 3. 臺灣
890.9208　　108011507

中國新聞史研究輯刊
四 編 第 一 冊　　ISBN：978-986-485-810-1

臺灣解嚴解禁時期的媒介語言研究（上）

作　　者　曹　軻
主　　編　方漢奇
副 主 編　王潤澤、程曼麗
總 編 輯　杜潔祥
副總編輯　楊嘉樂
編　　輯　許郁翎、王筑、張雅淋　美術編輯　陳逸婷
出　　版　花木蘭文化事業有限公司
發 行 人　高小娟
聯絡地址　235 新北市中和區中安街七二號十三樓
　　　　　電話：02-2923-1455／傳真：02-2923-1452
網　　址　http://www.huamulan.tw 信箱 hml810518@gmail.com
印　　刷　普羅文化出版廣告事業
初　　版　2019 年 9 月
全書字數　408645 字
定　　價　四編 13 冊（精裝）新台幣 26,000 元

臺灣解嚴解禁時期的媒介語言研究（上）

曹軻 著

作者簡介

曹軻，陝西咸陽禮泉人，暨南大學新聞與傳播學院教授。本科畢業於上海復旦大學新聞系，2017 年獲暨南大學博士學位。

提　要

三十年前的全球第三波民主化浪潮中，臺灣在經濟奇蹟之後發生「寧靜革命」，1987 年前後解除戒嚴、解除黨禁、解除報禁。黨外運動中產生了「忠誠的反對黨」，而反對運動和反對派在衝突、抗爭與妥協中，產生了獨特的反對語言，並在街頭運動、議會抗爭和媒體傳播中形成反對語言在製造衝突、製造議題、佔據話題上的功能和策略。

解嚴解禁這個歷史轉折的關鍵節點，社會體系全面解套，語言禁區和政治禁忌逐一打破，形成了獨特的解禁語言，並在報禁開放的子系統、「冷系統」中呈現出解禁語言與管制鬆動、形態鬆綁和權威失靈的互動性特徵。

臺灣政治轉型與社會的轉型正義，帶動反對語言、解禁語言的轉型和遷移，形成了獨特的轉型語言，並在政黨轉型的角色互換、轉型媒體的語法轉換中，展現出語言衝突與進化、語言基因突變的新特點。

臺灣解嚴解禁中的語言演變，相繼催生和孕育了獨特的反對語言、解禁語言和轉型語言，在取得合法性的搏弈和互動過程中，這三種特色語言的交織和遞進、激發和擴張，形成一個奇特而鮮明的媒介語言生命週期。

對報禁開放政策和新聞自由的「回歸式」再反思，印證了媒體難以逃脫的工具性本色，報禁記憶的「自我美化」同樣逃不脫語言運動的生命週期。

本書由暨南大學新聞與傳播學院文本實驗室提供支持

目次

上冊

緒論　臺灣解嚴解禁與媒介語言演變 …… 1
第一節　研究目的：解析獨特的語料庫 …… 1
第二節　文獻綜述：沒有禁區但有盲區 …… 7
第三節　研究方法：媒介語言生命週期 …… 13
第一章　反對運動、反對黨與反對語言 …… 21
第一節　反對運動的演進過程 …… 21
第二節　反對政治的自我超越 …… 35
第三節　反對理論的成熟體系 …… 51
第四節　反對語言的媒介策略 …… 66
第二章　政治解嚴、報禁解除與解禁語言 …… 101
第一節　社會體系全面解套 …… 101
第二節　語言禁區邊界失守 …… 131
第三節　報業鬆綁變態失態 …… 148
第四節　自立失利黨報失勢 …… 164
第五節　傳播論述失去權威 …… 189

下冊

第三章　轉型政治、轉型正義與轉型語言 …… 209
第一節　轉型政治的政治正確 …… 209
第二節　轉型正義的語言遷移 …… 263
第三節　轉型媒體的語法轉換 …… 295
第四節　轉型語言的基因突變 …… 315
第四章　媒介語言演變的生命週期 …… 323
第一節　報禁政策回歸式反思 …… 323
第二節　警惕記憶的自我美化 …… 348
第三節　媒體難脫工具性本色 …… 365
第四節　語言的生命在於運動 …… 381
參考文獻 …… 387
附錄　親歷者訪談 …… 397

緒論　臺灣解嚴解禁與媒介語言演變

第一節　研究目的：解析獨特的語料庫

一、臺灣解嚴解禁過程：催生無比發達的轉型語料庫

臺灣政治解嚴、報禁解除中報業結構和形態發生了什麼變化？

臺灣政治轉型、社會轉型中媒體與政黨的關係發生了什麼變化？

臺灣政黨競爭中的表達自由帶來媒體語言形態發生了什麼變化？

30 年來媒體在不斷反思和批判過程中得出什麼樣的經驗教訓？

這是研究臺灣 30 年前解嚴解禁中新聞與傳播領域變化的常見問題。對開放報禁政策的最高評價，也是對新聞輿論角色的最高評價是這樣說的：「人們普遍認爲，『解嚴』、『解禁』的三大主題（結束戒嚴、解除黨禁、開放報禁）最關鍵的還是解除報禁，如果不開放報禁，結束戒嚴和解除黨禁就是一句空話；反之，如果開放報禁，即使當局不宣布結束戒嚴和解除黨禁，自由的輿論仍將迎接政黨政治和民主時代的到來。輿論所背負的民意力量，是政治改革的最終動力，輿論對社會各個層面的滲透，也使之成爲社會轉型最重要的推手」。〔註 1〕如果像鄒振東教授認爲的那樣輿論來自僞證、假證或者虛證，那麼他對報禁開放的評價也有一半是心證、自證或者預證。輿論轉向、環境轉換、社會轉型之間的相關性，並不能證明輿論就是高一級或者優先級的。作爲社會表層或者皮膚的輿論，與肌體之間的關係就像感冒發燒，體表滾燙

〔註 1〕鄒振東，臺灣輿論議題與政治文化變遷〔M〕，北京：九州出版社，2014：3。

的感受只是表徵，而不是病因。能夠被操弄、被操控的輿論可能成爲幫兇，但不會是眞凶、元兇；能夠操弄、操控輿論和媒體工具的，才是保守與進步的眞正推手。視輿論爲「僞證」、視輿論議題爲「人爲製造」的史料，就應該承認和正視輿論背後的眞相，而不是既強調輿論的強大力量又貶之爲「不過是意志、意願外化的一種形式」。老百姓想借助輿論表達民意，有能力操控輿論的當權者更喜歡代表民意，從而把「非法」變成「合法」，最後變成是「正當」的。事件、事態、事物、事端如何區分，氣候、氣氛、氣場如何營造，虛構的議題如何塡充事實、塡塞輿論、塡寫結論，營造、順應、滿足輿論的過程如何不露聲色，不反對、能容忍到可接受的心理變化如何自我實現，一元到多元如何避免二元對立，法統、道統、正統似統非統到底要成何體統，民主的、民間的、民粹的民眾民意誰來做主，我國的、本國的、中國的予取予求如何定於一尊，本省的、本土的、本地的欲迎還拒如何安於一身，悲情、悲憤、悲哀如何解脫如何避免悲劇，主場、客場、主人、客人互爲主賓如何主隨客便，國語、漢語、華語、中文、漢字如何書寫與翻譯，轉折、轉換、轉化、轉移如何對等而不對立，替罪羊、假想敵、反對派如何回復眞身與對手和解，旗號、名義、幌子、招牌是使命、革命還是要命的武器，反共、恐共、拒共、容共是自主、自立還是自救的招數，抹紅、抹藍、抹綠還不是最大的抹黑，同黨、同路、同體也不是最後的同志，對手的對手不一定是朋友，對岸的彼岸不一定是此岸，對面的對面不一定是當面，反面的反面不一定是正面，否定的否定不一定是肯定……碰到了豐富多變的臺灣輿論議題的時候，發現博大精深的漢語詞匯似乎沒有用、不頂用、不好用、不便用、不夠用了。

這就是轉型中的語言，語境轉換、輿論轉換、表達轉換的速度太快、跨度太大、扭度太大、流動性太強，找不到正確的話語、合法的話語、正當的話語、公認的話語，交手中有失手、有轉手、有後手，衝突中有鬆動、有轉動、有反動，動機、動力、動能、動態、動向、動作都可以在懷疑中反轉，革命語言、戰爭語言、軍事語言、政治語言、外交語言、歷史語言、理論語言、文化語言甚至宗教語言，都可能在方言中迷失，成爲新的謎團、新的謎語，變形、變種、變通中製造新的議題和衝突，常識、通識、共識中確認新的歧見和歧途。抗議的語言不一定是反對的語言，贊成的語言不一定是支持的語言，承認的語言不一定是接受的語言，合理的語言不一定是講理的語言，保守的語言不一定是保護的語言，合法的語言不一定是守法的語言，叛亂的語言不一定是批判的語言，顛覆的語言不一定是暴力的語言，解脫的語言不一定是解放的語言，解剖的語言不一定是解決的語言，變態的語言不一定是失態的語言，共知的語言不一定是共識的語言。背離常識，脫離常態，意涵超載的臺灣輿論議題，挑戰著人類語言承載的極限。臺灣輿論議題的發達與複雜無與倫比，對此頗有心得的鄒振東教授感慨地說：「我發現西方輿論學無論概念範疇還是理論體系，已經無法很好地解釋和分析臺灣的輿論現象」。〔註 2〕敵人的敵人、共犯的共犯，需要解構的再解構。反對的反對、否定的否定，需要詮釋的再詮釋。

二、既有研究：二元結構、雙重標準的簡化與混淆

常見的研究一般以 1987 年爲節點，把國民黨在臺灣統治 70 年的歷史分爲威權時期和民主化時期兩大階段。前一個時期往往分成三個時段：1945 年～1951 年白色恐怖時期、1951 年～1977 年硬性威權時期、1978 年～1987 年軟性威權時期；後一個時期分成三個時段：1987 年～2000 年民主化成熟時期、2000 年～2008 年第一次政黨輪替、2008 年～2016 年國民黨再次執政。這一分類既認定 1987 年是歷史的關鍵節點，卻又對這一轉型點、轉折點一帶而過，似乎前後兩個時期是截然斷開的。當然，長時段歷史的研究有它的好處，如當下流行的「人類簡史」、「時間簡史」、「未來簡史」，中國的「上下五千年」、臺灣的「百年史」種種，可以看到歷史長河的規律大勢。缺憾在於，對轉型節點上的關鍵變化和豐富形態語焉不詳，需要放大歷史的局部和斷面，進行細緻的觀察。後者中的經典如「萬曆十五年」、「蘇聯歷史上的最後一天」等，又因爲細節轉瞬即逝，難以全視角全程掃描，需要引入新的角度和方法。斯坦福大學胡佛檔案館亞洲館藏主任林孝庭博士謂之「歷史平臺上的裂縫」：「在看似平滑無縫的歷史平臺表面下，實存在著無數細微的裂痕，有待吾人加以檢視、細查、發掘與觀照，讓歷史事實與眞相，能夠更加清晰地被呈現出來」。〔註 3〕也就是說，拉長了的歷史，湊近了細看，可能是一道道紋理交織的褶皺，而看似奇崛突兀的歷史轉折點，展開拉長了，也會是一道道平滑流暢的曲線。

〔註 2〕鄒振東，臺灣輿論議題與政治文化變遷〔M〕，北京：九州出版社，2014：3。
〔註 3〕林孝庭，困守與反攻：冷戰中的臺灣選擇〔J〕，北京：九州出版社，2017：序言 3。

只看到斷、沒看到續，只看到轉、沒看到連，只看到解、沒看到接，都不是完整的歷史圖像。近觀而不短視，遠觀而不浮虛，小歷史就是大歷史，短歷史就是長歷史。

臺灣戒嚴解除的論述中，黨禁、報禁解除並列，可見其意義和分量相當；接踵而至，除了時間上的緊密相連，還有著脈絡上的內在關連。

按照較早時劉燕南的二元結構論斷，臺灣屬於專制集權與有限自治的二元政治體制，「國家壟斷」與部分民營的二元經濟結構，反映到報業上的黨公營報紙與民營報紙二元結構並存，既是二戰後臺灣報業同生共存的歷史遺傳，還可以看作是國民黨當局執政大陸時的報業格局在臺灣的某種「轉錄」。〔註 4〕劉燕南的這篇博士論文，是國內較早研究臺灣報業轉型的專業論文，導師又是國內頂級的新聞業行尊甘惜分教授。雖然寫於報禁解除十年際，材料的搜集和深度訪談上，明顯受制於條件，並且在分析上用了當時主流、經典的二元結構分析法，以及辯證法上的兩分法。劉燕南論文中提到 1990 年新華出版社出版了由方積根、唐潤華、李秀萍編著的《臺灣新聞事業概觀》，爲大陸第一本介紹臺灣新聞事業的專業書籍，比研究條件上得天獨厚的廈門大學幾本專業教材似乎還要早。反過來亦可見當年研究材料之缺乏，研究理論之單薄，研究方法之簡單。

按照這種「二元結構」、「二元分析」的辯證邏輯，從屬與寄生是臺灣黨公營報紙最基本的屬性，充當傳聲工具是其基石功能。〔註 5〕受制與依附是臺灣民營報紙的基本特徵之一，「它是國民黨上層專制政治和壟斷經濟統治下的必然結果，也是民營報紙經濟孱弱和政治孱弱的集中反映」。民營報紙又有一定的相對獨立性，對黨公營報紙起到一定功能補正作用，對臺灣報紙功能的完善也有相當貢獻。「民營報紙一定意義上充當了社會的安全閥，發揮輿論調節和宣洩功能，爲社會不滿和反對意見的排解提供渠道，避免反對情緒日積月累以致驟然爆發而對社會產生的毀滅打擊。」〔註 6〕

「二元主次」、「功能補正」、「官民對立」，分析邏輯上和思維方式的這種

〔註 4〕劉燕南，臺灣報業轉型發生機制研究〔D〕，北京：中國人民大學新聞學院，1997：13。

〔註 5〕劉燕南，臺灣報業轉型發生機制研究〔D〕，北京：中國人民大學新聞學院，1997：16。

〔註 6〕劉燕南，臺灣報業轉型發生機制研究〔D〕，北京：中國人民大學新聞學院，1997：24。

濃厚的辯證法色彩，其實是一種簡單化的功能切分，本身就隱含著一種看似辯證實則對立的簡單二分法。言下之意，黨公營是主體，民營報紙是補充，黨公營報紙的封閉壓抑，需要民營報紙作爲安全閥宣洩口，這就把兩種報紙設定成「對立緊張」的關係，既沒有分辨民營報紙與黨政軍千絲萬縷的關係，也沒有把民營報紙與社會力量、黨外勢力的關係列入框架。

順著這種簡單明快的邏輯，作者爲民營報紙作用的辯護，也難以走出自設的圈套。劉燕南是這樣解釋民營報紙作用的：「自立晚報和民眾日報是臺灣反對派聲音比較響亮的兩家報紙，歷史上因罹犯言忌曾數次遭受停刊處分，新聞與輿論傾向也倍受當局打壓。但是，兩報以『反對言論的重鎮』面目一直生存下來，從另一個角度看，實際上爲調解國民黨與反對勢力之間的緊張關係起了某種緩衝作用，亦即起了某種社會輿論排氣閥的作用，而這個作用是身爲喉舌的黨公營報紙所難以起到的。」豈不知，「充當社會的安全閥，這同樣是大眾傳播不可忽視的功能之一」，這句話恰恰混淆了民營報紙與報紙大眾傳播的概念和功能，模糊、消解，甚至扭曲了民營報紙的行業定位和應有地位。

民營報紙多重的存在意義，也因此被概括成或粗暴或精緻的塗飾和裝扮：「一方面它爲國民黨的『自由中國』外衣塗上了一層民主色彩，增加當局取悅美國人的砝碼；另一方面，由於民營面目出現，身份不同，地位平等，與讀者心理更易接近，即使在反映執政當局意圖時，也比黨公營報紙更具蛊惑性和勸服力，能夠達到黨公營報紙想達到而達不到的效果。因此，民營報紙一定情況下也有爲黨公營報紙增強傳播效果的一面。」〔註 7〕這種看似拔高式的正向辯護，無疑是一種貶低的肯定，隱含的邏輯中，民營報紙是一種可有可無的點綴，一種錦上添花的附庸。照此邏輯，怎麼能夠推斷出「報禁」存在的歷史事實？怎麼能夠解釋清「報禁」開放的衝動和價值？怎麼能夠準確評估「報禁」開放前後的眞正差異？二元結構或者按臺灣的用詞叫「雙元結構」，這麼簡單地區分、拆解，很難有效解釋和全面展示臺灣報業歷史與現實的錯綜複雜。

可歎而不可惜的是，這種簡單化的二元結構分析，混淆了雙重標準的概括，仍然逃不脫遭受「雙重否定」的命運，作爲甘惜分教授學生、博士畢業

〔註 7〕劉燕南，臺灣報業轉型發生機制研究〔D〕，北京：中國人民大學新聞學院，1997：26。

後一直從事新聞教育工作的劉燕南教授，遺憾於她的這一學術成果至今仍未能公開出版。當年心有不甘的劉燕南出版了一本《臺灣報業爭戰縱橫》，導師甘惜分在序中直言這只是「研究之餘的副產品」。〔註 8〕在報禁解除十年之際臺灣學界業界深刻剖析、反思再反思不已的時候，大陸學界業界還處在朦朧的霧裏看花狀態，可以說，兩岸學術和業務的交流與隔膜並沒有在心理上完全解禁。

跟蹤報禁討論全過程，大陸研究者「回味無窮」，卻成果不多、質量不高。但畢竟這是一件行業大事，開放報禁對政府來說是開明之舉也可能是放任不管，對讀者來說是信息獲得上的利好也可能是信息觀點的疲勞轟炸，對行業來說是競爭機會也可能是洗牌前奏。其中的懸念和玄機，帶來的變數和應變之道，也吸引著當局者和後來者的持續關注和爭議。

新華社的三位研究者全程跟蹤了臺灣報禁的政策討論，並在報禁正式開放後不到半年就迫不及待地編好了一本「填補空白」的臺灣報業研究書稿，一方面覺得討論過程的公開材料十分豐富，感到「回味無窮」，一方面得出結論，認爲這「只是一種有限制的開放」，因爲中央日報的言論控制還是十分嚴格的。〔註 9〕

摘錄這本當年大陸「最新鮮的」研究論述，可以看出研究者觀察的心態和角度：1987 年 2 月 5 日行政院長俞國華在院會中對新聞局作出批示後，新聞局於 2 月 27 日請了 11 位大眾傳播學者專家，組成一個專案小組從事研究。同時在全省分北、中、南三區舉行座談會，邀請學者專家、民意代表、社會人士及報界工作人員參加，聽取各方面意見。此外，新聞局還分別拜會報社負責人，臺灣省、臺北市、高雄市 8 個報業工會董事長，主持召集全臺灣各報紙負責人舉行了 4 次協調會。爲慎重起見，專案研究小組於 7 月 31 日及 8 月 4 日舉行了兩次會議，對開放「報禁」進行通盤研究討論。許多報紙在此期間也開闢專欄，對開放「報禁」發表各自看法。關於開放「報禁」的討論，

〔註 8〕劉燕南 編著，臺灣報業爭戰縱橫〔M〕，北京：九洲圖書出版社，1997：序。九洲圖書出版社成立於 1993 年，2000 年改名爲九洲出版社。

〔註 9〕劉燕南博士論文中提到，中國第一本關注臺灣報業解禁的書是新華出版社的《臺灣新聞事業概觀》。這個說法得到了編著者之一、新華社新聞研究所唐潤華的證實。該書在 1988 年 5 月就編輯完成了書稿，1990 年 5 月才正式出版。

歷時 10 個月之久，最終達成了開放「報禁」的決議。

顯然，對這個過程的詳細跟蹤，材料獲得之便利，屬於新華社新聞研究所的優勢。方積根等幾位研究者得出的結論是，這次所謂的開禁僅僅是允許新報登記和增張而已，但對開禁以後各報報導內容上是否進一步開放沒有作出明確規定，所以說，「只是一種有限制的開放」。臺灣當局反共拒和的基本立場沒有變，並且提出了「不得違反憲法」、「要反共」、「不得搞分離活動」的三原則，這些仍限制著新聞界的自由。尤其是對國民黨官方報紙如中央日報的言論控制還是十分嚴格的。從另一方面看，報界幾十年來形成的傳統和習慣也是很難一下子突破的。〔註 10〕

張昆教授提出「新聞傳播史體系的三維空間」：事業、制度、觀念。提醒研究者注意各個子系統的相對獨立性，以及動態的發展進化中，這三個子系統彼此交叉、相互咬合的脈胳。〔註 11〕具體到臺灣報禁前的這一小段轉型節點期，集中爆發式的顛覆性突變，在事業、制度、觀念的變化交織中，顯現爲三個特別的層面：報禁政策上的交鋒與策略、報業競爭中的交戰與角力、話語轉向時的交匯與錯位。

政治與社會轉型的活動現場，風險社會整體性的大幅動盪，媒體與政黨政治關係的艱難調整，又爲在報禁解除、報業開放的轉型時刻，充分展示和理解臺灣報業與管制政策的直接碰撞，報業自身的脫胎換骨，新聞話語與理念的刷新，提供了更大空間的三個維度。這一切問題可以聚焦到媒介語言問題，即媒體如何反映和表達當時政治上的反對和異議，如何處理反對和異議的言論聲音，進而從媒介語言層面的變化，觀察研究媒體如何調整處理自身的角色定位。

第二節　文獻綜述：沒有禁區但有盲區

一、兩個極端：報禁話題的淡漠與自負

研究上的盲點和缺失，一定會造成理論上的盲區、行動上的盲動，這是一種「致命的自負」。社會轉型理論的研究，如同在臺灣的研究上一樣，有時

〔註 10〕方積根，唐潤華，李秀萍 編著，臺灣新聞事業概觀〔M〕，北京：新華出版社，1990：26。

〔註 11〕張昆，新聞傳播史體系的三維空間〔J〕，新聞大學，2007（2）：30～35。

候是縱有餘而橫不足，一談就是上下五千年；有時候是橫有餘而縱不足，一談就是兩岸一家親。要麼離題萬里，要麼南轅北轍。誠如朱學勤所說的：「出現一個從常識來看也難以交代的尷尬局面：對於當事人並不知道的『深層動因』，後人似乎比當事人知道的還多，對於當事人當時已十分明確的觀念史事實，後人卻不甚了了。」〔註 12〕雖然言論自由——圖書出版自由——新聞自由從歷史發展來看有一種遞進關係，但三者沒有涇渭分明的時間界限，對這三項自由的要求往往相互交融，共同構成廢除檢查制度的鬥爭內容。〔註 13〕沈固朝認爲，書禁史或書報檢查制度史的研究，長期以來被忽略了。不僅在思想史、政治史、法律制度史、議會史的研究中很少有詳細闡述，就是文化史、出版史、新聞史也少見專門系統的論述。實際上，由於出版自由需要社會權力系統的認可，因此歷史上每一次思想解放和革命運動，幾乎沒有不與書報檢查發生聯繫的。出版控制與國家制度的演變往往相互影響，甚至互爲因果。而在學界和業界，總有些人搞不清楚媒介與媒體的區別、新聞與宣傳的區別，研究大眾傳播的人搞不清傳播和交流的區別、通訊與溝通的區別，搞不清言論與輿論的區別、輿論與輿情的區別。他們也會喋喋不休地談到轉型和開放，但問題的出發點和邏輯永遠在另一個平行空間裏，沒有碰撞和交鋒，沒有交流和交集，所以相安無事，各得其所。

因爲橫跨了歷史與新聞、政治與社會、語言與傳播幾個學科，加上臺灣的區域限定、解嚴解禁的時段限定，所以交叉上的專門研究文獻是少之又少。目前所見，僅有復旦大學新聞學院的兩篇博士論文有部分相關。一是陸曄教授的博士趙民 2008 年的博士論文《歌唱背後的「歌唱」——當代「兩岸三地」中文流行歌曲簡史與意義解讀》，一是黃芝曉教授的博士黃裕峰 2011 年的博士論文《兩岸新聞用語比較研究》。當然，也可以說所有的史料都是文獻，包括後來 30 年間的歷史敘述和研究論述，也都在不斷地反證和印證著當年的語言變遷，通過投影和反射、通過歪曲或修正，來製造和供應新的史實材料。除了權威版本、官方版本、主流版本，各種版本的小冊子、單行本、論文集、言論集、回憶錄、口述史都是絕妙的好素材。因爲同一事件不同人會有表述角度和遣詞造句的個人印記，同一人物在不同時期的敘述角度位移和表達重心轉移，都有值得觀照之處。而 30 年的間隔時間，對研究短歷史來說，也剛

〔註 12〕朱學勤，道德理想國的覆滅〔M〕，上海：上海三聯書店，2003：序 3。
〔註 13〕沈固朝，歐洲書報檢查制度的興衰〔M〕，南京：南京大學出版社，1999：4。

好足夠，物是人非卻又活靈活現，塵埃落定卻又不至堙沒。

30 年後再來談報禁開放，似乎不那麼令人興奮了，幾位臺灣學者聽到這個選題時，稍微一愣，緩緩地說，那麼平淡的一件事，又過去了那麼久，有多大意思啊。聽得我也一愣，心頭的熱情卻並沒有因此澆滅，反而覺得這本身就是一種有意思的現象，對過去的淡忘也好、淡漠也好，反映的不只是一種印象和評價，而更像是歷史轉進過程中的一部分。當時的熱情和激情平復寧靜，甚至連反思也變得可有可無，熱情與理性都失去了依存和價值，也許這是一種必然。1835 年，托克維爾在 30 歲就出版了他的成名作《論美國的民主》，直到 20 年後才推出他的第二本歷史名著《舊制度與大革命》，而我們看到它的漢譯本，已經是 135 年後了。那麼，它的研究價值到底在哪裏呢？托克維爾談到爲什麼在四十年後研究和論述拿破崙帝國時期和法國大革命問題時說：「我們離大革命已相當遠，使我們只輕微地感受那種令革命參與者目眩的激情；同時我們離大革命仍相當近，使我們能夠深入到指引大革命的精神中去加以理解。過不多久，人們就很難做到這點了；因爲偉大的革命一旦成功，便使產生革命的原因消失，革命由於本身的成功，反而變得不可理解了。」〔註 14〕

報禁解除 20 週年之際，報業同行對這一歷史時刻之冷淡，出乎一些關心者的意料。卓越新聞獎基金會第三屆董事長陳世敏特別感慨地說：「幾乎沒有一家報紙意識到關乎報業存續的那一紙解除禁令，倏忽已經二十年，報面上幾乎看不到報禁解除相關新聞或評論。」「對於攸關媒體發展的此一大事，各家報紙竟如此輕描淡寫，這毋寧咄咄怪事，也顯見臺灣的媒體工作者缺乏社群集體意識，既沒有共同尊崇的專業價值，也沒有表現榮辱與共、相濡以沫的革命感情，這是一個自我遺忘的行業。」他列舉出來的僅有幾項活動是：卓越新聞獎基金會有個研討會，聯合臺灣媒體觀察基金會網頁上有個報禁解除部落格，臺灣新聞記者協會的《目擊者》雜誌出了專輯「走過『報』風雨」，《工商日報》出一篇社論。除了這三個民間團體，「臺灣媒體各相關專業團體，如中華民國新聞編輯人協會、臺北市新聞記者公會、中華民國新聞評議會，這幾年全面潰散，幾乎完全沒有活動。媒體的公共事務無人聞問。」〔註 15〕

〔註 14〕（法）A. de 托克維爾（Alexis de Tocqueville），舊制度與大革命〔M〕，馮棠，譯，北京：商務印書館，1992：45。

〔註 15〕事實上，同一時期還有一個相關的研究，即何榮幸在臺灣大學新聞研究所牽頭進行的口述史著作，在同年的稍後幾個月就出版了，即訪談了十七位新聞人的《黑夜中尋找星星——走過戒嚴的資深記者生命史》。

說到這裡似乎還不夠沉痛、解氣，陳世敏又拋出了兩個感受：其一，戒嚴時期是臺灣傳媒屈辱的一頁，然則當下媒體人的屈辱無時無處不在，有時候甚至超過了戒嚴時期。當關鍵力量變成腐敗的力量或與政治共謀的力量，其後果比報業缺席還可怕。其二，好幾位橫跨報禁與解禁兩個時期的資深媒體人，居然不約而同「懷念」起報禁的日子。他們說，戒嚴報禁時期，媒體是統治者的侍臣、政治的打手，雖然媒體工作氣氛肅殺，但他們覺得至少當記者有尊嚴；現在自由了，專業卻受到踐踏，他們反而人前羞提自己是記者。〔註 16〕

報業在衰落，新聞在衰敗，眞相在衰亡。至今也就是僅僅 30 年的光景，這一個短程歷史，放在歷史長河中，可能就剩下了一句話，甚至一個歷史名詞。所以，及時地再次挖掘這段歷史時刻的眞相，並不是非要達到以短見長，而只是希望以長蓋短、以長遮短；既便做不到以小見大，也不要以大壓小、以大掩小。

相反的是，時任新聞局長邵玉銘坦言自己是個「無可救藥的樂觀主義者」，堅信美國傑佛遜總統的一句名言：「民主的弊病要用更大的民主去化解，而不是將民主加以壓縮。」他理直氣壯地說明了當年採取報禁「完全開放」的理由，對解禁二十年間媒體的表現也評價爲「功大於過」：「報禁開放後，媒體扮演了非常重要的角色，不管有多少缺點，對於臺灣政治的民主化、經濟的自由化、以及社會的開放，媒體還是貢獻良多」。〔註 17〕

後來在民進黨執政時期擔任過新聞局長的蘇正平，也不同意一些「今不如昔」的論調，認爲「這是思考怠惰者及行爲無用論者不需要任何努力，偷懶就可以達到的結論」。他反問道：「花幾分鐘，閉起眼睛想一想，我們眞的要回到新聞局國內科一科科長可以拿起電話，要求報紙總編輯哪些新聞不要登，哪些新聞上頭版的日子嗎？那些要出版雜誌必須和警總查禁人員捉迷藏的日子，眞的是臺灣媒體的黃金年代嗎？」〔註 18〕

〔註 16〕陳世敏，前言：爲了見證歷史〔G〕／／卓越新聞獎基金會 主編，關鍵力量的沉淪——回首報禁解除二十年，臺北：巨流圖書公司，2008。

〔註 17〕邵玉銘，開放報禁之背景、過程與影響〔G〕／／卓越新聞獎基金會 主編，關鍵力量的沉淪——回首報禁解除二十年，臺北：巨流圖書公司，2008：7。

〔註 18〕蘇正平，一個非典型新聞人看報禁解除二十年〔G〕／／卓越新聞獎基金會 主編，關鍵力量的沉淪——回首報禁解除二十年，臺北：巨流圖書公司，2008：24。

二、歷史現場：快速變遷中研究對象無法固定

處身變動中的好處是親歷和體驗，不妙是無法拉開距離進行「冷靜的旁觀」，可以做時事報導和時評快評，無法進行學術性研究。「生活在一個大變動的時代是令人振奮的。但是寫一本與這些變化相關的書卻可能是令人沮喪的。感覺上就像是用裝著慢曝光膠卷的相機拍攝運動中的運動員或採寫一篇關於一個尚未結束的事件的時事新聞一樣。心中總裝著一個令人不安的念頭，擔心自己不能公正對待正在發生的事件，想著若是略等片刻，結果可能更清楚明確。更糟的是，還會擔心自己的作品墨蹟未乾已成明日黃花。」〔註 19〕包滬寧從美國西北大學新聞系畢業後，就對臺灣產生興趣並投入研究，1978 年到 1981 年間曾在臺灣留學生活了三年半，1990 年 11 月完成書籍初稿後又到臺灣訪問了三個月。這位回到美國繼續深造的哈佛大學東方學研究碩士、加州大學柏克萊分校政治學博士，在談到臺灣這個話題時，仍然表現得戰戰兢兢。「舉例來說，就在我為正式出版前修改手稿期間，蘇聯這個國家政體不存在了。幸好，我的研究對象不是蘇聯。」

筆者同學中有人試圖選擇「媒體轉型」和「全媒體融合發展」作為研究對象，最後都只好放棄了。變化太快，形態太多，都沒有定型，也沒有方向，所有堅固的東西都不存在了，所有成形的東西都在煙消雲散中，估計還沒有寫完就已經過時了。包滬寧當時的忐忑不安就在於此：「曾幾何時，新聞廣播員在報導某些變化前會說事態的發展在僅僅數年前看起來都是不可能的，如今，數年變為數月，數月又變成了數週。再後來，我們開始聽說事態的發展在數天前看起來還是不可能的了。時間彷彿劇烈地壓縮了一般。世界的大多數地區如此，臺灣也不例外。我找不到一條避免這兩難處境的途徑，只好聽任這些不可避免之變遷的左右。與此同時，我也不能不希望我這部小小的作品中有一點具有長久價值的東西。」〔註 20〕

30 年後重回歷史現場，當年包滬寧的觀察也成了現場的一部分、歷史的一部分，包括他的思考，也許其所謂的「長久價值」就在於這一瞬間的定格

〔註 19〕（美）包滬寧（Daniel K. Berman），筆桿裏出民主——論新聞媒介對臺灣民主化的貢獻〔M〕，李連江，譯，臺北：時報文化出版企業有限公司，1995：17。

〔註 20〕（美）包滬寧（Daniel K. Berman），筆桿裏出民主——論新聞媒介對臺灣民主化的貢獻〔M〕，李連江，譯，臺北：時報文化出版企業有限公司，1995：17。

留痕。

難以系統化，難以科學化，難以數據化，難以計量化。這是社會科學、政治科學、傳播學科等特別爲難的地方，非要強行量化的結果未必是科學，反而可能是僞造結論、製造事實。1987 年 5 月的美國科學院年會上，哈佛大學著名教授、當年美國政治學會主席亨廷頓被提名爲美國科學院院士，但這項提名被否決了，原因是一些社會學家反對亨廷頓「量化一些無法量化的材料」，試圖用數學方法賦值去測量社會挫折感和不穩定感，「反對科學院把純屬政治意見的東西確定爲科學」。把社會科學命題「提到科學高度」時，究竟會發生什麼事情呢？這裡，經常發生的錯誤是，「把某件事物說得聽起來彷彿是事實，從而冒充事實，而實際上它只是一種主觀解釋」。〔註 21〕新聞報導、評論以及競選中的政見，都常犯這個毛病——或者說慣用這一招。這些問題後來能夠解決的原因，也不是政治學者有辦法解決，而是因爲社會問題已經被社會力量解決、政治問題已經被政治力量解決、經濟問題已經被經濟力量解決，或者說都被變動的時間進程拋離，所以問題本身已不重要、已經過時或者沒有價值了，它唯一的存在價值是因爲還有人在研究它，這就叫所謂的課題研究。

新聞學與傳播學因爲來自許多學科的交叉研究，或者說沒有學科層底根基的獨立性基礎，所以，各種學科都可以在新聞與傳播領域扎下一條根須、伸出一枝樹丫，讓這個領域變得枝繁葉茂而樹影斑駁、橫枝斜出而雜糅多姿。臺灣報禁前後出來建言、批評、反思、重溯的學者專家，各自挾著、攜著順手拈來的理論框架，套用刻畫，描繪出不同的報禁場景，拆解裝配，組合出不同的媒體形象。

李金銓的美式傳播政治經濟學，馮建三的英式傳播政治學，李瞻、楚崧秋的傳統報學、新聞學，王洪鈞、徐佳士的美式大眾傳播學，林麗雲、翁秀琪的傳播經濟學、政治傳播學，楊志弘的傳播社會學，羅世宏的傳播現象學，僅就短期出現、匆忙展示的理論觀點而言，可能無法系統展開其全貌，已經是盤根錯節，莫衷一是。各出一招半式，已經橫掃報禁話題各個角落，輪番一通塗寫，已經無數次刷新現場。

〔註 21〕（美）包澹寧（Daniel K. Berman），筆桿裏出民主——論新聞媒介對臺灣民主化的貢獻〔M〕，李連江，譯，臺北：時報文化出版企業有限公司，1995：105。

所有的權威加在一起，可能就沒有了權威。所有的結論放在一起，可能就沒有了結論。就像臺灣的解禁景觀，就像臺灣的媒體形態，連基本的顏色都來不及勾畫塗滿，就開始了不斷的改寫重構。解釋的過程來不及解套就解體了，解決的動作來不及解放就解散了，解構的效果來不及解凍就解除了。史學的考據、理論的考證、政治的考量、知識的考古，碰到了考古的知識、考證的理論、考據的史學，還有考量的政治，來不及考究已經又變成考察的對象，層層疊疊的考古者終於裝訂成歷史的時候，突然發現沒有頁碼和目錄的混亂渾沌，刺激著這些對象再次復活自我裝訂自行編碼，於是，歷史自己和自己打起架來，歷史和後來者打起架來，後來者進入自衛的處境而無法抵達真正的現場。於是，每一個新來者要做的，就是在理論和傳播的層層迷霧中，尋找出口而不是入口。保持足夠遠的距離，隔岸觀火也好，迷裏看花也好，就當做是看電視看報紙、看演出看新聞，不需要特別強捍的裝備，只需手邊有一個遙控器。

第三節　研究方法：媒介語言生命週期

從政治語言、社會語言變遷影響看媒體語言的相應變化；

從歷史考古、知識考古、語言考古角度看新聞用語變化；

從反對語言、解禁語言、轉型語言角度看媒體角色的語言變化；

從 30 年的新聞傳播史研究進程印證媒體的語言變化。

歸結起來，研究方法上必須進行三方面的基礎工作：一是文獻搜集：30 年前的歷史現場，迷失在多重的敘述中，需要尋找原始證據。不能簡單依賴權威版本，任何一個版本都是歷史考古的碎片。二是考證辨析：30 年來的不斷重述和重構，需要層層過濾和交叉辨析。有些閃光的顏色可能是後來加塗上去的，必須層層剔除。三是訪談求證：互相衝突的說法和爲現實所用的史料，需要訪談親歷者，互相證實證僞。對 1987 年宣布解嚴解禁的新聞局長邵玉銘、決定首次派記者到大陸採訪的自立晚報總編輯陳國祥、1987 年創辦《新新聞週刊》的南方朔等人的深度訪談，相當於進行一次研究史、學術史的研究和回溯、漫遊。用批判和警惕的態度，聽話中話、話外音、言外意，這本身也是一種語言的研究和探險之旅。其中的樂趣、妙趣、奇趣，讓且行且看的旁觀者滿心歡喜，樂此不疲。

這是媒介創造的語言魔術：臺灣的解嚴解禁提供了豐富的語料庫，媒體語言的多重表達超過了簡單的二元判斷。

這是媒介製造的語言迷宮：激烈的政黨競爭爲臺灣媒體語言提供了高強度的展示可能性，連引號也有無窮意味。

這是媒介參與的語言戰爭：持續的藍綠爭鬥讓歷史成爲現實和未來，舊故事就是新故事，媒介陷入語言戰爭。

更大的冒險在於，這可能是個「四不像」的選題，新聞學與傳播學覺得跨界太遠，快不屬於自家限定的研究領域了。但政治學的政治傳播學未必認可新聞與傳播學領域的傳播政治學，社會學的話語變遷研究也超出了新聞話語而自成一體，語言研究不太關注的新聞話語體系的研究也不認可這種語言研究，厚重的歷史學會覺得這麼一個又偏又窄的語言問題無足輕重。關鍵的一點來自新聞學與傳播學本身的自我設限，本來應當雜交性最強、依賴相關學科支撐最多，卻偏偏認爲要堅守自己的「領域」和「規範」，不斷收縮視野劃地爲牢守身如玉，固步自封而自以爲嚴謹規範。當然，這不能成爲隨意跨界越界的理由，更不能成爲隨意引用、生搬硬套的藉口。堅守所在領域而四處侵佔挪用，跳出既有格局而不至於跳脫失據，是創新嘗試的最大風險。

特別是接下來的三章主要內容，分別論述媒介對反對語言、解禁語言、轉型語言的應用特點和處理方法。這裡隱含了兩大致命弱點：一是生創的這三個語言如何確立和定義，用既有的概念顯然要更爲安全穩妥。二是從單一的政治反對、解禁和轉型角度，推斷出一種語言形態的變化甚至特色，容易忽略語言形成過程的複雜性，難以展現反覆搏弈的動態過程。或者說，這裡的局限在於，只專注於從相應的政治活動階段推斷分析相應的語言特點，只專注於相應階段語言的特點，把三種特色語言作爲相繼出生、依次遞進的關係，而有意忽略了其交叉糾纏和相互滲透交織的一面。除此之外，還有兩個基礎性的技術難點：如何考證新材料、如何敘述舊故事。

一、考證難點：論述轉述中的引號問題

傳播交流的難題，不是一句「同文同種」就可以解決的。兩岸講的都是普通話、北平話，寫出來的都是國語或者中文，書籍著作、報刊文章，不但是繁簡字體豎排橫讀的差別，還有詞匯語義語法語境的異同。查閱手頭的幾本《兩岸常用詞典》、《兩岸差異詞詞典》、《兩岸生活常用詞匯對照手冊》、《海

峽兩岸漢字對照表》，爲了區分方便，採取了「同實異名詞」、「一邊獨有或獨用」、「路上詞」等獨特的分類區分法。標點符號和拼音法則的不同，英文地名人名和理論名詞譯法的不同，都需要不斷地「翻譯對標」，才能穿過傳播的迷霧，走出語言的迷宮。

兩岸之間的出版物引進，除了涉及的年代需要轉換，還有一個官方機構名稱引用的政策問題，以及各方觀點表達用語的政治問題。在編輯處理的過程中，許多作者本身喜歡以加引號的方式解決，或者改用「中性」詞匯替換。這就造成了另一個資料完整性的困擾，在第二手的材料裏，經常分不清其中的引號是原文的還是引用時加上去的。

大量出版臺灣題材的北京九州出版社處理這方面的問題經驗豐富，處理方式也最爲典型。試舉其引進的簡體版「中研院近代史研究所口述史系列」中《孫立人案相關人物訪問紀錄》爲例，出版說明有如下一段：「該書訪談對象的某些政治立場、觀點和看法，我們並不認同，但爲了保留資料，便於參考研究，在編輯過程中，我們對文中對我黨我軍的誣衊性語句和稱謂進行了中性處理，內容仍保留原貌；個別之處，有所節略；對於文中一九四九年十月一日以後使用的『民國』紀年，改爲公元紀年；對於文中一九四九年十月一日以後的臺灣當局及相關機構、職務等，加以引號。本系列圖書供近現代史專業讀者參考使用，望讀者在閱讀時注意辨析書中的一些內容。」

按此體例，已經盡可能保留了史料的全貌和原貌。或者說，已經算是十分的負責任了，還有一些出版物圖省事怕麻煩，直接就加了引號，直接就節略了，直接就改了詞。於是，有些細節和意義，就永遠消失在編輯處理的過程中。儘管如此，研究中仍不斷產生幾個極大的困惑：一是所加引號因爲沒有一一注明是編輯所加還是原文既有的，經常影響閱讀中的辨析；二是經常出現引號套引號的情形，影響閱讀的順暢體驗；三是年月日的大小寫，紀年上的轉換，也無法評判來自原文還是編輯處理過程。因爲臺灣在 80 年代前後直到現在，公元紀年用得較多，但仍時有用「民國」紀年者，特別是歷史類文獻。

日常用語和固定詞匯的「同實異名」還可以對照印證，找出所對應的事物來。在表達觀點態度立場上的「各自表述」，同樣的詞匯、同樣的事情，有了各自的理解和對應的正確表達和固定的程序，尤其需要特別加以辨析，仔細進行區分。比如外交語言、新聞宣傳語言等政策性、法規性表述的語言和用詞、文本，都有各自的政策性規範要求，因時因地因人又有所不同。語言作爲溝通交流的工具，結果變成掩飾的掩體、隱藏的載體，一不小心就會掉進陷阱，稍有疏忽就會產生誤讀誤解。這是一個隨時面對挑戰、景觀隨時變幻的探索過程，相當於同時進行一次文字意理的考據考證工作。

舉一個相關的例子。在一冊內部參考資料中，記載了「美國政府發給國務院各級官員有關中國、臺灣稱呼的備忘錄」（美聯社 1979 年 1 月 16 日電），備忘錄的題目是：關於正式聲明和出版物提到的中國、中華人民共和國、中國大陸和臺灣時的正當用語。這份備忘錄指出，「隨著承認中華人民共和國爲中國唯一合法政府和斷絕同臺灣當局的外交關係，必須規定一些指導原則來保證美國政府有關臺灣的一切官方聲明和出版物能符合我們的政策」。指導原則有：（1）在提到臺灣時將不使用「中華民國」這個名稱；（2）形容詞的形式是「臺灣」（Taiwan），不是「臺灣的」（Taiwanese）。指人時用「來自臺灣的」（from Taiwan）、「在臺灣的」（on Taiwan）、「臺灣的」（of Taiwan）等，而不用「臺灣的」（Taiwanese）」；（3）形容詞「中國的」（Chinese）不應用於臺灣政府或機構；（然而在臺灣的各民族是中國人，那裡使用的語言是華語，它的方言之一是臺灣語。在適當的情況下這些名詞應繼續使用。）（4）經濟統計、指數和類似材料的表格應在英文字母順序的適當位置上列入「中國」項（而不是「中華人民共和國」），下面先後列入「大陸」和「臺灣」，都應分別縮進一格並用斜體字或其他能區別開的鉛字排印。應當分別列出「大陸」和「臺灣」的總數，不應提供「中國」的總計數字。（5）在提供有關中國大陸和臺灣的非統計性材料時（如國內的姓名錄和其他出版物），有關中國大陸的材料應置於「中國」項下（不是「中華人民共和國」），而有關臺灣的材料應置於「臺灣」項下；（6）「中國」，應注上星號，並應提請讀者參看「臺灣」一項，「臺灣」應單獨列在國家名單的最後面。無論如何不應把「臺灣」列在「中國」或「中華人民共和國」項下，或在這兩項下腳注。〔註 22〕這份美國政府發給國務院各級官員的備忘錄，還只是一個有關中國、臺灣的稱呼問題，就足以讓人反覆玩味、琢磨半天。其文字、格式、用詞上的要求，精妙之處在於，既難以挑剔，又充分體現了美國的外交政策。

〔註 22〕美國方面的有關文件、資料和言論〔G〕／／中共中央統一戰線工作部研究所三局 編，一個國家、兩種制度（第三輯），北京：中國文史出版社，1987：15。

兩岸新聞用語的要求中，對於一般生活似乎則無明確規範，在政治方面的詞語則「有所通」與「有所不通」並存，並採用「模糊」政治詞語的新聞處理方式，使用引號來表達對於詞義的各自立場。〔註 23〕引號的功能往往成了所謂的貶義乃至否定表達。臺灣關於大陸的報導、大陸關於臺灣的報導，以及政府的公文、學者的論文，一大特點就是引號用得特別多、特別頻繁。

爲了不影響閱讀體驗，筆名決定儘量不人爲地添加引號，除非是引用原文才加引號，除非是原文中有引號的，不刻意另加引號，除非是表達所需而以引號表達的，不輕易另加引號。並且把筆者所加引號，與引文引號、原文引號明顯區別，使閱讀者一看即可分辨出來。另外，文中多種報刊名稱，常用的如中國時報、聯合報、中央日報等，非必要時也不加書名號，以便於順暢閱讀。

二、交叉印證：舊故事敘述新故事

「如何敘述政治世界」是一個值得研究的問題，也是一個讓研究者時常困惑的問題——當研究者面對不同的歷史敘述者和他們講述的故事時，就碰到了雙重困境。這是因爲，「任何故事都無法在脫離現實脈絡之下被傳述，研究者也不可能只是將所收集的資料製成表格這麼客觀單純而已。相反地，我們融入到每個階段的過程裏，而且我們的主觀性永遠會介入我們的記錄過程。」爲之困惑、爲之著迷的英國社會學、政治學學者茉莉·安德魯斯（Molly Andrews）從「個人生命史的敘述」中，找到了「自身政治觀點以及社會角色」的敘述方式，從而在某種程度上挑戰和突破了這種敘述困惑、角色困境和記憶困局。「當我們述說自己的生活故事時，我們其實是間接地向其他人表達自己的政治觀點和世界觀。但是，爲何有些故事存留下來，有些卻湮沒無蹤？『事實』並不會爲自己講話，而是我們選擇了某些『事實』，然後希望它們經由我們的選擇向我們講話。」爲此，通過進一步探討研究者和被研究者的關係，可以知道什麼因素使得某些故事比其他故事更能夠「講出」，而哪些故事更容易被「讀出」，還有哪些故事後面沉默的部分能夠被「讀出」，還有哪些「沒有講出的故事」能夠被「讀出」。〔註 24〕

〔註 23〕黃裕峰，兩岸新聞用語比較研究〔D〕，上海：復旦大學新聞學院，2011：125。

〔註 24〕（英）茉莉·安德魯斯（Molly Andrews），形塑歷史：政治變遷如何被敘述〔M〕，陳巨擘，譯，臺北：聯經出版事務公司，2015：11～12。

所有的舊故事都是新故事，只要你研究了，撿起來了。所有的新故事都是舊故事，只要你放下了，不去想它了。茉莉・安德魯斯深入分析了英國的社會正義問題、美國的「後 911 愛國主義」、德國人對於拆除柏林牆的反應、證人在南非「眞相與和解委員會」面前如何承受壓力提供證言，從這四個不同個案，印證了「在每段研究過程中不斷發現的、新誕生而且逐漸明朗的意義」:「任何研究都不會有足以讓我們解出終極意義的終極論點。相反地，即使是看來始終如一的資料（如文字記錄），也會隨著時間而改變意義，就好像我們在自己的研究裏看到新的、不同的面向。這樣一來，舊故事實際上已成了新故事；十分自然地，再過了一段時間之後，我們又會在那些故事裏發現新的意義。並不是這項新觀點比我們先前所抱持的舊觀點更適當，而是它們建立在不同的基礎上，並且從當下來理解這個世界。」〔註 25〕

《形塑歷史：政治變遷如何被敘述》全書最後一句話堪稱名言：「最終激發政治敘述生命力的，乃是個人生活經歷和歷史之間不斷進行的緊張關係。」〔註 26〕與這句話特別相似的，是《社會學的想像力》（臺灣譯爲《社會學的想像》）作者賴特・米爾斯（C. Wright Mills）的名言：「要留心個體的多樣性質，以及時代變遷的模式。」

神學研究專家（不是神學家）曾慶豹選擇了一種投入型、批判型、言說型的研究方法，從「神說」看「神學」，從「上帝之言」看「上帝一人」。他認爲，神學與形而上學的問題一樣古老，每一個問題總是包括神學問題的整體，而且提問者已無可避免地包含在問題裏面。因此，「選擇從某種主張出發，而且將提問置身於批判之中作爲開始，通過批判的方式展開我們的主張；批判在此應被理解爲一種不斷將自身的問題再一次地回到主題上的做法，並轉化出一種準備做出展開動作的起點。批判的開始，就是一種理解的開始。」〔註 27〕而神學首先是「神說」，是神的言說，神的啓示，以此爲開端，充分地表現出一種我們可以稱之爲語言轉向或語言典範的東西，即將精神、靈魂、心靈、彼岸等「意識」問題，轉爲涉及互動、關係的「語言」問

〔註 25〕（英）茉莉・安德魯斯（Molly Andrews），形塑歷史：政治變遷如何被敘述〔M〕，陳巨擘，譯，臺北：聯經出版事務公司，2015：14。

〔註 26〕（英）茉莉・安德魯斯（Molly Andrews），形塑歷史：政治變遷如何被敘述〔M〕，陳巨擘，譯，臺北：聯經出版事務公司，2015：249。

〔註 27〕曾慶豹，上帝、關係與言說——批判神學與神學的批判，上海：華東師範大學出版社，2008：3。

題。〔註 28〕進一步說，學說即學問，言說即行動，批判即傳承。

談到神學和宗教的傳播，也可以從現代傳播的角度提出類似的比較。「福音就是好消息」，以現代流行的「直銷」爲例，它們沒有神學院，沒有教會，但「直銷」所採取的行銷策略與基督教的「佈道」策略可以說沒有分別，基督教傳「十字架的福音」，直銷傳「商品的福音」，目標一致，無外乎是如何成功說服對方接受自己所介紹的「福音」。〔註 29〕這是一種人際傳播、傳銷的過程，與通過大眾媒體、專業媒體的大眾傳播並行不悖，一直都是現代生活包括現代人的宗教生活、精神生活乃至日常生活的一部分。

解嚴解禁 20 年後，李金銓施展的是一種雙手持刀、左右互搏的批判式方法，他說：自由多元主義的政治經濟學主要在批評國家，有助於分析威權戒嚴體制下的臺灣媒介；激進馬克思主義的政治經濟學主要在批評資本，有助於分析解嚴以後的臺灣自由／資本媒介。然而，在轉型的社會中，這兩種觀點可能同時不安地交叉並存。臺灣解嚴以後，第一種觀點雖仍重要，卻逐漸失焦；我們必須帶進第二種觀點，檢查資本重組如何扭曲傳播秩序，而與民主理想背道而馳。〔註 30〕

財團法人卓越新聞獎基金會〔註 31〕在報禁解除 20 年之際舉辦的研討會，屬於目前爲止較爲系統和有規模的一次反思。當然，口述史的親歷者，在很大程度上有一個「當事人」和「旁觀者」的雙重角色。中國人民大學教授程光煒主編「八十年代研究叢書」時就碰到這種困惑的糾纏，疑惑、清醒、矛盾、衝突時常產生。爲此，程光煒提出把 80 年代的「文學場域」變成「文學知識」，將熟悉的「80 年代」重新「陌生化」和「問題化」。在《文學中的多重面對孔》書中第一篇文章裏，楊慶祥提出理解「80 年代文學」的方法是：

〔註 28〕曾慶豹，上帝、關係與言說——批判神學與神學的批判，上海：華東師範大學出版社，2008：9。

〔註 29〕曾慶豹，上帝、關係與言說——批判神學與神學的批判，上海：華東師範大學出版社，2008：485。

〔註 30〕李金銓，臺灣傳媒與民主變革的交光互影：媒介政治經濟學的悖論〔G〕／／卓越新聞獎基金會 主編，臺灣傳媒再解構，臺北：巨流圖書公司，2009：3。

〔註 31〕財團法人卓越新聞獎基金會，公益性民間社團，創立於 2002 年，致力於協助傳媒工作者新聞專業水準，前身爲行政院新聞局金鐘獎、金鼎獎部分獎項，目前設立的獎項有社會公器獎及一系列新聞獎。2008 年 1 月，卓越新聞獎基金會特別舉辦了一場研討會，較具業務性質的編成《關鍵力量的沉淪——回首報禁解除二十年》，學術性質較濃者編成《臺灣傳媒再解構》。

採用理論導入和實證分析相結合的方式，通過對 80 年代文學事件、文學期刊、文學論爭、文學經典的深入清理，試圖把 80 年代文學納入一種更加歷史化、知識化的學術生產之中。〔註 32〕

也就是說，轉型的描述即便是考慮到政治環境的因素，也可以有兩種不同的研究方向，一種當然是常見的從政治到政治，即「政治化——泛政治化——去政治化——再政治化」研究模式，另一種則是更加的歷史化、知識化、學科化，從政治轉向學術、學科、學派的研究模式，即「政治性——知識性——學術性」研究模式。如果說，對臺灣報禁解除前後政黨政治與傳媒關係變遷的研究，還側重於「從政治到政治」。那麼，對解嚴解禁中政治變遷與傳媒變遷引發的媒介語言變遷、媒介語言轉向的研究，就比較偏向於知識性、學術性的研究模式。

重讀的過程就是重寫的過程，甚至是改寫的過程，再解讀、再闡釋不可避免，解嚴解禁過程中不斷發展變化的傳播理論和傳播政策，也必然成爲觀察和反思的對象；近 30 年來的觀察和反思本身，也自然成爲觀察和反思的對象。「這是一個雙重的反思過程：一方面是對熟悉的研究對象的反思，也是對熟悉的解讀方式或闡釋模式的反思」，張旭東聲稱要把 80 年代作爲中國現代性內部「一個充滿問題性的瞬間（a problematic moment of Chinese modernity）」來審視分析。〔註 33〕同樣，解嚴解禁這個歷史性的瞬間，一個充滿問題性的瞬間，就變成了一個學術性的、問題性的「知識考古」、「學術考古」、「語言考古」研究對象。

30 年河東河西，70 年海東海西，滄海桑田，物是人非，其歷史圖像依然生動並且固定下來，其語言生命依然鮮活並且清晰起來。對於研究者來說，這是一個合適的歷史刻度和觀察距離。30 年後回顧解嚴解禁的歷史，從語境切入語義、從語象還原語態，採取雙向進入、雙重觀察的「知識考古」、「語言考古」，是一種歷史重構和一種雙重挑戰，絕不能等同於簡單的二元結構分析和兩分法思維，而是要對觀察的過程進行觀察，對反思的過程進行反思，對解讀的語言進行解讀，對改寫的過程進行改寫，對歷史目錄編製的次序進行辨別和重錄。

〔註 32〕楊慶祥等 著，程光煒 編，文學史的多重面孔——八十年代文學事件再討論〔M〕，北京：北京大學出版社，2009：3～4。

〔註 33〕張旭東，改革年代的中國現代主義——作爲精神史的 80 年代〔M〕，北京：北京大學出版社，2014：2。

第一章　反對運動、反對黨與反對語言

第一節　反對運動的演進過程

一、反對的標誌：公開的非法

非法組織公開化，非法遊行占上風，這是反對運動形成的一個標誌。

「在原來變遷緩慢的時代，過去的經驗，是解決問題、尋找對策的保證；但是在一九八七年和往後的歲月，任何經驗都不再可恃。」「一九八七年當代批判文存」總編輯柴松林在叢書總序中說，意見多而分殊，社會運動勃興，匱乏於富裕中，信息多知識少，兩性間展開新貌，新安全的保障，道德有新項目，重估人與意義，追求多元目標，這九個特性是變遷的過程本身，也是促使變遷的原因，更是變遷所達成的結果。〔註 1〕

比如，戒嚴令下的人民團體組織法規定：同一性質的團體有一個登記就不能再組織第二個。民間在組織團體，國民黨若認爲非其同志，無法控制，就會立刻組織一個起來「死豬鎭砧」，「依法」不許後組者成立。美麗島時代黨外人士籌組臺灣人權會，官方聞訊，便冒出中國人權會來堵塞，類似情形很多。

民進黨衝開黨禁成立，成爲「非法」團體，民間迅速跟進，「非法」的組織團體包括：「臺灣筆會」、「臺灣文化促進會」、「二二八和平日促進會」、「政

〔註 1〕高信疆，楊青矗，走上街頭——1987 臺灣民運批判〔M〕，臺北：敦理出版社，1988：6。

治犯互助會」、「主婦聯盟」、「婦女進步聯盟」、「政治犯暨家屬聯誼會」、「教師人權促進會」、「教師聯盟」、「臺灣歷史研究會」、「夏潮聯誼會」、「工黨」等等，先後在這一年陸續成立。這些民間團體，不理戒嚴，不理人民團體組織法，根本不向政府登記；「非法」組織的目的，就是要做運動。

「臺灣筆會」1987 年 2 月 15 日開成立大會，發表宣言，擎起爭取言論自由及發揚本土文化的旗幟，辦了許多有關雙語教育、本土文化及政治文化的演講。雙語教育在「臺灣筆會」推動下引起許多討論文章在報章發表，才有車站、火車、國光號客運雙語播音，電視增開臺語新聞節目，以及雙語頻道之議。〔註 2〕

股市狂跌，1987 年 10 月 9 日到 16 日，投資者連續的抗議活動，到證券管理委員會，到財政部，到行政院，甚至到財政官員私宅抗議驚擾。對此，財訊雜誌的評價是：政府的「行政干預」或許非戰之罪，而投資人的「干預行政」亦有其無可奈何之處。一位投資人喃喃自語道：「一把筷子難折斷，螞蟻也可成雄兵。」似乎為投資人展開自力救濟的心態，下了一個頗含哲理的注釋。〔註 3〕

股民走上街頭，為利而來。那麼，牧師走出教堂，走上街頭，顯然已非經濟利益所能驅動。1987 年的詭異不限於此，從長老教會一次遊行示威報導的兩個細節中，能看出社會變遷時刻反對與衝突上的轉折性變化：警察現場處理不再具有震懾力，「烏合之眾」聚集起來的社會情緒已經形成，並且完全轉向對政府不利，甚至以反對政府為榮，支持政府者反被呼作「奸細」。

1987 年 10 月 19 日下午長老教會 120 名牧師走上街頭，聲援因臺獨言行被捕者。他們從臺北羅斯福路三段的宣教中心出發，手上的大幅標語寫著「立即釋放蔡有全、許曹德」、「人人有主張臺灣獨立的自由」，手中還舉著貼有二人畫像及書寫著「自決做主人」、「臺獨無罪」等的木牌子。在現場採訪的《新新聞週刊》記者對前後的過程描寫得活靈活現：「在牧師聲援團整隊的

〔註 2〕 高信疆，楊青矗，走上街頭——1987 臺灣民運批判〔M〕，臺北：敦理出版社，1988：13～14。

〔註 3〕 高信疆，楊青矗，走上街頭——1987 臺灣民運批判〔M〕，臺北：敦理出版社，1988：149。

同時，近四百名身穿鎮暴背心、手拿盾牌的古亭分局警員從四面八方湧來，堵住了在宣教中心附近的四個巷口，現場氣氛繃得緊緊的，隱藏著一觸即發的危機。」〔註 4〕從後來遊行的全過程可以看出，博弈並不全在現場，而民進黨議員的積極參與也「功不可沒」，比如，鎮暴警察要撤走的消息，是突然趕到的臺北市議員顏錦福宣布的，民進黨的張俊雄站出來講話。警察撤走後，遊行隊伍繼續朝向立法院前行，這時候，顏錦福、羅榮光、李勝雄等走到了隊伍前方領導，而民進黨主席江鵬堅、國大代表周清玉也適時出現在遊行隊伍中。走到下個交叉路口，立法委員尤清加入，與楊金海及二位長老教會牧師一同拿著「人人有主張臺灣獨立的自由」的白色布條前進。策略、章法、次序一步一步加碼，顯示出現場和幕後的同時博弈，以及協同進退。

其中還有一個現場記者打架、一名記者被當成「國民黨奸細」毆打的情節，也值得玩味，幾個攝影記者在陸橋（人行天橋）上搶拍照位置打了起來，糾紛平息之際，突然有一名瘦高男子，走下陸橋喊：「抓到國民黨的奸細了！」於是七八個壯漢衝上陸橋將其中那位中國郵報的攝影記者架下來毆打，其間遊行隊伍的糾察人員也沒阻止得了。

二、反對的升級：和平的暴力

（一）抗議也有和平暴力之分

非法公開化之後，衝突的擴大，打壓的刺激，會使反對行動、反對運動不斷升溫、升級，隨著規模擴大，進入一個激烈的抗爭和衝突階段。

有關社會運動中抗議與抗議管理的研究發現，在兩極化與去極化、法律與秩序、暴力與非暴力、激進與溫和、規範化與罪行化之間波動演化的政治話語，發生了一系列的變化：同一性框架（包括支持者框架和反對者框架）從政治框架（進步的 VS 保守的）轉變爲二元論框架（有益的還是有害的），隨後又轉變爲實用主義框架。「和平抗議越來越被認爲是常態政治，暴力抗議則被視爲犯罪。」在法律與秩序聯盟一方，對遊行示威者的印象出現了「好的」與「不好的」之間的兩極分化；在公民權利聯盟一方，警察暴行也越來越被視爲是鬥爭升級和／或不充分訓練的結果，而不是有計劃的挑釁。「就警

〔註 4〕高信疆，楊青矗，走上街頭——1987 臺灣民運批判〔M〕，臺北：敦理出版社，1988：176～180。

察的任務而言，重點是從法律實施到維護和平，從武力到智力和專業化的轉變。」〔註 5〕

在民主轉型過程中，政府爲什麼能夠和反對派在政治改革方面走到談判桌上呢？長期研究抗議政治的學者謝岳認爲：這主要與政府和反對派他們各自估計自己的力量和民主轉型的形勢有關，「在那些成功地表現爲內外談判模式的民主轉型國家，政府和反對派都承認，他們不能單方面地決定未來政治制度的性質。」「他們清楚地知道，沒有對方的支持、妥協與讓步，民主轉型的結果是一個兩敗俱傷的遊戲。」「在威權政權中，反對派不僅扮演了政府的終結者角色，還扮演了制度的終結者角色。他們不僅反對威權者，更加反對那個強加給他們的政治制度。因此，在威權社會，民主反對派爭奪權力的激烈程度要遠遠大於民主社會，他們對威權者的統治意義也更加重要。這也就是爲什麼威權者竭力瓦解、鎭壓甚至消滅民主反對派的原因所在。」〔註 6〕

如果集體行動要發揮更大作用，必須同時在規模與強度上有所體現，規模越大、強度越大，抗議的動員效果越明顯。什麼樣的抗議才算得上既有規模又有強度呢？首先，抗議必須由地方性迅速發展成爲全國性抗議，而且抗議的中心應當集中在全國政治的首都；其次，抗議組織必須達到一定規模，一萬人以上比少一萬人參加的成功率提高一半；其三，集體抗議需要建立國際聯盟，特別是那些國際人權組織和民主國家，通過它們的支持，形成國際性影響；最後，旨在民主轉型的集體抗議應當建立起全國性的跨階級聯盟，動員更多的群體參與到集體行動中來，讓威權者認識到，集體行動不是個別階級的利益表達，而是全體人民的基本願望。謝岳在引用了美國哥倫比亞大學社會科學教授、著名的政治鬥爭與社會抗爭研究專家查爾斯·蒂利等學者的這一系列經典論斷後，進一步分析了集體抗議的轉型機制和作用，提出集體抗議促進民主轉型有兩種方式：第一種方式是，激活了威權社會中的反威權因素，加速了保守派與改革派的分裂，降低了威權政權的合法性；另一種方式，來自集體抗議自身的直接影響。尷尬和無奈之處在於，不管是那一種抗議形式，長期影響還是短期影響，直接影響還是間接影響，都得面對這樣

〔註 5〕（意）唐娜泰拉·黛拉·波爾塔，抗議、抗議者與抗議管理：20 世紀 60 至 80 年代意大利和德國的公共話語〔M〕／／（美）西德尼·塔羅 等著，社會運動論，張等文，孔兆政，譯，長春：吉林人民出版社，2011：128。

〔註 6〕謝岳，社會抗爭與民主轉型——20 世紀 70 年代以來的威權主義政治〔M〕，上海：上海人民出版社，2008：55～56。

一個事實：「如果缺少結構性衰敗因素，集體抗議很難推翻威權政權。」〔註 7〕

（二）媒體保守但也容易激進

社會運動是一個公共事件，因此，媒體對運動的報導及其方式都會對運動的公共認知、大眾支持和發展產生重要影響。與美國傳媒和輿論的相對「保守」，對有關社會運動的視而不見、輕描淡寫、甚至歪曲報導不同，「在許多威權國家中，運動、媒體和輿論之間的關係則是另一番景象。在那些國家，記者往往會以『打擦邊球』的方式冒著風險擴大報導面，而民眾在某些重大問題上往往寧願聽信謠言。」〔註 8〕美藉華人社會學者趙鼎新指出，對於這種完全不同的媒體，可以從很多角度作出解釋。一種解釋說，這是因爲威權國家媒體報導面太窄，導致與事實太過偏離，從而導致新聞記者的良心負擔沉重，民眾不得不從其他渠道獲取消息。還有一種解釋認爲，美國的媒體主要是由市場機制而非政治干涉控制的，反而導致媒體的保守性。一些激進的媒體和觀念雖然常因受到排擠和壓制而處於邊緣，但不會激起它們特別是針對國家的不滿。與此相比，「如果一個政府運用行政手段來控制媒體，那麼一旦發生問題，這些問題立刻會被追究到國家頭上。」〔註 9〕這等於是說，要有什麼激進、異議、不滿的說法，要說就讓媒體說個夠，說夠了就沒有意思了，公眾不理會它就沒趣了。就算媒體的作用沒有想像的那麼大，加以控制的成本也就不會太大，威權者當然也不會輕易地隨意放鬆控制。趙鼎新這種明顯勸誘式的書生之見，估計沒有一個威權政府的掌權者會被打動。所以，他自己總結媒體的作用時也不得不承認，「國家與媒體的關係是國家與社會關係的一個重要組成部分；決定媒體和輿論在一個運動中的行爲的最重要因素仍然是國家與社會之間的關係，特別是一個國家賴以建立其合法性的價值觀念是否爲廣大記者和民眾所接受。」當然，同樣因素也可以回答最初的分析，「這就是爲什麼威權國家的媒體和公眾輿論在發生社會運動時往往傾向於激進的原因」。〔註 10〕

〔註 7〕謝岳，抗議政治學〔M〕，上海：上海教育出版社，2010：236。

〔註 8〕趙鼎新，社會與政治運動講義（第二版）〔M〕，北京：社會科學文獻出版社，2012：45。

〔註 9〕趙鼎新，社會與政治運動講義（第二版）〔M〕，北京：社會科學文獻出版社，2012：45。

〔註 10〕趙鼎新，社會與政治運動講義（第二版）〔M〕，北京：社會科學文獻出版社，2012：46。

三、新興婦女團體：最溫和的反對

婦女團體在 1987 年的驚豔亮相和一連串的社會運動和抗議行動，甚至蓋住學生校園風潮的風頭。由「彩虹專案」發起，聯合「婦女新知」等 31 個女性、山地、教會團體，1987 年 1 月 10 日組隊到臺北華西街遊行抗議人口販賣，企圖拯救淪落在風化區的大批山地雛妓。遊行最後在桂林分局前結束時，將一份「全國婦女、山地、人權暨教會團體嚴重抗議販賣人口共同聲明」交給警察局長。緊接著舉辦一連串後續活動：一週後舉辦座談會，請一名曾為雛妓的女士現場陳述受害眞相，並邀學者、律師探討解決辦法；發動「關懷雛妓萬人簽名運動」；幾位律師組成「法案修訂小組」研究法律疏漏之處。警政署在大眾的抗議下，於 3 月 1 日成立「正風專案」，嚴令全省警局加強檢肅人口販賣，徹底取締色情行業。4 月 15 日監察院內政委員召開有關雛妓處理問題會議，「婦女新知」等九個團體代表至監察院請願，繼續抗議雛妓在法律上人不如物的處境。這一連串行動終於衍生一常設機構「臺灣婦女救援協會」，於 8 月 2 日成立。臺北市政府社會局協同民間機構於 10 月底成立「勵馨園」，爲脫離風塵的少女提供庇護所及職業訓練。11 月，由兩位修女主持的「德蓮之家」相繼成立，輔導雛妓新生。〔註 11〕

詳細摘引這篇文章，不僅因爲它是 1987 年的婦女運動「第一聲鑼鼓」，也不僅是因爲它出自美國俄亥俄州大學人類學碩士、中國時報新聞供稿中心編譯、婦女新知基金會監事王瑞香之手。而是因爲，這是一個典型的社會運動場景和完整的「抗議手法的形式庫」：成熟有度，分寸得當，善用媒體，善於造勢，善於借力，層層推進，步步爲營，有虛有實，有分有合，有點有面，有上有下，有攻有防，有進有守，有裏有外，有官有民。動用的社會力量，運用的抗議手段，謀劃的抗爭行動，塑造的團體形象，扮演的角色姿態，造成的傳播影響，採取的解決方法，達到的實際功效，每一步、每一手、每一聲、每一招，都是可圈可點的。

「婦女新知」成立後，每年都有一個活動主題「以引發社會關切」，1987 年定的主題爲「婦女平等工作權」，因此除了參與抗議雛妓買賣的行動外，以爭取婦女勞工權益爲努力焦點，爲此採取的辦法是，於 3 月 7 日（國際三八婦女節前夕）至臺塑公司，向王永慶先生提交一封「職業婦女共同的期望」

〔註 11〕王瑞香，臺灣婦女運動新紀元〔G〕／／圓神年度評論編輯小組，反叛的年代——1987 臺灣年度評論，臺北：圓神出版社，1988：93～95。

公開信。3 月 8 日，召開有女工現身說法和律師談論法律保障不足的兩個座談會。接著又結合六個民間團體設計一份勞工權益問卷。4 月 29 日根據問卷訪調結果舉辦座談會。8 月 18 日聯合其他五個婦女團體至國父紀念館遞送抗議書，要求該館取消約雇「女服務員懷孕或年屆三十必須自動離職」的不合理規定。〔註 12〕1987 年 1 月 6 日成立的另一個婦女團體「新環境主婦聯盟」，從名稱上就顯示了親和力和溫和性，「新環境」加「主婦」，一下子就顯示出與其他環保組織的最大不同，馬上就成了媒體力捧的明星團體。

可以想像，這裡面的每一個行動，都會成爲媒體關注的新聞題材，報導之後必然成爲民眾議論的話題而不會招惹太大的麻煩爭議：這些活動有新聞賣點，媒體喜歡追蹤跟捧；這些活動暴力衝突色彩不濃，不會受到警方封堵，也不會成爲警總和新聞局查禁的報導題材；這些活動低姿態還偶而妥協，不會直接衝撞黨國體制和意識形態；這些活動既不過分張揚「女權旗幟」，也不與政治團體掛鉤；這些活動不製造街頭衝突，更不會與臺獨等禁忌產生關聯；這些活動議題設置巧妙，單點引爆輕鬆突破。

作爲媒體從業者和婦女運動組織者，王瑞香在總結這些策略時詳細解釋了其中眞實的考慮：爭取女權不但是要挑戰穩固的父系權勢，同時也是要對抗大眾（包括婦女）的情感包袱。家庭在中國社會裏至今仍具有相當崇高的地位，並且是許多婦女的唯一依附與滿足。婦女若眞的起來，勢必動搖家庭的權力結構，不僅威脅到男性，也威脅到以丈夫兒女爲畢生所託的婦女。因此，「以母親的立場來作呼籲便具有安撫的力量而減少社會的抗拒力。這許是某些婦女團體在這舉步維艱的時期所採取的權宜之計，是必要的一種策略。」〔註 13〕還有一個歷史原因是，此前的幾十年間，臺灣的婦女運動起伏不定，只有 70 年代呂秀蓮女士登高一呼，集結了少數婦女爲臺灣婦運所作的拓荒工作，後因局勢動盪，呂秀蓮被捕，婦女運動遭到了執政黨的重大打擊，並決定了臺灣第二波婦運先期的「非政治」色彩。而溫和、低姿態的策略，並不代表婦女團體作爲一個社會團體，不會參與到整個的社會運動中，更不代表絲毫不碰政治議題。1987 年 5 月 1 日成立的超黨派的「進步婦女聯盟」，就到

〔註 12〕王瑞香，臺灣婦女運動新紀元〔G〕／／圓神年度評論編輯小組，反叛的年代——1987 臺灣年度評論，臺北：圓神出版社，1988：95～96。

〔註 13〕王瑞香，臺灣婦女運動新紀元〔G〕／／圓神年度評論編輯小組，反叛的年代——1987 臺灣年度評論，臺北：圓神出版社，1988：108。

立法院門口靜坐了兩回，呼籲國會讓老立委「退休以享應有的含飴弄孫晚年」。10 月 25 日，該團體 20 餘人到中山紀念堂前和平示威，「以鮮花送予行人，支持國會全面改選」。〔註 14〕這種以中產爲主、溫和多元的抗爭行動，不僅給社會運動帶來了新氣象，也極大地豐富和提升了臺灣社會運動的整體水準。

四、反對行動的反制和管理：警察與暴力

王力行問到「在處理當時黨外問題上，經國先生的態度如何」，解嚴時期擔任參謀總長的郝柏村回答：「當時經國先生已經感覺得到，也預期到反對勢力將慢慢崛起，他老早就有準備。首先，他覺得警察的力量可能不夠，因此擴充了憲兵。當時我們的憲兵差不多共有兩萬多人，按當時國家的兵力結構，並不需要這麼多憲兵。但因憲兵具有司法警察的功能，萬一有什麼暴動，可以支持警察。第二是採取不流血的政策，這是政府的政策。」〔註 15〕1987 年 9 月 15 日總統指示；「今後處理民眾事件，不要輕易使用憲兵。」〔註 16〕1987 年 12 月 31 日，蔣經國去世前兩週召見郝柏村時，「很坦誠的談到」：「一、國內反動分子的破壞力深值憂慮，他們阻礙立法、丑化司法，而有計劃的打擊行政的公信力與公權力，現在只有軍隊及情治尚未遭破壞而形成國家安定力量。二、總統指示軍隊應完成應變準備。」郝柏村說，「如果總統健康亦如十年前，他們這些陰謀不可能得逞。」「軍隊由於基礎深厚，可保忠誠團結，但動用軍隊於內政究非國家之福。」〔註 17〕

解嚴前在聯合報當政治組組長的何旭初說：就社會上來講，比較大的轉變大概是在美麗島事件之後，之前上街頭遊行基本上都是違法的，1985 年他去報社的時候，上街頭已經蠻多的。政府也禁不了，所以派了兩排鎮暴警察跟在旁邊走，等於說兩邊穿著制服的鎮暴警察和中間一群人在那邊遊行。1985

〔註 14〕王瑞香，臺灣婦女運動新紀元〔G〕／／圓神年度評論編輯小組，反叛的年代——1987 臺灣年度評論，臺北：圓神出版社，1988：98～99。

〔註 15〕郝柏村，郝總長日記中的經國先生晚年〔M〕，臺北：天下文化出版公司，1995：382。

〔註 16〕郝柏村，郝總長日記中的經國先生晚年〔M〕，臺北：天下文化出版公司，1995：387。

〔註 17〕郝柏村，郝總長日記中的經國先生晚年〔M〕，臺北：天下文化出版公司，1995：394。

年頭一次對鎮暴警察丟汽油彈，從那次之後那個高峰就過去了。所以差不多到了趙少康、陳水扁跟黃大洲選臺北市長的時候，遊行就整個跟過去的氣氛完全不一樣了，還有孕婦推著娃娃車上街頭，也沒有警察了，街頭也不管制了，他們遊行的人按鈕去管那個紅綠燈。臺灣社會對於遊行這種事情，慢慢的也覺得是見怪不怪了，司空見慣了。後來警察也不管了，笑眯眯地，隨便，反而也沒事了。這是臺灣社會的一個進步了。〔註 18〕

像社運人士搞街頭抗爭沒有太多經驗一樣，臺灣軍警鎮暴部隊一開始也沒有太多的鎮暴經驗。廖信忠在《我們臺灣這些年》中回憶兒時的印象：解嚴以前叫鎮暴隊形，解嚴之後才改爲驅散隊形。驅散隊形大概來自希臘方陣，基本有散後三線（平行）、左梯形（左尖）、右梯形（右尖）、楔形（中間尖）、後退 V 型等幾種，隊伍裏前排多拿著短棍，後排拿長棍，還有人拿著瓦斯槍和滅火器等，他們前進時，踩著大皮鞋發出整齊的響聲，口中嘶吼著「嘿……嘿嘿」，不時再拿短棍一起敲打盾牌，就像斯巴達勇士向敵軍示威一樣。

民進黨還小的時候，常常上街頭，那時，被打、被沖水、被抬走、被喝茶、被起訴都是光榮的，稍微熱血一點的，多多少少有案在身。民進黨高層很怕街頭活動演變爲暴力事件，早期一發生衝突，總是喜歡說有特務混進自己隊伍中搞破壞。事實上，在支持民進黨的群眾裏，眞的有這麼一批人，就是被媒體稱作「暴民」的那些人，他們自稱爲「衝組」。後來，民進黨要改變形象，對街頭運動也越來越有經驗，所以每當有活動時，總是會組織糾察隊，安撫並盯著支持者以防有過激的舉動。再過幾年，「衝組」比較克制了，憲警也愈來愈溫柔，街頭運動越來越歡樂，慢慢變成嘉年華，全家老小外加寵物還可以一起出門散步。〔註 19〕

警察與暴力的聯繫，往往是在街頭運動高漲的時候。警察被當成反抗威權的直接對象。「警察被視爲過於強大的壓迫者，他們擁有太多的特權。通過『民主化運動』，他們的特權即使不能全部清除，他們的權力、資源以及地位也都應當被削減。最低限度是警務應該受到通過民主程序選舉產生的地方警察當局的控制。」「警察在『幹髒活』和運用權力處理衝突事件兩方面都是不可缺少的，最爲重要的不是警察清除了多少必須清除的邪惡事件，而在於警

〔註 18〕筆者曾於 2012 年 12 月 12 日在臺北輔仁大學與習賢德、何旭初進行訪談，詳見附錄。

〔註 19〕廖信忠，我們臺灣這些年 2〔M〕，南京：江蘇人民出版社，2014：35～36。

察遵守由民主程序產生的價值觀。在 20 世紀 80 年代中期警察被認為是社會不公正的製造者，是少數特權人群的代表，我們要做的是改變那時的社會和警務，而不是把警察當做敵人一樣疏離。」〔註 20〕

「警察、政策、政體、政治學、睿智、政府、政客，這一組詞匯是在含義上差別細微的最好例證。」羅伯特・雷納在《警察與政治》中提到的這些名詞，當然是指英文中的詞匯。而在他成書的 1984 年前後，英國爆發了 1926 年以來規模最大、持續時間最長的一次煤礦工人罷工，並且發生了 1920 年以來最嚴重的警察與糾察隊員的暴力衝突。從那以後，警務政治（politics of policing）已經發生了根本性的變化，警察深深陷入政治衝突的風暴和持久的論戰之中。在 1984～1985 年礦工罷工事件的處理中，警察處於一方面被「左派」人士謾罵而另一方面又被「右派」人士頌揚的尷尬境地。

警察的種族歧視、腐敗以及濫用權力等曾引發 20 世紀 80 年代英國政治衝突的核心問題，雖採取各種手段對其進行了整治，但仍是揮之不去的陰影，並且新聞媒體在這些領域仍舊窮追不捨重揭警察醜聞的傷疤。羅伯特・雷納舉例說明鞏固媒體報導的變化：「在遊行示威期間，剛開始的時候媒體正面報導了警察的可愛形象，緊接著媒體就開始探究警察處置不當和瀆職行為。」〔註 21〕這一情形也出現在臺灣的媒體報導中，雖然曾經有禁令有忌諱，對街頭運動的報導一開始很少涉及對警察行為和措施的評價，甚至對抗議者的報導也是先從其影響交通和市容的角度入手，因為不這樣寫可能就無法見報。但在後來，警察的一舉一動顯然已經成為「反抗行動」整體行為的一部分，警察和抗議者的「衝突與合作」，共同「維持」和「完成」了抗議活動的過程和抗議行動本身。警察的行為不存在完全保持中立的、獨立的、客觀的姿態，但也不再是當權者的白手套、替罪羊，更不會成為主動行動者和媒體報導的主角。雖然可以說，從廣義的角度看，所有的帶有權力因素的關係都是政治，警務是天生的、不可避免的政治。但在具體的警務中，警察的作為與政府的處置、與反對運動的目標越來越有區隔的時候，就是反對運動公開化、常態化的時候，就是民主政治、民主社會趨於成熟的時候，這時候警察的職責與

〔註 20〕（英）羅伯特・雷納，警察與政治〔M〕，易繼蒼，朱俊瑞，譯，北京：知識產權出版社，2008：序言。

〔註 21〕（英）羅伯特・雷納，警察與政治〔M〕，易繼蒼，朱俊瑞，譯，北京：知識產權出版社，2008：168。

遊行示威者自發組織的糾察隊變得目標一致、行動一致，都是爲了維持好現場秩序，不讓遊行中發生意外。

（一）暴力威脅的處理方式：暴力與秩序

「社會對無處不在的暴力威脅的處理方式，型塑（Shape）和約束著人類互動的模式，包括政治和經濟體系的模式。」〔註22〕

當經濟發展將人們帶離貧困境地之時，人們或許能夠滿足於沒有政治自由的生活，而一旦他們富裕起來，他們通常會主張更多的政治自由。「我們的雙重平衡框架顯示：普遍的富裕也有可能造就出新的群體，他們迫切要求在公共選擇方面擁有更多的政治話語權，他們將成爲當權者潛在的抗衡力量。」《暴力與社會秩序》的三位作者在該書中文版前言中指出，發展的問題不是單一的，而是包含著兩個不同的發展問題：第一個發展問題即從權利限制到權利開放的轉型，第二個發展問題反映的是如何在權利限制的背景下改善社會的問題。第二個發展問題能處理好，並不一定意味著在第一個發展問題上就能獲得成功。

「向權利開放秩序的轉型，包括法治和非人際關係化的公民權利，只可能發生在那些已經達到了特定標準的權利限制社會，這些特定標準我們稱之爲門階條件，包括精英的統治、公共和私人領域的永久性組織，以及對軍隊和警察的統一控制。」〔註23〕言下之意，作爲一個日益成功的權利限制秩序，可以很好地應對第二個發展問題，特別是在保證經濟的快速增長和提高物質生活水平上。但是，只有完全滿足門階條件，才會到達向權利開放秩序轉型的臨界點。

在試圖處理衝突和暴力的「痛苦遺產」問題上，後續政府採取何種方式在很大程度上取決於政權更替時期的力量對比。「無論在哪裏，只要政權的轉變是通過談判而不是強制手段達成的，某種形式的大赦就不可避免，尤其是有關方面依然擁有擾亂和平的力量。由於轉變過程的特殊性和新制度的脆弱性，爲了和平和新政府的穩定，某種形式的大赦就是必須的代價。總之，如

〔註22〕（美）道格拉斯·C·諾思，約翰·約瑟夫·瓦利斯，巴里·R·溫格斯特，暴力與社會秩序——詮釋有文字記載的人類歷史的一個概念性框架〔M〕，杭行，王亮，譯，上海：上海人民出版社，2013：前言。

〔註23〕（美）道格拉斯·C·諾思，約翰·約瑟夫·瓦利斯，巴里·R·溫格斯特，暴力與社會秩序——詮釋有文字記載的人類歷史的一個概念性框架〔M〕，杭行，王亮，譯，上海：上海人民出版社，2013：前言。

果放棄權力的結果是讓他們接受審判和失去特權和地位，那麼，誰會願意這樣做呢？」〔註24〕

和解作為一種進程和一種姿態，在衝突開始的那一刻就埋下了種子，在解嚴的那一刻就開始計時萌芽，在轉型的那一刻就會瘋狂生長。但真要面對和解的話題，與面對當年的暴力與罪行一樣，是艱難的甚至殘忍的事情。「那些實施了虐待、謀殺和損害他們同胞的罪人被大赦，不僅深深地冒犯了受害者和幸存者，而且激起了旁觀者和第三方的不滿情緒。由於某種原因，我們認為這些作惡者必須付出代價，他們不應該被允許繼續他們原有的生活，就好像不幸從未發生過似的。於是，寬恕／仁慈（制度化的大赦和原諒）與正義價值之間的清晰而痛苦的緊張關係，再一次擺到我們面前。」〔註25〕

在這個漫長的和解過程中，「更為詳細的理想化模型」包括四個階段：保證和平、揭露真相、伸張正義、妥善處置過去。和解文化是和平／非暴力的文化，是實事求是的文化，是公正的文化，是寬恕的文化。比如對「白色恐怖時期」受迫害者的評價，對二二八事件中受難者的評價，就是一直無法癒合的一道歷史傷口，總是被人為地揭開，反覆訴說於每一個現實的十字路口。臺灣的「轉型正義」如果不能在恰當的時機、以恰當的方式化解這些過去的問題，就會形成新的衝突和不合作。

社會運動不等於社會衝突，社會抗爭不等於社會暴力。同樣，社會秩序不等於社會控制，社會變遷不等於社會進步。未來的社會運動，未必有直接的衝突和正面的抗爭，未來更多的是一種新理念、新權利的主張和伸張，而動力和動機，更多的是來自內生的、內心的、內在的嚮往和想像，是非佔領、非爭奪、非擁有的另行開拓和創造。

反對與抗爭、暴力與秩序，這裡存在一個「力與理」的悖離現象。

理不足時以力屈人，這是對強權的簡單化理解。事實上，「強權即公理」也不是表面上看得出來的。巧妙的控制術或者說進化中的獨裁者，從來不是在直接使用強權，而是因為有了強權撐腰背書，是特別在乎講道理的，表現出另一層的社會現實或者真實生活的表裏悖離甚至暗合一體。第一層，有力

〔註24〕（英）安德魯·瑞格比，暴力之後的正義與和解〔M〕，劉成，譯，南京：譯林出版社，2003：194。

〔註25〕（英）安德魯·瑞格比，暴力之後的正義與和解〔M〕，劉成，譯，南京：譯林出版社，2003：195。

者往往以「理」示人、服人，因爲他最有機會講理，最有條件講理，最能決定道理，最起碼他有足夠的經費，能宦養得起大批高水準的理論家。第二層，有理者力不足時，會有街頭行動等顯得激烈的抗爭，就轉向了暴力性的「力」，走向了反面，或者自己反對的那一面，容易授人以柄。無力的有理者，似乎更像一個蠻不講理的霸道者。第三層，還有一種「無力」時的講理，是因爲無可奈何，或者是武力不足、技不如人，只能在口頭上講講「理」。這不是因爲有理，而是實在沒力。第四層，弱勢一方或者以爲代表社會進步的一方，力尚不足時，且先講理，以求先聲奪人，既便不能即刻以理服人，也能在蓄積實力時暫緩一口氣，待有力時自會「力斥」、「力排」，「據理而以力爭」。第五層，假若你有力，但別人借來外力，借助第三方更大的力來施壓牽制時，一種新的暫時性平衡狀態下，兩個強手之間也會講理評理。這時候的兩個大個的講的是大道理大利益，小個的既沒有力、也顯得沒有理，更無法申張單純的利、單獨的理。第六層，強權者製造或者培養、釋放出來的多種「反對之力」，互相之間也會自消自耗，以力消力，借力打力，把對手和競爭者變成沒有理的亂力，把反對者變成不占理的暴力，從而強化了強權者自身的「原理」和「原力」。

（二）臺灣日報暴力事件：媒體暴力與暴力媒體

解嚴之後不到兩個月，1987 年 9 月 12 日下午，數十名群眾衝進國防部經營的《臺灣日報》臺北管理處辦公室，砸毀設備、打傷兩名職員，成爲解嚴後首宗媒體暴力事件。導火索是《臺灣日報》前一天在第二版刊登的一篇文章，這篇署名「西方朔」的新聞幕後報導指出，發生在 9 月 10 日的臺北地方法院群眾滋擾事件，前往抗議的老人是民進黨以每人一千元代價雇用的「職業群眾」。

報導出來的當天，社會上並無具體反應。到了 9 月 12 日這天，臺北地方法院開庭審理「六一二」群眾事件，庭訊結束後，群眾遊行到立法院抗議「司法不公」，江蓋世、洪奇昌、謝長廷等人則登上宣傳車演講。洪奇昌首先指出《臺灣日報》的這篇新聞報導，侮辱「老人會」成員；謝長廷也做了同樣的演說，對報導表示不滿。一時之間，在場的抗議群眾群情激憤，表示要討回公道。下午二點左右，抗議群眾化整爲零，突破立法院附近的警方封鎖線，朝著忠孝東路《臺灣日報》臺北管理處方向前進。十分鐘後，管理處門口就聚集了二百多人，要求該報人員對此報導作出解釋。在抗議未獲具體回應情形下，部分人士大喊「打呀！」、「衝呀！」就有幾名群眾衝進辦公室內砸毀設備並打傷職員，大批員警趕到現場，逮捕四名民眾，移送臺北地方檢察署偵辦。〔註 26〕

臺北市報業公會、臺灣省報業協會、高雄市報業協會、中華民國電視學會、中華民國通訊事業協會、中華民國廣播電視協會等新聞團體，第二天發表聯合聲明，譴責這起事件：「暴力分子公然向《臺灣日報》施暴，無異企圖破壞新聞自由體制，乃對全體新聞傳播的侮辱，也是向社會公眾的公開挑戰。」〔註 27〕

五、反對的心理：禁而不絕與不禁反止

這是一個很有意思的例子：深夜飆車不禁而止，媒體煽動禁而不絕，從側面反映出社會反對運動的一種逆反式、反轉式反對心理。

飆車事件的查禁處理，引發的報導、引發的暴力衝突，以及善後的結果，值得在此加以記錄分析。這個前後不到半年的熱潮興起到消失過程，相當於一次微型的戒嚴與解嚴的模擬演習。其中涉及到現場各方的心態與衝突，警察對付群體事件的現場技巧，媒體報導與事件的互動影響，以及政府管制政策的研究與制訂。

意外之一：警民衝突。1987 年 4 月入夏后，青少年飆車最早見於臺北市北投大路，引起傳媒爭相報導，警察署加以取締後，飆車風潮卻由北向南，在苗栗、臺中、彰化、嘉義、臺南、屏東等地流行。7 月間，在嘉義、屏東都曾發生因為警察取締方法欠當而爆發的警民衝突，導致警車被毀事件。8 月 4 日，臺南市又因為類似原因而爆發更嚴重的群眾暴動事件：警察在取締飆車時，兩輛高速行駛的機車互撞倒地，圍觀的兩千多名群眾竟遷怒於警察，聚眾攻打臺南市交通隊。結果交通隊車禍處理小組及交通事件裁決所內部設備全被搗毀，交通隊樓上民宅乙間被縱火焚燒。暴民燒毀警方巡邏車五輛、摩托車三部、轎車四輛，並砸毀八輛警用巡邏車。〔註 28〕

〔註 26〕王天濱，新聞自由——被打壓的臺灣媒體第四權〔M〕，臺北：亞太圖書，2005：247。

〔註 27〕自立晚報，群眾搗毀臺灣日報辦事處，學者指有損新聞自由〔N〕，1987-9-13（2）。

〔註 28〕徐正光，宋文里 合編，臺灣新興社會運動〔G〕，臺北：巨流圖書公司，1990：289。

意外之二：報導惹禍。在飆車流行期間，飆車事件經過大眾傳播的渲染、報導後，成爲大眾注意的焦點。報章雜誌以極大篇幅長篇報導有關飆車之消息，一方面提供有關活動訊息給熱衷於飆車活動的飆車手和觀眾，一方面則因爲它過度渲染飆車手的「英雄行徑」，而對飆車行爲產生增強作用。最明顯的例子，是在7月22、23日，許多報章雜誌大肆渲染：北部飆車高手「黑金龜」將南下和林邊的「火狐狸」舉行一場南北飆車大對決。許多群眾聞風而至，結果飆車沒賽成，倒引發了一場群眾焚燒警車的暴力事件。〔註29〕

意外之三：容易引爆。群體性暴力衝突極易發生的場景和條件，在飆車取締行動中得到了印證。由於飆車時間多在深夜，個人在群眾中作出任何行爲，都不容易被別人認出自己的身份，圍觀者比較容易感受到「看熱鬧」的心情以及「責任分散」心態。在這種情況下，警察出面取締飆車，其行動過程不容易爲人所正確知覺，若是有人趁機起哄，諸如「警察打人」、「警車撞人」之類的謠言極易在黑暗與混亂中不脛而走。在黑夜籠罩下，受到煽動而群情激憤的群眾十分容易表現出群體暴力行爲，治安單位不可不慎。〔註30〕

意外之四：未禁而止。行政院鑒於飆車問題對社會治安造成重大影響，乃責由研考會邀請專家學者，組成專案小組進行研究。未料從1987年10月之後，風行一時的飆車熱潮竟隨著雨季的到來而突然消失。〔註31〕

第二節　反對政治的自我超越

一、自力救濟：超越街頭行動

1987年的臺灣，有幾組基本數字：1987年將近兩千萬人口中，工業總勞動人口超過七百七十萬。國民所得急劇升高，部分反映在臺幣對美元之升值，1986年1美元兌臺幣的匯率是1：38，1987年的平均匯率升到1：31.7。

合法登記的團體，根據政府的統計，1952年大約2560個，會員超過130

〔註29〕徐正光，宋文里 合編，臺灣新興社會運動〔G〕，臺北：巨流圖書公司，1990：293。

〔註30〕徐正光，宋文里 合編，臺灣新興社會運動〔G〕，臺北：巨流圖書公司，1990：303。

〔註31〕徐正光，宋文里 合編，臺灣新興社會運動〔G〕，臺北：巨流圖書公司，1990：290。

萬人；到 1987 年爲止，達到 10625 個，會員約有 830 萬人。不同的利益團體、民間團體「像企業一樣蓬勃發展」，「日益專業化的各種人群，利益與價值觀益形複雜」。〔註 32〕

根據一項警政署所發表的統計數字顯示，1987 年 1 月至 12 月，全省共發生各類民眾遊行集會請願案 1836 件，平均每天即有 3 次以上的街頭運動，因此在這 12 個月期間，警方共出動警力 27 萬人次。（聯合報 1988-1-12（1））

以自力救濟爲主題的研討會，1987 年多達數次，計有國民黨文工會所屬的《中央月刊》4 月 3 日之「自力救濟與社會安寧」座談會，5 月 29 日消費文教基金會之「自力救濟與環境保護」，6 月 13 日中國人權協會之「自力救濟與人權」，8 月 28 日民進黨政策研究中心之「自力救濟與公權力運作」。

各大報的社論版，評論自力救濟的文章平均每週兩次以上，同時在觀點上也呈現兩極化的趨勢，不是藉討論自力救濟以批評公權力，就是以維護公權力之名抨擊自力救濟。

政府方面，包括總統蔣經國在內，行政院長俞國華、司法院長林洋港、經濟部長李達海、經建會主委趙耀東、內部部長吳伯雄、法務部長施啓揚、省政府主席邱創煥等，都在不同時間、不同場合對此發表過談話，立法委員的質詢更是頻繁，而公營民營的研究機構，研究並發表的專題文字更是充斥報刊。

「自力救濟」不同於以政治結構改革爲訴求的街頭運動，如二二八事件和平遊行、五一九綠色行動、六一二反國安法、民主聖火長跑、聲援「人民有主張臺灣獨立的自由」遊行、一二二五中山紀念堂示威等；也不同於比較高層次的社會運動，如消費者運動、學生運動、婦女運動等。對照字義上講，「自力救濟」意指民眾的權益受到不當侵害或剝奪，以集體形式在公共場所向政府有關部門，或公營機構所表達的抗議，如榮民要求生活補助費、高雄後勁居民反對中油建五輕、股市投資人抗議股市暴跌、臺中果農抗議進口水果影響生計等等。事實上，這一年的自力救濟與政治反對運動、社會抗議運動有相當程度的相乘效應。「每一次自力救濟，似乎都鬆動了一個底層的社會連結。」〔註 33〕

〔註 32〕田弘茂，大轉型——中華民國的政治和社會變遷〔M〕，李晴暉，丁連財，譯，臺北：時報文化出版企業有限公司，1989：63。

〔註 33〕倪炎元，相對剝奪與集體抗議〔G〕／／圓神年度評論編輯小組，反叛的年代——1987 臺灣年度評論，臺北：圓神出版社，1988：117。

感受到「相對剝奪」的不同利益群體，不同的心理落差，形成多元的利益訴求，這一年最大的不同，他們走上了街頭，選擇了公開抗議的表達方式，增加了街頭行動的總頻次和總規模。這一年的政府當局，不再簡單地以「暴民」視之，選擇了接受抗議書、接受抗議過程，儘管不一定保證解決問題或保證有結果。

二、吳鳳的故事：顛覆傳統正統

蔣經國看到社會上的部分人士，因省籍觀念而出現的一些對立情緒和分歧意識，心中十分痛苦。有一天，他突然正色對總統府副秘書長張祖詒說：「不管吳鳳的故事是否眞實，如果確有像他這樣能夠成仁成義的人物，我眞是對他敬佩之至。」張祖詒在回憶文章中說：「我觀看他說話時凜然肅穆的神色，暗吃一驚，難道他會有效法吳鳳之心？畢竟他是繫國家安危於一身的總統。」〔註 34〕

在臺灣中小學生受到的教育裏，「吳鳳的故事」是這樣的：臺灣的山地同胞，過去在祭典時有獵人頭的風俗，又叫出草。可是只有阿里山的曹族山胞早就停止了這項陋習，這都是因爲吳鳳的關係。吳鳳是 200 多年前管理阿里山地區的官員，被山胞所仰慕。吳鳳覺得因祭祀殺人不好，拖延不讓獵人頭，有一年鬧災，山胞無穀物可食，吳鳳沒有辦法，就慨然說：「那麼需要人頭的話，明天白天時，會看到一個人穿紅衣戴紅帽，騎著白馬經過小路，你們可以把他的頭砍下來祭拜。」翌日，果然來了個戴紅帽穿紅衣的人，埋伏的山胞馬上殺了那個人，取下頭顱。沒想到一看，竟是他們最尊敬的吳鳳，山胞跪在地上號啕大哭，十分懊悔、驚惶。此後，山胞被吳鳳舍生取義的偉大人格感動，於是決定把陋習革除。山胞奉吳鳳爲神，並發誓以後絕不獵人頭，一直到現在。

但是，在「原住民」的版本裏，呈現了歷史的黑暗面：吳鳳是一個專門幹欺騙番人的奸商，最後在忍無可忍的情況下，只好把他殺了，也從來沒有把吳鳳當過神。這一切都只是漢人一廂情願的想法而已。〔註 35〕

漢人移民來了以後，原住民變成「山地人」。吳鳳便是這種溝通平地與山地之間語言、貿易的「通事」。他有沒有搜括無人知悉，但買辦的剝削本

〔註 34〕張祖詒，蔣經國晚年身影〔M〕，臺北：天下遠見出版公司，2009：328。
〔註 35〕廖信忠，我們臺灣這些年 2〔M〕，南京：江蘇人民出版社，2014：178。

質是必然的。這樣的剝削者死去一個，其實不算什麼。但因爲他是漢人，而且符合日本殖民政府的山地林野開放政策的需要，被推崇爲「犧牲英雄」，立碑樹傳，建大廟以茲宣揚紀念。同時又可以加深原住民的落後、愧疚、自卑心理。〔註 36〕

在阿里山的原住民抗議期間，又出了一宗湯英伸殺人的案子。恰好湯英伸就是阿里山的曹族人，「祖上殺死吳鳳」的曹族的後人。同情湯英伸的輿論，引向了對原住民不公平境遇的呼籲。

據楊渡介紹，1987 年 5 月 12 日，殺死洗衣店雇主一家三口的曹族青年湯英伸被執行死刑。命案發生不久，原住民權利促進會會長胡德夫與幾位在臺北就學的山地知青曾有過幾次聚會，試圖透過一些管道的呼吁，募一些款項作爲死者家屬的教育安養費用，並期望湯英伸能因其「自首要件」成立而獲判無期徒刑，然而事情終於無法完成。

湯英伸，十九歲，曹族人，正如他的祖先殺害吳鳳一樣，都是該死的行爲。他不應該毫無認識平地便下山找工作；他不該被介紹所騙去一千五百元介紹費身無分文時猶在勉強獲得工作；他不該怪罪將他帶回洗衣店的老闆沒有給他約定的五百元工資而只給兩百元；他更不該喝酒同老闆吵架想要回身份證終而失去理性，演變出命案；他更不該去自首，因爲警察局說他不是自首……〔註 37〕楊渡發表在《自立晚報》的這篇文章，立意在於試圖「槍下留人」，充滿悲憤情緒。

郝柏村在 1987 年 5 月 16 日日記中記載，與蔣經國談及山地曹族青年湯英伸去年殺死雇主一家三口，死刑確定，竟有黨外人士及部分宗教人士向總統陳情，請還應暫緩執行，總統深表不滿。此完全爲一司法案件，必須依法處理，而且已於昨日執行，但《自立晚報》社長吳豐山爲文，將湯案歸咎於社會，歸咎於政府未能妥善照顧山胞，並擬舉行座談會，顯然爲利用本案挑撥山胞對政府的向心。〔註 38〕

〔註 36〕楊渡，強控制解體〔M〕／／詹宏志 策劃，社會趨勢叢書 20，臺北：遠流出版，1988：224。

〔註 37〕楊渡，強控制解體〔G〕／／詹宏志 策劃，社會趨勢叢書 20，臺北：遠流出版，1988：277。

〔註 38〕郝柏村，郝總長日記中的經國先生晚年〔M〕，臺北：天下文化出版公司，1995：344～363。

1987年9月2日，「臺灣原住民促進會」再度以小學課本應刪除吳鳳神話爲訴求，到教育部抗議。他們在臺大集結，而以傳統唱歌跳舞的方式遊行到教育部，遞送抗議書。

原本世居阿里山地區的曹族，族名是從「chao」翻譯過來的，當局給了他們一個漢族族名，現在也正名爲「鄒族」，這「chao」本來是「人」的意思。後來，吳鳳鄉也改名爲阿里鄉，湯英伸的父親擔任鄉長至今。〔註39〕

三、反對與妥協：讓步即進步

在反對與反制的衝突和妥協過程中，雙方都會發現，讓步就是進步。特別是對執政的國民黨而言，可以說緩和即和解，放手即保全。

國民黨政府1986年10月宣布要解除戒嚴和開放組黨，這兩項革新措施被《中國時報》稱爲「跨向民主憲政的歷史性變革」。這當然是很多因素一起促成的，學者特別指出的一個因素是臺灣反對派——黨外人士多年的抗爭。也可以說，兩項措施是執政黨的一次重大的讓步。〔註40〕可以看到國民黨在潮流和時局面前的應變能力，它利用在臺灣的巨大的權力優勢，爲奪取民主革新的主動位置下了工夫。也說明在國民黨內開明派佔了上風。〔註41〕迫使國民黨不得不擇善而行的原因很多，在這種情形下的選擇也可以有多種選向，「威權的紅利」還沒有吃盡的獨裁者選擇更嚴的控制和更強的壓制，也是一種「上癮性」的習慣選擇。相對而言，國民黨政府雖然權力仍十分強大，但已經發現強制鎮壓反對勢力的「政治成本」越來越高，甚至每一次的對抗型鎮壓行動會引起更大的反抗和衝突，不但得不償失，而且一有行動就更加被動。在基本的權威體系即將被打破前夕的那種「祛魅心理」，用口語來說，不怕你了，不怕事了，心裏沒有恐懼了，甚至要找事了，等你出招了，刺激你來出手了。這時候的明智之舉就是，主動緩衝緊張態勢，主動緩解對抗壓力，主動緩和敵對情緒，把反對運動納入可控制的法制軌道，使之成爲「健

〔註39〕廖信忠，我們臺灣這些年2〔M〕，南京：江蘇人民出版社，2014：184。
〔註40〕風雲論壇編輯委員會，蔣經國變法維新（風雲論壇30）〔M〕，臺北：風雲論壇，1987：48。
〔註41〕風雲論壇編輯委員會，蔣經國變法維新（風雲論壇30）〔M〕，臺北：風雲論壇，1987：62。

康的政治力量」。〔註 42〕這不僅僅是風度問題，也是生死存亡問題，務實心理上必須接受一個事實：壟斷的權力和獨享的權力，難以維繫下去了，必須作出部分讓度甚至大幅度的讓步。這對國民黨中的改革派和少壯派來說，心理上的障礙相對小得多，本土出生的「官二代」成了內部的反對派，激活並觸發了內部的改革和自我反省、批判和革新。國民黨這個時期的口號是「在安定中求進步」，老百姓要求的是「在進步中求安定」，現在全反過來了，明眼人全都看出來了，「你不進步的話，安定也是假安定。」〔註 43〕退一步而言，「與其眼見激進化的反對黨日漸茁壯，倒不如發揮政治智慧，祛除反對黨的深切敵意，俾使兩黨在合乎現代文明的政治軌跡上運作。即使有日政權交由反對黨執掌，絕不意味即是亡黨、亡國，鑒諸西方國家的政治運作其理自明。」〔註 44〕

國民黨面臨歷史性的考驗，集會抗議的對象在擴大，這是一個可怕的徵兆。到了 1987 年初，被抗議的機構包括了臺灣警備總部、報社、電視公司、各級政府機構，再往上有國會、總統府、法院、經濟部、黨部，再從横面上看，還有國營公司和民營大公司等。要使社會重新走上正軌，須重整國家機器重新設計合理的結構，讓人民有集會結社的自由、言論的自由，解除報禁及其他古老的政治禁忌，以至棘手的法統問題。〔註 45〕事實上，政治禁忌之外，還會擴大延展到社會禁忌、文化禁忌、宗教禁忌，以及心理禁忌、語言禁忌。一禁百禁，一忌百忌，都是互相牽連、互相牽制的。

但是從這種種抗議中，國民黨執政當局反而可能是「最大的得益者」，爲什麼這樣說呢，因爲所有的抗議都是對著國民黨的統治體系來討説法的、尋求幫助的，那就是說，都承認了國民黨是當權的、強權的、掌握實際權力的、有權力有能力解決相關問題的。抗議的潛在前提是承認對方，就像執政黨對在野黨的壓制，在野黨對執政黨的反對，壓制即承認對方的存在，反對即肯定對方

〔註 42〕風雲論壇編輯委員會，蔣經國變法維新（風雲論壇 30）〔M〕，臺北：風雲論壇，1987：52。

〔註 43〕風雲論壇編輯委員會，蔣經國變法維新（風雲論壇 30）〔M〕，臺北：風雲論壇，1987：146。

〔註 44〕風雲論壇編輯委員會，蔣經國變法維新（風雲論壇 30）〔M〕，臺北：風雲論壇，1987：86。

〔註 45〕風雲論壇編輯委員會，蔣經國變法維新（風雲論壇 30）〔M〕，臺北：風雲論壇，1987：102。

的存在，反對的含義成了「互相肯定的和平競爭」，成了互相的否定式肯定，成了遵守共同規則的遊戲雙方，成了一個新的大體系內的一部分。在操練、演習的過程中互相理解，互相學習，在實戰、衝撞的過程中互相熟悉，互相配合。理性、開放、互動，自然容易成爲雙方行動的最優選項。國民黨中央文工會主任宋楚瑜在 1986 年 5 月臺北「司馬光與王安石學術研討會」上發言說，北宋變法和黨爭是「君子群而不黨」，表示「君子之爭」正切合當前臺灣的政治情況。〔註 46〕這既是政治態度的轉向，也是政治語言的轉向。同月的五一九「綠色行動」（參加者身披書「反戒嚴，爭人權」的綠色橫幅而得名）可算是民進黨成立前規模最大、持續時間最長的一次公開抗議活動。警方出動 1200 人把遊行組織者圍困在集合地點龍山寺內，在長達 12 小時的僵持中，出現了一種有趣的「對立中的默契」，現場雙方都刻意避免武鬥和肢體衝突，黨外反對派聲稱此次行動「不是遊行」是「個人自由散步」，並一再告誡參加者「打不還手罵不還口」；警方則出動大批女警察站在第一線，使對方有所顧忌不便率先動手。這是一種攻防的轉換，「對抗中的平衡」並非靜態不動，而是在事實上讓反對派的「撞線策略」再次得分。這種「撞線策略」即國民黨每退讓一步，反對派便前進一步，其前進步伐又總要跨越國民黨退讓後的防線，但又不越過太多，以防過分刺激到國民黨。得寸不進尺，得理且饒人。就這樣步步爲營，寸進之功，積小爲大，迫使國民黨的防線逐步收縮，一點點地蠶食對方據守的政治地盤。由於每次抗爭都「過線不多」，執政黨當局包括現場的執法者，要大舉反擊理由不夠充分，顯得小題大作，不會得到民眾的同情支持，結果往往被迫示弱，使抗議者如願以償地「得分小勝」。〔註 47〕

有觀察者注意到選舉風向轉變中民意的轉向，在 1986 年底也就是蔣經國去世前的最後一次選舉中，「高票當選的中央民意代表，除了一二名例外，其餘均屬溫和穩健、主張改革的人士；激進或者訴諸暴力，辱罵元首或者燒毀黨旗的幾乎全部落選」。「投機取巧、濫開空頭支票、形象不彰的候選人多被淘汰。」〔註 48〕

〔註 46〕風雲論壇編輯委員會，蔣經國變法維新（風雲論壇 30）〔M〕，臺北：風雲論壇，1987：162。

〔註 47〕黃嘉樹，國民黨在臺灣（內部發行）〔M〕，海南：南海出版公司，1991：746。

〔註 48〕風雲論壇編輯委員會，蔣經國變法維新（風雲論壇 30）〔M〕，臺北：風雲論壇，1987：124。

四、反對與信任：誰是眞正的敵人

（一）內部的反對更容易招致痛恨

內部的敵人，內部的叛逆，內部的異議，內部的反對，內部的造反，哪怕是內部不同的消極聲音，都會讓威權政府的當權者特別地惱羞成怒，更加地萬分痛恨。以「江南案」爲例，大眾也普遍注意到，「最令當權者痛恨的並不是像劉宜良這樣從海外提出批評的人，而是原先在政府內享有特權但後來因良知和原則放棄特權的異議分子」。〔註 49〕包滬寧認爲，任何組織的首領都極爲憎惡這種離經叛道然而勇氣十足的行爲，原因之一是這種行爲的發生證明他們的工作確實有缺陷。這種背叛行爲被憎惡的另一個原因是，由於背叛者對他們批評的東西有第一手的瞭解，批評起來格外得心應手。脫離陣營的人說起話來遠比一直在陣營外的人有權威。雷震就是這樣的例子：1988 年，有人發現軍官們焚燒了雷震的獄中回憶（至少是燒了一部分），這件事發生在同年四月，監察院不久前決定重新調查雷震案。類似的例子還可以算上被長期軟禁的張學良、孫立人，而吳國禎遠走美國後的反戈一擊，從反面印證了這一點。後來國民黨非主流的分裂、新陣線的出走、宋楚瑜組建新黨，都證明了內部的紛爭、分裂，比外部的敵人和壓力還要可怕。

這也是爲什麼在黨報、黨員報、黨友報犯了錯誤後，效果上看更爲嚴重的原因。因爲社會上的民眾會以爲，連國民黨自己的報紙都這樣講了，事情可能比說出來的還大，發生的問題肯定更嚴重。中央日報在關鍵時刻失聲失語，蔣經國大爲震怒，這也是一個原因。

反過來看，政治家最大的禁忌，就是在內部製造敵人。說到 1947 年發生的二二八事件，成爲國民黨在臺灣幾十年間最大的隱痛和歷史的隱患，也成爲至今無法痊癒的最深的傷口。想當年，1945 年從日本人割據下光復，是何等的大事，兩年不到就碰上了「內戰中的內戰」，終成臺灣的「內傷」。而在這兩年中間，臺灣的報業興旺一時，從一家報紙轉眼擴展到二十多家，經歷了十足的新聞自由和言論自由。新聞出版公司無需向政府登記，也沒有人搞書報審查。無論是與日本人殖民統治（日據、日占、日治、日領四個詞，代表了四種感受和態度）的五十年相比，還是與國民黨統治（國民政府遷臺、

〔註 49 （美）包滬寧（Daniel K. Berman），筆桿裏出民主——論新聞媒介對臺灣民主化的貢獻〔M〕，李連江，譯，臺北：時報文化出版企業有限公司，1995：227。

中華民國光復基地、中華民國的臺灣、中華民國在臺灣、中華民國即臺灣，又代表了不同階段的態度和觀念）的四十年相比，差距都十分顯著。在臺灣光復時，《臺灣新生報》是島內唯一的報紙，而不少記者的中文程度不佳，不能用中文採訪寫稿。直到二二八事件之前，報紙都是用中日兩種文字印刷的。我們熟悉的臺灣作家吳濁流，他的幾部長篇小說都是先用日語寫好，再「翻譯」成中文。到了 1987 年，那段歷史成為禁忌的四十年當中，內部的敵人和敵意並沒有消失，對禁忌的挑戰和衝撞中，二二八事件最容易拿來說事，國民黨越是忌諱，反對派越是要碰，決心撕開口子的時候，就成了算總帳的日子，反而成了一本「變天賬」。

其實不用等那麼久，埋那麼深，新聞報導天天都在為未來存下待翻的舊賬，又不時地翻出以前報導中未及清算的舊賬。在中壢事件十週年的日子，臺灣的媒體已經開始翻舊賬了。1987 年底，臺灣媒體發表了大量紀念中壢事件十週年的文章，《新新聞週刊》1987 年 11 月的第 37 期縮印了《聯合報》的版面一角，並加上了一個標題：中壢事件發生後一個禮拜，聯合報才在三版處理這個新聞。當然，也可以說，中壢事件如同比它早 30 年的二二八事件一樣，是臺灣現代史上的又一座分水嶺。它標誌著一個新時代的開始，在這個時代，國家已經無法壓制在迅速的經濟發展中產生的社會力量，無法制止他們從事政治活動（或者，政府認為鎮壓將付出過高的代價）。〔註 50〕

（二）外人的意見更容易取得信任

世界各國對傳媒的控制共有五種方式：一是通過對傳媒的壟斷實行直接控制；二是給傳媒機構發放開業執照令其「自我審查」而達到控制的目的；三是借發布所謂的「國家安全條例」或「緊急令」等手段實施管制；四是對傳媒施加各方面的壓力以收控制之效；五是對傳媒或傳媒界人士用暴力實行管制。在 20 世紀 80 年代末之前的幾十年中，在自稱是開放的臺灣社會裏，其實上述五種對傳媒的控制方式同時存在。

除少數幾個西方國家外，多數國家和地區最初都抵制傳媒的全球化趨勢，臺灣也不例外。當 20 世紀 80 年代初全球化趨勢開始向世界各地波及時，臺灣的一些傳媒也紛紛要求政府實行開放政策，但這些要求、努力和嘗試都

〔註 50〕（美）包澹寧（Daniel K. Berman），筆桿裏出民主——論新聞媒介對臺灣民主化的貢獻〔M〕，李連江，譯，臺北：時報文化出版企業有限公司，1995：245。

遭到了當局的嚴厲壓制。傳媒要求開放的努力和政府反對開放的企圖導致了雙方的鬥爭和摩擦。從 1980 年至 1986 年，政府對傳媒「自由化傾向」採取的各項行動次數增加了近 20 倍（注：從 1980 年的 16 次增加到 1986 年的 302 次），沒收和禁止出版物的行動次數增加了近 30 倍（注：從 1980 年的 9 次增加到 1986 年的 296 次）。〔註 51〕

民進黨在野時，曾積極主張黨政軍退出無線電視三臺，陳水扁競爭時對選民的承諾之一就是要制定政策，讓政黨、政府和政治人物退出媒體。在其勝選之前的《傳播媒體白皮書》中，陳水扁指出：「一旦威權執政獨大，經濟及媒體受其宰制，傳播活動隨之萎靡不振，公民社會因而失其喉舌。反之，放任私經濟掛帥，政府結構怠忽公益維護，媒體產業畸形蔓生之際，傳播功能亦連帶扭曲，公民社會未蒙其利，卻深受市場脫序之苦」。〔註 52〕事實上，這位旅美學者在陳水扁上臺第一個任期結束、該書出版之際，還沒有看到「下文」。

陸鏗在回憶錄中不無得意地寫了一章：「胡耀邦接受訪問，陸大聲一言喪邦」。其中提到 1987 年 3 月 16 日中共中央第八號紅頭文件，對中共中央總書記胡耀邦的下臺，作出了說明，其中一條罪狀就是「破壞集體領導原則，不和政治局其他同志商量，就接受包藏禍心的陸鏗的訪問，洩露了國家機密。並聽任陸鏗肆意攻擊我黨政治局委員（胡喬木）、書記處書記（鄧力群）。〔註 53〕事實上，陸鏗自己在所謂的「懺悔」中承認，1985 年 5 月 10 日，胡耀邦在中南海接受他的訪問，交談兩小時，在 6 月 1 日《百姓》雜誌刊出長篇的《胡耀邦訪問記》前後，一系列的做法上都有問題。姑且不從政治、外交、兩岸關係等角度來講文章的毛病，單從新聞專業角度來看，這位老資格的記者從採訪動機、問答行文、編發經過、事後處置上，都未有絲毫打算替這位「毫無機心、待人寬厚的君子」著想，反而正是看中了這一點，利用了這一點。其一，「『新聞第一』的習慣，仍牢牢紮根思想裏，在處理新聞性的稿件時，只問事實，很少考慮影響；而且作爲一個記者在進行訪問時，抒發自己

〔註 51〕（美）洪俊浩，全球化趨勢下的臺灣傳媒〔G〕／／魯曙明，田憲生 主編，旅美學者看臺灣——二十一世紀臺灣社會考察與分析，臺北：秀威信息科技出版，2004：240～241。

〔註 52〕（美）俞燕敏，臺灣廣播電視媒體中的政治〔G〕／／魯曙明，田憲生 主編，旅美學者看臺灣——二十一世紀臺灣社會考察與分析，臺北：秀威信息科技出版，2004：299。

〔註 53〕陸鏗，陸鏗回憶與懺悔錄〔M〕，臺北：時報文化出版企業有限公司，1997：437。

的意見，把自己捲進去」。其二，「更使我感到不安的，即胡耀邦見到《百姓》的大樣後曾提出七點，請予修正，而被我拒絕」。「爲了使楊奇、牛釗兩位有個交代，我寫了一張簡函給胡耀邦，除表示因時間倉卒，雜誌已經付印，無法改動外，特別提出在整理記錄時已注意到不損其形象，如『老爺子』之稱即略去，請賜亮鑒，並予原宥」。也就是說，他的採訪稿件並未打算交回本人審閱。在受訪者得知並提出七點修改意見後，竟然以「雜誌已經付印」這樣的理由拒絕修改，甚至還爲自己不修改去辯解。陸鏗在事後反省中承認這是「一種欺人自欺的行爲，應該受到譴責，至少是良心的譴責」。說到底，還有第三點，也是「專業敗類」的極端之舉，不惜一次性得罪採訪對象甚至所有人，來博取一戰成名、暴得大名。陸鏗的懺悔變成了通篇的自辯自誇，甚至傳言胡耀邦在檢討中說「看了《訪問記》，才知道陸鏗是個壞人」，也被他拿來當作炫耀自誇、給自己臉上貼金的資本。

明知此人爲老不尊，根本不值得新聞界仿傚，爲什麼還要關注此人此事呢？就是想到了臺灣媒體的亂象，與此類相通相似者值得警惕。提及此人還有一個理由，他與江南案主角的遺孀崔蓉芝的關係，按陸本人的自述，1987年10月21日「香港相會表演橫刀奪愛」。崔蓉芝在「江南案」之後，一直在和臺灣當局交涉索取巨額賠償金，這些在錢復的外交日記裏也有詳細記載，直到1987年底，這事還沒有最後解決。〔註54〕

五、反對政治的反正：何謂「法統」「正統」「道統」

所謂「法統」、「正統」、「道統」，依照中國傳統價值觀，可從三個層面加以定義。

所謂「正統」，即中華民國政府是代表中國的正統政府。換言之，把目前有效統治中國大陸的共產黨政府視爲叛亂團體，而在最近的將來必將「光復

〔註54〕李登輝1986年1月25日（星期六）日記記載：總統開會說明，「劉宜良遺孀請求我國賠償，控告法院一事，我國態度即不採取私下和解，付錢了事。這失去我國立場，必以法院周旋到底。雖然在控告期間，對我國不利情況很多，但不惜這代價，維持國家尊嚴、立場。」李登輝口述歷史小組編注：江南遺孀崔蓉芝在美國控告臺灣政府一事，是在1985年10月，臺灣一審勝訴，二審敗訴。1990年9月兩造達成和解，臺灣政府同意支持崔蓉芝145萬美金，但拒絕承認在「江南案」中有責任和錯誤，崔蓉芝則同意其本人及其後代放棄對臺灣當局的追訴權。出自 李登輝，見證臺灣——蔣經國總統與我〔M〕，臺北：允晨文化公司，2004：152。

大陸」云云。亦即，實際上不過統治一千九百萬人口的政府，卻以統治和領導十億人民的政府自居。

所謂「法統」，即以「中華民國憲法」爲「中華民國政府」領導十億人民、統治一千一百四十一萬八千一百七十四平方公里土地的法律依據。這部「憲法」根植於孫文主張的五權分立——行政、立法、司法、考試、監察，經參加「中國政治協商會議」之「全國代表」一致通過採行。依此，基於全大陸民意制定之「中華國民憲法」而施行依法統治，即稱爲「法統」。

所謂「道統」，即遵循儒家教誨，堯、舜、禹、周公、孔子、孟子、孫文、蔣介石，脈脈相傳，以所謂「仁政」爲基礎之道德統治。

總之，「中華民國政府，是以儒家倫理仁政爲基礎，並由十億國民所選出之政治協商會議，以遵循孫文理論而制定之三民主義憲法作依據，爲代表一千一百四十一萬八千一百七十四平方公里領土之中國正統政府。」以這樣的意識形態，於戰後四十年來一直君臨臺灣人民。〔註55〕

殷海光曾針對這樣的意識形態，寫下相當生動的描述：「國民黨集團是新與舊、東方和西方的結合體。它在中國的土壤裏生長，受入侵的西方列強撫育，國內外動亂使它茁長壯大。它摻雜了若干中國傳統價值，組織方法和宣傳控制則以共產黨、納粹和法西斯爲模範。它受到法國革命的熱情和理想的影響，特別欣羡俄國布爾什維克革命的成功，並因此得以統治中國。」〔註56〕日本學者徐邦男引用了殷海光的觀點並評點說，殷海光對中國國民黨的定義，即使在進入八〇年代後，仍然是分析國民黨的基本命題。

臺灣解嚴解禁期間更爲活躍的另一位日本學者若林正丈認爲，臺灣的政治體制改革，目的就在於正統性的重建。一個政治體制要安定必須具有正統性與實效性。臺灣經濟建設是「開發獨裁」的成功之處，但其弱點在於正統性的支配力薄弱。「因此國民黨政權在內政上有實效性之餘，還必須藉著政治體制的改革以求重建正統性。」〔註57〕

〔註55〕徐邦男，國民黨政權的決策機構和人事安排〔G〕，//日本文摘編譯中心編，日本人看臺灣政治發展——從黨外到後蔣經國時代，臺北：故鄉出版社，1988：152。

〔註56〕盧蒼 編，殷海光書信集〔G〕，香港：文藝書局出版社，1975：239，//日本文摘編譯中心編，日本人看臺灣政治發展——從黨外到後蔣經國時代，臺北：故鄉出版社，1988：152～153。

〔註57〕若林正丈，臺灣政治改革與中臺關係新階段〔G〕，//日本文摘編譯中心編，日本人看臺灣政治發展——從黨外到後蔣經國時代〔M〕，臺北：故鄉出版社，1988：62。

（一）法統換了說法：法統在法不在人

據馬英九 2004 年初的回憶：民國七十六年七月十五日，「國家安全法」開始施行，同日臺澎地區正式解除實施了三十八年的戒嚴，象徵民主改革列車正式啓動。同年，經國先生指示推動資深中央民意代表退職時，有人提議增設大陸代表，否則我國的國會即無法代表大陸地區，而影響中華民國的法統。此種「法統在人」的觀點一出，輿論爲之大嘩。十一月間，經國先生兩次在大直七海寓所臥房召見，詢問「民國三十八年十二月七日政府遷臺當天，有沒有對中國大陸的主權問題發表過任何政策宣示？」英九當時負責「充實中央民代機構方案」的幕僚作業，曾奉召集人李副總統登輝先生及中央李秘書長錫俊先生指示研提方案，因此向經國先生報告：政府遷臺前後，並未對我國政府的全國代表性作過任何聲明。

經國先生聽罷便作出結論：「中華民國憲法，就是中華民國的法統。依照憲法選出來的中央民意代表，就可以代表中華民國的法統，不必再增設大陸代表了。」經國先生這一個「法統在法不在人」的決定，讓英九當場大大鬆了一口氣，因爲如果在臺灣設置大陸代表，一方面本身毫無代表性，且不具正當性，更使我國自民國四十年以來中央民意代表因國家發生重大變故，以致未能依法定期改選的正當性，一夕之間化爲烏有，政府將何以自圓其說，向全體國民交代？〔註 58〕

（二）改選改了說法：充實、增補而不是改選

中央民意代表機關，也就是三個國會機關——國民大會、立法院、監察院。幾十年來永遠被大陸時代選出的代表和委員們佔有絕大多數席位而毋須改選，絕對不合民主政治體制，必須改革。「蔣經國對此問題與在野的黨外人士在看法上原無差異，只是在改造的步驟和方式上存有不同。」〔註 59〕

爲了減少反彈和阻力，官方口徑的用詞是充實、增補，而不是全面改選。據 1987 年 11 月的資料統計，目前臺灣三個中央民意機構中，國大代表 949 人中資深代表 865 人，立法委員 314 人中資深委員 218 人，監察委員 67 人中資深委員 36 人。老化問題相當嚴重，按平均年齡計算，資深國大代表 76.68

〔註 58〕2004 年 1 月 8 日，曾任臺灣前總統蔣經國英文秘書的臺北市長馬英九，在國民黨中常會發表紀念「本黨蔣故主席經國先生」逝世 15 週年的專題報告，題爲「蔣經國時代的啓示」。

〔註 59〕張祖詒，蔣經國晚年身影〔M〕，臺北：天下遠見出版公司，2009：224。

歲，資深立法委員 80.42 歲，資深監察委員 81.75 歲。〔註 60〕

隨著時間的推移，資深中央民意代表日趨老邁。1987 年統計，他們的平均年齡已達 80 歲。充實中央民意代表機構，事在必行。爲了這一革新方案的推行，蔣經國提示了一個基本立場和兩項基本原則。基本立場是「憲法就是我們的法統，只要由憲法產生的中華民國政府存在，中華民國法統必就存在」。有了這個基本立場的提示，確立了法統是由憲法來代表，而不是由任何自然人來代表的觀念，也就排除了專設「大陸代表」的需要性。依據這項立場，未來國會改造方案，蔣經國隨之提示兩項基本原則：第一，它必須更具民主性。第二，它必須保持全國性。前一原則是要充實以後的中央民意代表機構將具有更深厚的民意基礎，後一原則則是要充實以後的中央民意代表仍然代表全中國，而不是僅於臺灣地區。

蔣經國對「國會改造工程」規劃設計中間的折衝協調、磋商溝通，艱辛備至，備致嘉許。形成的草案內容，柔中帶剛，各方意見兼收並蓄，符合他一貫的「在穩定中求進步」的意旨，他表示滿意。不幸就在全案提報中央常會之前夕，他在 1988 年元月 13 日猝逝，未及看到全案的實施。〔註 61〕

在名與實之前，有時候名比實大；在保與棄之間，當然是以實爲上；在說與做之間，往往是有做有不說，有說有不做。

（三）「三不變政策」的名守實變

開放老兵大陸探親決心已定的蔣經國，1987 年 9 月 16 日在中常會上表示：爲順應民意，結合民意，政府有必要就人道立場研究這一問題，但處理這一問題的基本前提是：反共基本國策不變；光復國土目標不變；確保國家安全的原則不變。這是一種務實穩妥、可進可守的處理方式，綜合了此前兩方面的不同意見：一種意見主張把開放探親看作是「調整大陸政策的第一步」，隨後開放觀光、貿易、體育交流與文化交流；官方仍堅持「三不政策」，而民間則開放接觸。另一種意見，則主張「人道論」，即將開放探親僅看作是基於「人道」的彈性措施，不是對「大陸政策」的調整。〔註 62〕綜合兩種意見後的政策，包括官民分開、由民間組織執行的細節，顯得有做法也有說法，

〔註 60〕户張東夫，蔣經國的改革〔M〕，香港：廣角鏡出版社，1988：194。
〔註 61〕張祖詒，蔣經國晚年身影〔M〕，臺北：天下遠見出版，2009：226～229。
〔註 62〕茅家琦，蔣經國的一生和他的思想演變〔M〕，臺北：臺灣商務印書館，2003：435。

有辦法也有章法。而不知就裏的人，往往只看到「三不」中的保守和矛盾，豈不知守中有破，破中有立，是一種相輔相成的關係。另一種保守派的人，可能只看到了開放探親的莽撞、突兀，而不知攻與破、守與防的拉鋸戰中，國民黨這一次卻是十拿九穩，坐收紅利。

甚至連解嚴的本身，也是爲了拋掉「軍事統治」這個不好聽的名聲。馬英九以親身經歷的解嚴決策爲例，給出了「解嚴」的一種獨特解釋：當蔣經國瞭解到「臺灣的戒嚴對人民自由的影響，比國外所認知的『戒嚴』少很多，但是因爲『戒嚴』（martial law）在英文的意思就是『軍事統治』，只要臺灣不解嚴，這個『軍事統治』的標籤就丟不掉。最後他毅然決定解嚴，丟掉這個包袱與黑鍋，讓臺灣恢復憲政常態，而且要求越解越寬，不可『換湯不換藥』。」〔註63〕

（四）安撫老兵：收購「戰士授田證」

1987 年 10 月 15 日的各家報紙上，大大的標題就是「准許赴大陸探親」的消息，並宣布 11 月 2 日起國際紅十字協會受理報名，除軍人和公務員以外都可以申請，思鄉心切的公務員紛紛提前退休，導致 11 月公務員自願退休人數劇增了 2.3 倍。而且這些退休的公務員都選擇一次性領取退休金，讓相關單位的年度退休金預算瀕臨透支邊緣。〔註64〕

後續的配套措施之一，就是從速收購「戰士授田證」。政府 1951 年公布《反共抗俄戰士授田條例》，依其施行細則，光復大陸後，國軍官兵可在原籍地址辦理授田，每位戰士的授田面積爲每年出產淨燥稻穀二千市斤（一千公斤）面積之田地。政府共發出約 75 萬張「戰士授田憑據」。這後來成爲反對人士對政府施壓的利器之一。老兵集體以遊行、請願、開研討會等方式要求政府從速收購「戰士授田憑據」。老兵的抗爭持續到 1990 年 4 月，立法院三讀通過「戰士授田憑證處理條件」，決議由政府收購授田憑據，每份發給一至十個基數補償金，每一基數金額爲五萬元。補償總額以不超過 880 億元爲原則。〔註65〕

具體的探親通道，則主要是通過香港這個「中間地帶」、「過渡地帶」進行運轉、周轉和中轉。在之前的 1979 年 4 月開始，臺灣當局暫停受理以香港、

〔註63〕張祖詒，蔣經國晚年身影〔M〕，臺北：天下遠見出版，2009：序。
〔註64〕劉臺平，眷村〔M〕，南昌：江西教育出版社，2013：170。
〔註65〕封漢章，臺灣四十年紀實〔M〕，石家莊：河北人民出版社，1992：265。

澳門爲首站的旅遊出行，公開的理由是爲了防止經濟上的套匯，實際上是限製香港會親和轉赴大陸探親。而香港方面當時規定，申請香港簽證的觀光客，可以在香港停留兩週到一個月，隨時還可以申請延長。於是，從臺灣出來旅遊的老榮民，往往先繞道東南亞其他國家旅遊，最後一站到香港，與事先約好的大陸失散親友會面，甚至借著滯留香港期間，搭廣九鐵路返進入大陸內地探親。這種違反「法令」的事，在 1985 年到 1987 年的三年裏達到高峰，最多時一年超過兩萬人，每天在香港的「會親樓」裏上演著久別重逢的悲喜劇。這些遊客爲香港旅遊業帶來極大的生意。會親樓裏專門提供臺灣旅客爲大陸親友購買的彩色電視機、冰箱等「三大件五小件」商品，每人在香港的消費平均在三千美元。

新詞、新語，也影響到了日常生活，包括「行酒令」也變了花樣。開放大陸探親的規定出來後，有了這樣一首行酒令：「一國、兩制、三通、四流、五千、六萬、七天、八件、九別、十全。」其中五千指臺灣人均 GDP5000 美元，六萬指返大陸探親需差旅費 6 萬新臺幣，七天指辦理返鄉手續所需時間，八件是返鄉探親可帶 8 件禮品。〔註 66〕

（五）「本土化」的有實無名

張祖詒以自己作爲一個幕僚對蔣經國的貼身觀察，提出了另一種「解嚴」新解：「戒嚴的宣告或解嚴都是總統的權力，他要思考戒嚴的存廢，是因爲他覺得這是他的責任。」「如何早日回歸到平常法治的軌道，是他繼任第七任總統之後的一大心願。回顧他處理這一問題的過程，可說是竭盡周密、審慎、穩健的能事，期間經過接納建言、猶豫思考、毅然決定和公開宣示四個階段」。〔註 67〕

蔣經國從未用過「本土化」這三個字，但他被一致認爲臺灣政治發展史上「本土化」工程的創造者。「蔣經國絕不使用『本土化『的說法，應有他深長的考慮，可以理解。」張祖詒分析「本土化」一詞的意涵，認爲單從字面望文生義來看，相對於「國際化」或「全球化」等較爲宏觀的用詞，「本土化」具有較爲狹隘的地域主義，甚或不無排他性的地區觀念，如果運用到政治操作，稍有不慎，可能傷害不同族群和諧，甚至製造衝突。確實，依一般人的理解，「本土化」是指政治權力分配的改革，大力培植和拔擢臺籍精英進入政

〔註 66〕封漢章，臺灣四十年紀實〔M〕，石家莊：河北人民出版社，1992：265。
〔註 67〕張祖詒，蔣經國晚年身影〔M〕，臺北：天下遠見出版公司，2009：215。

府。而當時很多在野的政治人物，更把「本土化」視為爭取「在地人當家作主」的指標，則是給「本土化」下了最為偏狹的定義。〔註 68〕後來的臺獨分子和綠營的深綠人物，更是有意地從「本土化」講起，說到臺灣的「自主」、「自決」，「自立」，用意昭然若揭。

第三節　反對理論的成熟體系

一、反對黨的命名定位

（一）定名：避免辯爭

1986 年 9 月 28 日上午，全國黨外後援會第一項議程，由提案人尤清說明組黨工作提案，講到擬定的黨名有：民主進步黨、自由進步黨、自由黨、臺灣民主黨、臺灣自由黨。到下午開會時，朱高正突然提議立即宣布組黨，至於黨名，「為了避免中國與臺灣的糾結，社會主義、資本主義與自由主義的辯爭，所以黨名用『民主進步黨』，如果要改以後還可以變更，在很多國家做反對運動要面對壓力，改黨名的事在其他國家也是常有的。〔註 69〕

民進黨成立了，在幾年的時間裏看不到什麼正面的報導，提到民進黨，言必稱「民 X 黨」、「X 進黨」或者「所謂的民進黨」，在戒嚴期間組黨就是名不正、言不順，堅決否認民進黨的存在。〔註 70〕

即便到了這個時候，代表國民黨做出回應的中央政策會副秘書長梁肅戎在 9 月 30 日發表的三點聲明中，仍稱其為「無黨籍人士」，而不是「黨外人士」。

（二）定色：綠色基調

何明修的《綠色民主》一書中，從色彩的政治學角度，談及民進黨的綠，認為在一開始的時候，黨外選擇綠色作為代表是偶然的，他們的出發點並不是基於某種生態主張。在 1981 年臺北市議員選舉中，包括陳水扁在內的四位黨外候選人採取綠色作為聯合文宣的底色，以宣示淨化政治、改革政治的決心。到了 1985 年，黨外選舉後援會製作了一面民進黨旗前身的旗子，並且保

〔註 68〕張祖詒，蔣經國晚年身影〔M〕，臺北：天下遠見出版公司，2009：168。
〔註 69〕李筱峰，臺灣民主運動 40 年〔M〕，臺北：自立晚報出版部，1987：240。
〔註 70〕廖信忠，我們臺灣這些年 2〔M〕，南京：江蘇人民出版社，2014：33。

留了原有的綠色基調。事實上，在色彩的政治學之中，黨外的選擇十分有限，藍色是國民黨、紅色是社會主義、黑色是無政府主義，這些都是他們極力想要避免的聯想。因此，這種選擇也多少帶有不得已的意味。〔註 71〕

政治上有顏色光譜，政黨有顏色標簽。媒體褒貶別人及被別人褒貶時用顏色區分，也是一種常用的簡便辦法。1978 年 11 月 6 日至 8 日的國民黨第五次新聞工作座談會通過的「發揮大眾傳播功能，加強對匪文化作戰，以徹底粉碎共匪統戰陰謀，加速共匪崩潰案」中，也用了一大堆顏色標簽：「應全力支持並協助主管當局，積極加強思想武裝，導正分歧觀念，以掃除一切赤色的毒素、黑色的罪源、灰色的污染、桃色的戕害，並以『增進團結、反對分化』，『崇尚法治、反對暴力』、『訴諸理性、反對偏激』、『提倡節約、反對浪費』作爲新聞報導評論、節目製作之基本態度與立場。」〔註 72〕

老蔣時批評媒體「黃、灰、黑」，還有政治上的「赤」，小蔣時這些標簽也沒有撕掉。政治上除了藍與赤，還多了一個綠，綠營反貼的標簽多了一個黃，不是蘋果日報黃色新聞的黃，而是黃種人的黃，「黃禍」的黃……

（三）定位：「合法」反對

臺灣的史學大家許倬雲是這樣運用史家之筆的：兩三天以後，既然沒有反對，大勢已然，民進黨儼然成立了。當時有些法律專家正在建議當局通過政黨法，然而，反對黨的出現，哪有經過法律成立的？都是運動成立，或是形勢的需求出現的結合。民進黨的成立正是反映了這一現象。一個眞正代表一部分老百姓民意的政黨，就不需要執政的政府賦予「合法」的外衣。民進黨成立，使臺灣終於有了兩黨政治，一個在朝的國民黨和一個在野的民進黨。〔註 73〕

在《臺灣四百年》這本加上後記 160 頁的小冊子裏，寫了臺灣上下 400 年，而民進黨的成立給了大半頁，可見許倬雲把這事看得比「改朝換代」還大。而這一段飽含情緒性的議論，已經不只是史家之言，更像一個熱血的報紙政論專欄作者。這位歷史學家的判斷是：海峽兩岸基本上處於一個對峙而

〔註 71〕何明修，綠色民主：臺灣環境運動的研究〔M〕，臺北：群學出版公司，2006：207。

〔註 72〕中國國民黨中央委員會文化工作會 編，第五次新聞工作會談實錄〔G〕，臺北：群學出版社，1978。

〔註 73〕許倬雲，許倬雲說歷史：臺灣四百年〔M〕，杭州：浙江人民出版社，2013：124。

不衝突的局面。他的盼望是：璧合之前須有珠聯，鏡圓之時還待金鑲；其間必有一段過程，一段秉承善意和理性、彼此相處的過程。〔註 74〕

（四）定調：柔性力量

自從 1986 年 12 月中央民意代表選舉後，民進黨所採取的一連串措施，例如設立中常主席、中央委員、中央評議委員、立法院黨團書記，以及議處不接受中央命令而參加監察委員投票的省市該黨議員等，都顯得該黨相當高度的「模仿現在執政黨國民黨的組織模式」。這種模式的基本結構是黨員小組，一層一層的上去，一直到中常會，以中常會主席爲最高權力中心。形式上以黨員群眾爲基礎，實質上卻是金字塔式的權力結構，由最上層主席的指揮而行動。

中研院專家文崇一當時建議說，「民進黨既是一個新成立的黨，高層黨員的地位又相似，正適合於走英美式柔性政黨的路線，使黨內民主產生最大的力量，而不宜採取嚴格紀律的組織形態。」就一般人的立場而論，並不希望黨的紀律太嚴格，把入黨和脫黨視爲生命中的大事，這似乎沒有必要。西方國家的政黨，除少數黨工人員外，對一般黨員多半不作嚴格要求，例如美國的兩大黨，黨員只是採登記制度，可以隨時宣布離開或加入。「黨的成就，不在於控制個別黨員的行動，而在黨內民主過程，以加強黨員認同和效力。黨間的競爭，不在於過於嚴格的紀律，而在以政策爭取選票。」〔註 75〕

學者的善意提醒往往被當成書生之見，並不能阻擋反對黨每每極限式的突破和挑戰舉動。如果說反對黨有顧忌有底線的話，一開始在黨名前迴避冠以「中國」、「臺灣」字樣，在最初的黨綱聲明中迴避談及「臺獨」，避免直接挑戰蔣經國的個人權威，而且公開支持「回歸憲政」，化解組黨及反對運動可能面對的政治危機。〔註 76〕包括大型的街頭抗議和示威遊行活動，也避開了到總統府門前的這條線路。而最後的緊要關頭和危機時刻，國民黨當局也做出了重大讓步。

〔註 74〕許倬雲，許倬雲說歷史：臺灣四百年〔M〕，杭州：浙江人民出版社，2013：107。

〔註 75〕文崇一，試論民進黨的組織路線〔N〕，自立晚報，1987-2-9〔2〕，／／文崇一，臺灣社會變遷與秩序，臺北：東大圖書，1989：143。

〔註 76〕陳世岳，政治領袖與政治轉型——蔣經國與臺灣政治轉型〔D〕，臺北：中山大學中山學術研究所，1998：6。

（五）真正的生日 Party

早期在廈門大學臺灣研究所工作的楊錦麟先生，除了寫過一部《李萬居評傳》，「大概要算是中國大陸第一個研究民進黨的人」。後來在香港鳳凰衛視，也持續關注臺灣大選等各種政治活動，採訪和認識了不少民進黨人物。他講到了一個很有意思的細節：「臺灣解嚴開禁之間，禁止三人以上聚會，除非生日 Party。所以整個六十年代，後來的民進黨骨幹成員，頻頻以開生日 Party 爲幌子，邊吃飯邊議政。1986 年 9 月 28 日，臺北圓山飯店，民進黨在它眞正的生日 Party 中正式誕生。同年，我在一篇刊於廈門大學學報的文章中提出：民進黨是一支重要的政治力量，要接觸，要團結，要爭取。」「陳孔立老師講，對待臺灣問題，首先要有一份同情心，對待民進黨的『臺獨』主張，即使並不贊成，也要報以尊重、理解和同情。」〔註 77〕

生日 Party 一說，略帶調侃。定名、定色說難也不難。雖說韓國的黨派頻繁更名，民進黨的名稱倒是一直沿用下來。至於後兩項的定位、定調，純屬於學者的旁觀者之言。在政治搏弈和衝突運動中，其定位必然不斷調整甚至搖擺，定調也會時高時低、時硬時軟。

二、反對理論：「忠誠的反對黨」

1987 年 6 月，「國安法草案」馬上就要進入立法院二讀的關頭，10～12 日連續三天，「分別由民眾自發的和民主進步黨策動的立法院示威活動也正在立法院進行之中」，「過去，爲了抵制國安法，民進黨大抵由立法院中的立委和遠離立法院的街頭群眾，分頭進行議事抗爭和群眾示威、演講，現在則兩個活動匯流在立法院。三天之中，立法院群眾現場由民進黨社會運動部協助民眾示威並演說，而民進黨立委則在議場參與會議，一方面分批到現場參加群眾演說。」〔註 78〕林濁水得意叫好並且理直氣壯地爲「國會街頭化」辯護，對指責民進黨「侮辱國會尊嚴、違背議會政治、不符合議事倫理」的說法不屑一顧，毫不避諱地講「就是要羞辱國會」，「對僵化的體制做有力的衝擊」，「凸顯它的虛僞性和荒謬性」，而執政黨所謂「讓民進黨儘量發言」也成爲「立法院根本成了行政機關的傀儡」的佐證。事實上，衝擊「萬年國會」，增選補

〔註 77〕楊錦麟，不知天高地厚——楊錦麟觸電記〔M〕，香港：天地出版，2017：326。
〔註 78〕林濁水，國會街頭化〔N〕，民進報週刊，1987-6-18，／／林濁水， 統治神話的終結，臺北：自立晚報社，1990：215。

選國代，是國民黨想做並且正在做的事，民進黨的抗議是在幫國民黨的忙，是一種反向推動的合力，這一點上倒是殊途同歸、不謀而合。

反對黨理論與實踐的制度性研究，在學界是陌生的，避之惟恐不及，遑論研究。這種制度，在如今最為發達的英美，它根深蒂固，枝繁葉茂；在比較發達的新加坡、臺灣，它也約略生根發芽，並呈現勃勃生機。按照中共中央黨校王長江教授學生吳克峰在其博士論文中給定的現階段政黨定義，無論革命黨還是改良黨都不是政黨，政黨應該是代表一定（一個或幾個）階級、階層或利益集團，協力競取政治權力和職位以實現社會公認價值的團體，獲得了公民授權把握了公共權力的政黨叫執政黨，沒有獲得公共權力的政黨叫反對黨或在野黨。至於曾經有過的革命黨，它對應的詞，應該叫做改良黨。革命與改良，像激進與漸進一樣是指取得政權的手段，它們與執政黨、在野黨的劃分標準，並不在一個層次上。〔註 79〕

按照王長江教授的說法，「政黨固然各有特點，但仍然有許多共同之處，在不少方面都遵循著共同的規律」，政黨在民主政治中的作用具體體現為：政黨是民眾參與政治的工具，是溝通民眾與政府聯繫的橋樑，是人民控制政府之手的延伸。〔註 80〕工具說、橋樑說、延伸說，同樣也適用於媒體。

按照燕繼榮教授的說法，政黨區別於一般社會組織和利益集團，它是實現利益聚集和表達的途徑，形成和培養政治精英的渠道，實現社會化和政治動員的途徑，組織政府的手段。〔註 81〕途徑說、渠道說、手段說，同樣也適用於媒體。

反對黨理論的根基是西方自由主義思想。胡適先生的簡明概括是：「自由主義的第一個意義是自由，第二個意義是民主，第三個意義是容忍——容忍反對黨，第四個意義是和平的漸進改革」。顧肅教授則認為自由主義精華在於，「自由主義把自由價值置於其他價值之上，強調尊重人，不可輕信權力和權威，堅持寬容和民主政治，接受真理、理性和社會變遷，但也要學會妥協和保持批判精神」。〔註 82〕

〔註 79〕吳克峰，世界政黨政治發展中的反對黨理論與實踐研究〔D〕，北京：中共中央黨校黨建教研部，2007：34。

〔註 80〕王長江，現代政黨執政規律研究〔M〕，上海：上海人民出版社，2002：30，44。

〔註 81〕燕繼榮，現代政治分析原理〔M〕，北京：高等教育出版社，2005：213～214。

〔註 82〕顧肅，自由主義基本理念〔M〕，北京：中央編譯出版社，2003：3。

自由主義發軔之初，功能就在於對專制的反動、反對、反抗和解構。霍布豪斯說：「自由主義最初是作爲一種批判出現的，有時甚至作爲一種破壞性的、革命性的批判；在長時期內，它的消極作用是主要的。它的任務似乎是破壞而不是建設，是去除阻礙人類前進的障礙而不是指出積極的努力方向或製造文明的框架。它發現人類受到壓迫，立志要使其獲得自由。它發現人民在專制統治下呻吟，國家受一個征服種族的蹂躪，工業受社會特權阻撓或被稅賦摧殘，就提供救濟。它到處消除自上而下的壓力，砸爛桎梏，清除障礙。」〔註 83〕

有反對黨存在的政黨制度，前提是多元主義（不是一元主義，不是二元主義）的世界觀，其核心既非共識也非衝突，而是異議與贊許異議。人們在實踐中逐漸認識到，對同一事物存在不同的意見，甚至截然相反的意見，並不必然與既定政治秩序不相容或對其有害。在政治多元主義下，政治家不再是「時代的智慧、榮譽和良心」，更不是皇帝、聖人、人上人，它變得和工程師、醫生、教師一樣，僅僅是一種職業。既然是一種職業，當然可以失業、改行，還有可能消失。如果一個共同體內沒有私權與公權的有效區分和嚴格保護，勝王敗寇，你死我活，贏者通吃，那麼從事政治競爭的人付出的代價太高，就無法依照競爭性政黨制度的遊戲規則，放棄他們因征戰或世襲而取得的既得利益。〔註 84〕

中國上世紀初第一批現代意義上的政治組織成立時，不但因爲「黨」字的貶義而需要自辯，因爲不休的黨爭而需要自律，清政府也曾經實行嚴厲的「黨禁」措施。同樣，清政府的「報禁」政策也是極有特色，《大清報律》是中國現代新聞事業面對的第一部新聞出版法規。

清政府在它瀕滅前夕，終於意識到「黨禁」是危及政權的要害，頒布了《準革命黨人按照法律改組政黨論》，開放了黨禁，本意也是不認爲革命黨是政黨。及至民國統一，頒布《臨時約法》，把「自由結社」這一基本人權用法律形式予以確立，當時全國的政黨一時多達 300 個。〔註 85〕

〔註 83〕（英）倫納德·特里勞尼·霍布豪斯，自由主義〔M〕，朱曾汶，譯，北京：商務印書館，1996：7。

〔註 84〕吳克峰，世界政黨政治發展中的反對黨理論與實踐研究〔D〕，北京：中共中央黨校黨建教研部，2007：59。

〔註 85〕吳克峰，世界政黨政治發展中的反對黨理論與實踐研究〔D〕，北京：中共中央黨校黨建教研部，2007：114。

孫中山則爲「黨爭」辯護說，「黨爭爲文明之爭，能代流血之爭也」。〔註 86〕梁啓超同孫中山一樣，認爲黨爭是立憲國家極其正常的事，並在《政治上之對抗力》一文中，比較系統地闡述了反對黨存在的意義：可以防止專制的產生，可以防止暴力革命的發生。〔註 87〕章士釗也給出了他對反對黨的定義：「有一定之黨綱，黨員占席位於國會，且伺現政府之隙而攻擊且謀倒之，取而代之以實行其黨綱者也」。〔註 88〕

「黨外無黨，帝王思想。派外無派，千奇百怪。」毛澤東主席的這句名言，放之四海而皆準。從黨派鬥爭的派別之爭，到政黨之爭，到反對黨成爲一種體制內的制度設計，從而超越了宮廷政變、軍事政變、推翻政權、改朝換代的歷史傳統，這就是現代政黨政治的開始。

「忠誠的反對黨」這個在臺灣黨外勢力中流行起來的詞，最初來自 1742 年英國的一個小冊子，「一個眞正的反對黨是合法的、忠誠的、通情達理的」，其眞正的職責是「糾正我們憲政中在不同時期所造成的錯誤，確定公民的那些沒有被正確理解的權利，恢復那些被忽略的東西，取得那些自然賦予的權利，保護那些非常容易扭曲及濫用的權力」。〔註 89〕1826 年，英國激進派議員約翰·霍布豪斯仿傚「國王陛下的大臣」這一習語，俏皮地使用了「國王陛下的反對黨」這一新詞，隨即變成了對政治學說的歷史性重大貢獻。美國憲政學家勞倫斯·羅威爾盛讚，「國王陛下的反對黨」這一短語，「體現了 19 世紀對政治藝術的最大貢獻——就是一個在野黨，被人承認對國家制度具有完全的忠誠，並隨時準備上臺執政，而不至於顚覆國家的政治傳統」。〔註 90〕

臺灣大學歷史系博士馬康華認爲，應捨棄傳統的國民黨對抗反對勢力的研究途徑，改成探討雙方內部的分化，依據此點，他從結構與功能的角度，將國民黨的菁英分子劃分成老派系的殘餘分子、活躍的軍事將領、總統核心、省級和地方的政治家、科技發明專家、少壯派、新興的民意代表，將反對勢

〔註 86〕孫中山，孫中山全集 第 3 卷〔M〕，北京：中華書局，1984：45。
〔註 87〕梁啓超，飲冰室合集 第 13 卷〔M〕，北京：中華書局，1981：29～30。
〔註 88〕章士釗，帝國統一黨黨名質疑〔N〕，帝國日報 1911-3-2（1）。
〔註 89〕吳克峰，世界政黨政治發展中的反對黨理論與實踐研究〔D〕，北京：中共中央黨校黨建教研部，2007：79。
〔註 90〕吳克峰，世界政黨政治發展中的反對黨理論與實踐研究〔D〕，北京：中共中央黨校黨建教研部，2007：83。

力分成行動派、孤星派、國家社會主義分子、基層派、自由主義者。〔註 91〕執政的老牌國民黨和新成立的反對黨民進黨，內部都有派別之分和派別爭鬥。就在蔣經國去世前，立法院中的派系化情形，已經眼花繚亂，只是懾於領導人的強勢以及黨紀的約束，一直未敢公開主張它的存在。「黨內有派」的事實，直到蔣經國去世後半年整，國民黨中央不得不「開放籌組問政團體」，才使得這些立法院內國民黨派別的事實首度公開。這些派系，有一些是大陸時期已成立的團體（例如座談會派、新中央社、中社、CC 派），一些是由增額立委組織的次級團體（例如一心俱樂部、五人質詢小組、十二人質詢小組、環球聯誼社、集思早餐會、十四人質詢小組、中美國會議員聯誼會），大多數是屬於聯誼性的次級問政團體，而且有些成員結構跨越黨派（例如 DC 俱樂部、海龍俱樂部、青商會國會議員聯誼會）。這個時期的次級團體大多尚能配合中央的政策指示，但興盛的組團風潮迫使中央做出讓步，在不牴觸三原則（不具地方色彩、不做新舊對抗、不違中央政策）的前提下，在 1988 年 6 月開放籌組問政團體（中國時報，1988-6-15（2））。這在兩蔣時代，確實是不可想像的。

民進黨作爲一個新晉政黨，內部派別的問題同樣難以避免，大致上延續了黨外時期反對陣營的路線差異，比如早期的「公職掛帥」、「選舉總路線」、「議會路線」與「反公職掛帥」、「反山頭主義」、「群眾路線」之爭，「民主化」與「臺灣獨立」（即「改革體制」與「體制改革」）的優先順序之爭，到民進黨成立之初的「泛新潮流系」與「泛美麗島系」兩大主要派系，以及康寧祥爲首的「康系及超派系」、林正傑的「前進系統」等。1987 年以黃信介、張俊宏爲首的美麗島受刑人出獄後，「美麗島系」重整旗鼓，將潛藏在共同旗幟下的流派之間意識形態或政治理念的差異與分歧公開化、表面化，內鬥激烈的程度一度導致黨內出現分裂的危機。〔註 92〕

1987 年 1 月 1 日元旦團拜，參謀總長郝柏村在日記中談到了對總統文告的感受：「這都是針對國內政治新形勢懇切的呼吁，但關鍵在如何取得溫和忠誠反對人士的共識，如何轉化或制裁分離偏激的言行，則爲達成上述要點成

〔註 91〕馬康華，臺灣的政治分化：一九七九至一九八〇年執政黨和反對勢力中的團體形成〔G〕／／丁庭宇，馬康莊，臺灣社會變遷的經驗——一個新興的工業社會，臺北：巨流圖書公司，1986：139。

〔註 92〕吳文程，臺灣的民主轉型：從權威性的黨國體系到競爭性的政黨體系〔M〕，臺北：時英出版社，1996：357～358。

敗所繫。」〔註93〕今天的反對派一開始就立志於「奪取政權」，不是革命黨的那種武裝奪取，而是靠選舉戰贏得執政權。但是，他們看到了國民黨劃出的禁區，也看到了國民黨手中的禁臠，明知道是禁忌也要突破，明知道是禁地也要直闖。報禁之禁，相比之下，只是小巫見大巫。

宋楚瑜認為：「執政的國民黨也一直試圖摸索出一套和中華民國最大反對力量——民主進步黨的相處之道」，「但是它尚未成熟到成為一個肯對其言行負責的忠誠反對黨。」〔註94〕

趙少康說：我覺得反對派不一定是敵人，我們中國人講的「諍友」，就是要互相督促，「我們講究的是競爭而不是鬥爭」。〔註95〕

與當局研究對付黨外勢力、反對黨相對應，或者有一定相關性的，應當是研究媒介如何處理社會異見和異議。或者反過來說，當執政當局的政策是打壓黨外勢力、嚴禁成立反對黨的時候，傳媒如何面對「黨外活動」新聞？如何處理不合宣傳要求的「異見報導」？按照林麗雲教授對臺灣傳播研究史的研究分析結論，1970年代和1980年代，是兩個不同的十年。1970年代，「傳播研究者較少在學術研究中直接協助執政者打壓『黨外』，他們也沒有分析大眾媒體如何打壓『黨外』」。〔註96〕也就是說，黨外活動新聞報導少，黨外異議言論見報少，研究媒體黨外報導、異見報導、異議言論的學術成果也少。就像法律法規容易顯得滯後一樣，恰恰是在開始擺脫政治直接控制而成為「專家」、「專業」的時候，也就是新聞教育和學術研究與現實開始脫節的時候，即使舊人穿新衣，還是老人老邏輯，知識的複製和再生產比媒體的轉型還要困難和遲緩。而到了1980年代，舊的論述模式已經式微，與媒體從業者一道，開始了反思與轉向。最常見的現象是，試圖擺脫依附地位、寄生地位的主僕關係、主從關係，從經濟上的依附、文化上的依賴、制度上的依從中，一層層地剝離和擺脫出來。這個時候，批判的價值會大於、高於建設的價值，或者說，批判本身就是建設，解構本身就是建構，挑戰本身就是戰鬥，轉變本

〔註93〕郝柏村，郝總長日記中的經國先生晚年〔M〕，臺北：天下文化出版公司，1995：338。

〔註94〕行政院新聞局 編印，寧靜革命〔G〕，臺北：行政院新聞局，1994：66。

〔註95〕户張東夫，自決？獨立？統一及臺灣內外大勢——訪國民黨年輕改革派趙少康〔J〕，百姓（香港），1987-1-16：136。

〔註96〕林麗雲，臺灣傳播研究史——學院內的傳播學知識生產〔M〕，臺北：巨流圖書公司，2004：149。

身就是對抗。這個時候，說就是做，講就是幹。媒體本來是參與、記錄、形塑事件的載體，這一次因爲報禁解除的持續公開討論和實施，報紙成了事件的主角、歷史的主角，新聞成了新聞報導和敘述的焦點和主體。

「一個沒有自由、沒有民主、沒有反對黨、沒有議會、沒有司法獨立的社會，就不會有新聞自由；沒有新聞自由，就不可能有眞正的記者。」「在新聞界能夠眞正發揮監督力量之前，社會上需要先培養一股健全的政治性制衡力量。否則新聞自由就像沙灘上築塔，隨時隨地都可能塌陷。當時報社與權勢關係如此緊密，要求報界扮演有效的監督角色，實在是一種奢求。一個有力的巨人，也無法將自己撐起來，因此一個國家一定要有反對黨，才能與執政黨合力把『天花板』撐起來，才會有言論、學術、新聞等自由的空間。〔註 97〕

相比之下，雷震與《自由中國》的反對黨論述已經相當溫和了。雷震明確地說過，反對黨應該成爲一個忠誠的反對黨，而不是一個革命黨。他設想的中國民主黨的主要目標是促進地方選舉制度的改革。只要允許反對黨存在，就可徹底避免流血。此外，雷震籌建的反對黨並不懷疑中華民國政府的合法性，也不懷疑它對臺灣擁有主權。包澹寧感歎說：「那個時候，連反對黨的要求都這麼有限。」〔註 98〕豈不知，這些看似有限的要求，在當年已經是超過了容忍極限的無理要求。反而是民進黨越來越多的「越界」要求，卻一再被國民黨當局所默許、包容以至縱容。所以要看內外情境，看力量對比，看實力消長，當年容不得容不下的國民黨，正是今天更能容更得容的國民黨；今天的民進黨比起當年的反對派，未必就更有勇氣和膽識。

三、反對態度：不是民主暴政

「把臺灣在世紀之交的荒蕪景象，歸因到反對者的價值意識之貧乏」，錢永祥反感於「簡單的反對」、「簡化的反對」、「庸俗的反對」、「應景的反對」、「搶鏡的反對」、「搶功的反對」，他從價值衝突的角度作出「反對」概念的解釋，已不是簡單的書生之見。在經過了第一輪政黨輪替的臺灣經驗後，錢永

〔註 97〕司馬文武，只想當「眞正的記者」〔G〕／／何榮幸 策劃，黑夜中尋找星星——走過戒嚴的資深記者生命史，臺北：時報文化出版企業有限公司，2008：67。

〔註 98〕（美）包澹寧（Daniel K. Berman），筆桿裏出民主——論新聞媒介對臺灣民主化的貢獻〔M〕，李連江，譯，臺北：時報文化出版企業有限公司，1995：294。

祥提出一個問題：什麼樣的態度才是眞正的「反對」態度？

在今天，提到解嚴之前的臺灣，流行說詞好用「威權壓制」與「爭取民主」之類的二元字眼撐起一套架構，敘述其間的種種。這套故事有一種更爲簡化的版本，甚至認爲臺灣的反對意識、反對運動的歷史，可以總結爲國民黨與黨外（民進黨）、或者外來政權與本土意識的衝突史。一旦在內容上如此簡化，則時間上也必須截流。〔註 99〕

這類「搶」歷史的景觀，說來有趣而並不令人意外。偶而見到解嚴之後才撥冗露臉的反對派學者，在公開場合暢談他們心目中的反對理念，我總是難禁同爲芻狗的同情之感。我深知，歷史是要今用的，而使用權當然首先屬於今天的強者、得勢者、勝利者。他們佔有歷史的方式，自有他們的考慮和理路。身非歷史學者，我從來不覺得有側耳彎腰喋喋爭論的必要。

可是從比較嚴肅的倫理—政治角度來說，這種詮釋臺灣的反對運動歷史的方式，由於忽略了「反對」這個概念一個很重要的面向，卻又不能不一爭。「反對」這個概念的庸俗化，比其他事物的庸俗化都更殘忍，因爲這代表對抗庸俗化的最後防線也告失守。

「取而代之」的反對，乃是政治人物和政治勢力的責任。「價值衝突式」的反對，則是每個有實踐自覺的人都應該關心的問題。取消了價值衝突，代表受苦者注定瘖啞，代表超越現狀的可能性已經熄滅，從而改變與進步也就不再是人們心裏的嚮往和動力。

在黨外運動出現之前，臺灣不是沒有個人或者團體有意識地採取反對的態度，並且付出可觀的代價。一系列刊物以及背後的同仁組合，在那個年代就是反對行動的上限了。這些刊物以及言論，均有相當明確的針對性，那就是企圖鬆動國民黨的控制，爲臺灣培養出一種較爲自主、開放、講理、踏實的社會雛形和文化取向。反對者往往只能仰仗個人的道德資源、道德感受。可是，個人豈眞有能力展開一個道德世界？從這種緊張、樸素的資源所衍生出來的反對姿勢，表達對於當政者的不屑態度可以，卻沒有辦法構成更新政治、社會與文化的系統論述；對於社會上許多感到挫折與壓抑的人們刺激有餘，卻不會發出持久的感動、鼓舞力量。臺灣人的政治言行，不時會流露出幾許流氣、痞氣（黨國領導人、政治人物、學者、新聞記者都不例外），原因

〔註 99〕錢永祥，青春歌聲裏的低調〔G〕／／鄭鴻生，青春之歌，北京：三聯書店，2013：378。

或許即在於他們始終找不到一套具有道德意義的語言，足以將長期的挫敗感昇華成歷史的進步故事？

臺灣在以多數族群爲名掃除威權體制以後，「反對」僅剩下「反對國民黨」的意思，而反對的理據也會萎縮到「臺灣意識」的底線本能。……這些概念太簡單、太單薄、太保守、太具有欺罔性了，不僅無足以暴露本土／民間生活裏頭的多重壓迫實相、無足以分辨頭上支配者的統治方式是否合理，更無足以支撐這一套關於整個社會的合作應該如何進行的理想遠景和制度思考。〔註100〕

法國學者貢斯當在其代表作《古代人的自由與現代人的自由》中，首先給出現代人的自由觀念：「自由是指受法制制約，而不因某個人或若干個人的專斷意志受到某種方式的逮捕、拘禁、處死或虐待的權利，它是每個人表達意見、選擇並從事某一職業、支配甚至濫用財產的權利，是不必經過許可、不必說明動機或事由而遷徙的權利……最後，它是每個人通過選舉全部或部分官員，或通過當權者或多或少不得不留意的代議制、申訴、要求等方式，對政府的行政施加某些影響的權利。」〔註101〕如果說貢斯當對法國大革命反思的落腳點在於如何看待「革命暴政中的極權主義民主之危險的憂慮」；那麼托克維爾則除此之外又關注了「大眾民主政府對個人主義所構成的威脅」。前者考慮的是極權主義民主導致的革命暴政，而後者考慮的是大眾主義民主可能導致的多數民主暴政。〔註102〕

四、反對政治的反應對策

（一）對手太強，國民黨急需能言善辯人才

（1985年5月15日，星期三）中常委臺灣省議長高育仁發言，指正下屆省議員提名至少應有十名黨性堅強又能言善辯者，以期在議會辯論中取得優勢，以配合人數的優勢。蓋現況無黨籍議員雖僅絕對少數，但多能言善辯，故一遇事故，本黨雖居人數優勢，但在辯論中顯居劣勢。〔註103〕

〔註100〕錢永祥，青春歌聲裏的低調〔G〕／／鄭鴻生，青春之歌，北京：三聯書店，2013：379～382。

〔註101〕（法）邦斯曼·貢斯當（Benjamin Constant），古代人的自由與現代人的自由〔M〕，閻克文，劉滿清，譯，北京：商務印書館，1999：26。

〔註102〕賀文發，李燁輝，突發事件與信息公開——危機傳播中的政府、媒體與公眾〔M〕，北京：中國傳媒大學出版社，2010：153～154。

〔註103〕郝柏村，郝總長日記中的經國先生晚年〔M〕，臺北：天下文化出版公司，1995：241。

李煥和蔣經國都認為，孫中山 1924 年在鮑羅廷指導下，採取的列寧式政黨架構，已經不合時代需求。按照這套架構，國民黨和共產黨沒有兩樣，都是意識形態掛帥的革命黨，都拿出歷史的任務來合理化黨對眞理、道德的壟斷，它們和多元、民主的社會開放，競爭的政治制度根本不相容。到了 1987 年，國民黨已經走上蛻化為現代政黨的路，本省籍黨員佔了絕大多數。立法院裏頭新的國民黨籍立委，絕大多數是年輕的改革派，是在劇烈競爭中擊敗在野黨候選人才得到席次。蔣經國明白表示，他希望黨內領導結構能夠更開放、活潑。他在中常會裏的講話使中常會震撼，他告訴他們，他們太柔順了，以後應該多發言，多講話。〔註 104〕以趙少康為代表的國民黨新生力量，正是在選舉競爭中脫穎而出的「能言善辯者」，並且與民進黨的干將謝長廷進行了兩黨歷史上第一次的街頭公開辯論。

（二）舞弊曝光，蔣經國痛切訓示求新求變

1987 年 4 月 28 日立法院舉行經費稽核委員會改選中，民進黨立委連罵帶搶，現場抓住國民黨老立委們習以為常的舞弊行為，使選舉被迫宣布無效，並且因為情節公開曝光而成為驚動蔣經國的一大醜聞，「國會記者形容為立法院三十年來最大之醜聞鬧劇」。〔註 105〕

蔣經國於 5 月 6 日、10 日兩次召見國民黨的中央黨部要員、立法委員黨部委員訓話，歸納起來有三要點：第一點，針對部分國民黨籍立委選舉舞弊之行徑，痛切訓示面對變局應求新求變。他說：許多適應於過去的作為，在今天已可能不再適應，有些在過去是對的做法，在今天可能不切實際，甚至還可能造成錯誤，所以有人說「我們過去這樣做，現在當然也可以這樣做」，這話就不對了。第二點，砥礪幹部氣節，挽回黨的信譽。蔣經國說：「一位黨的眞正好幹部，不論工作或辦事，必然會一切以國家利益、民眾利益、黨的利益為出發點，努力以赴，絕不會以個人的利益為前提，有些人講到義務，更相互推諉，不肯盡心，講到利益，便爭先恐後，設法謀取，這哪裏是在為黨服務、為黨奉獻？」「我們要本著一貫理直氣壯、正大光明的態度，捐棄個人利益與私見，為黨和國家的整體利益，團結一致，邁步向前。」第三點，引證 1949 年蔣總裁（蔣中正）給臺灣省主席陳誠的電報手稿，藉以表示執行本土化的決心。他說總裁當年即要求引用並培植

〔註 104〕陶涵，蔣經國傳〔M〕，北京：華文出版社，2010：373。
〔註 105〕鄭牧心，臺灣議會政治四十年〔M〕，臺北自立晚報出版部，1987：280。

臺灣學識較優、資望素高的人加入政府，總裁當年的提示，至今還是我們努力執行的政策方向，將來也不會改變，希望省籍青年和同胞，能眞正瞭解我們的用心。〔註 106〕

蔣經國對國民黨幹部的訓話，經由報紙等大眾傳媒廣爲傳播，效果是相當正面的。按照學者的分析，「一方面藉此澄清了執政當局的立場，希望稍能彌補上述醜聞曝光後所造成政權本質的嚴重傷害，另一方面或寄望透過本土化政策的宣示，以便對斯土斯民有所交待吧！」〔註 107〕

（三）宋美齡發聲：民主是即溶咖啡？

1987 年 12 月 24 日晚，蔣夫人十年來第一次在士林官邸辦聖誕晚餐，全家人團聚——蔣經國夫婦，孝文、徐乃錦、友梅這一房，孝勇全家大小，緯國夫妻及兒子，全都到了。熊丸醫師是當天的客人，蔣經國與熊丸獨處時，原本一直不聽醫生勸告，不肯住院的他，悄悄說要找個專家檢查身體。但第二天，是聖誕節也是行憲紀念日，蔣經國必須去公開場合露面。〔註 108〕86 歲的宋美齡是 1986 年 10 月底在闊別臺灣近十年後首度回來，公開宣布的理由是回來參加 10 月 31 日蔣介石百歲冥誕紀念。可是媒體的猜測是，保守派人物敦促她回來協助，阻滯即將落到他們頭上的改革巨石，還有人猜測她有意集結力量促成蔣家家族繼承大權。

蔣夫人確實沒有立即飛回紐約長島舒適的住宅。在她看來，政局一定相當危疑震撼，瀕於失控。她認爲蔣經國歲數大了，身體差了，逐漸控制不住局勢。1986 年 12 月 6 日選舉前一天，各大報都刊出一篇蔣夫人的文章，裏面說：「時下有『即溶咖啡』，或『即飲茶』，然而只有矇騙才能提供立即的民主。狂暴野心分子想要的是從混亂中圖利而不遵守法律與秩序。」對此，由中國時報老闆親自選定的《蔣經國傳》作者、美國學者陶涵毫不客氣地點評道：保守派畏懼改革的心思，躍躍欲現。〔註 109〕

同樣看不得「一般民眾」民主熱情的郝柏村，在日記中記載：（1987 年 2 月 4 日，星期三）「楊日旭教授來談，他是政治學者及法學家。我說就民主而言，一般民眾往往只記小惠而不念大德。他認爲我一語道破了民主的現象。

〔註 106〕鄭牧心，臺灣議會政治四十年〔M〕，臺北自立晚報出版部，1987：280～281。
〔註 107〕鄭牧心，臺灣議會政治四十年〔M〕，臺北自立晚報出版部，1987：281。
〔註 108〕陶涵，蔣經國傳〔M〕，北京：華文出版社，2010：375。
〔註 109〕陶涵，蔣經國傳〔M〕，北京：華文出版社，2010：368。

因此我們只從歷史觀點、長期政策績效來爭取民心是不夠的。」〔註 110〕

（四）第三波的新浪潮：權力如何轉移？

托夫勒認爲權力轉移的時代，權力轉換的模式中，知識的地位將日益重要，但「權力的基礎之一——暴力並未消失，相反，知識的滲入使其擁有了無比的威力」。〔註 111〕「在超高速運轉的世界經濟的角逐中，那些落伍的、惱羞成怒的領導人也許除了運用軍事力量定籌碼外別無其他選擇。全球經濟的多樣化也帶來了政治的多樣化：一方面是獨裁政權的倒臺，另一方面又有極權主義者興起；宗教原教旨主義的狂熱與要求民主的呼聲並存；全球意識，人與自然和諧相處的意識與民族主義、排外情緒一樣，都有著廣大的市場；科學的、進步的勢力與愚昧的、黑暗的勢力並行。」「這一遠離平衡的無序狀態是走向有序結構的前奏，正是在這種新舊勢力的激烈衝突中，權力的轉移得以實現，新的力量爲自己的發展開闢著道路。」〔註 112〕

權力不等於暴力，權力不等於財富。在傳播媒介多樣化的社會，那種固有的刻板印象正在被打破。簡言之，新經濟不僅與正規化的知識和技能密切相關，甚至與大眾文化和正在增長的形象的市場有關，「表演業與政治、閑暇與工作、新聞與娛樂之間的舊有界線正在徹底崩潰」。〔註 113〕忙於推動報禁解除的報業老闆、爲報禁解除期待並歡呼的新聞人，並沒有理解托夫勒這句話的眞正含義，否則他們事後就不會如此失望、失落。

權力存在於機會與必然的結合、混亂與秩序的並存。托夫勒追問：「當國家以鐵腕控制人民的日常生活，不容哪怕是最溫和的批評；當國家面目可懼，人民被迫深居簡出；當新聞受檢查、劇院被查封、護照遭弔銷；當父母在凌晨四時被從床上拖起，不得不與痛哭的子女告別時，這時，國家是在爲誰服務？是在爲哪些需要秩序、需要政府保證自身權益不遭踐踏的公民服務嗎？」「用馬克思的語言作簡單分析就是，世界上存在兩種秩序。一種可稱『社會

〔註 110〕郝柏村，郝總長日記中的經國先生晚年〔M〕，臺北：天下文化出版公司，1995：344～345。

〔註 111〕《權力的轉移》屬於美國未來學家托夫勒的未來三部曲《未來的衝擊》、《第三次浪潮》的姊妹篇。托夫勒在《權力的轉移》中指出：人們正處於一個權力轉移的時代，知識的力量將取代暴力和財富。

〔註 112〕（美）阿爾溫・托夫勒（Alvin Toffler），權力的轉移〔M〕，劉江等，譯，北京：中共中央黨校出版社，1991：6。

〔註 113〕（美）阿爾溫・托夫勒（Alvin Toffler），權力的轉移〔M〕，劉江等，譯，北京：中共中央黨校出版社，1991：363。

必要秩序』，另外一種則爲『剩餘秩序』。剩餘秩序就是不給社會造福，而專爲當權者謀利益的濫用秩序，它與有益於社會、爲社會所必需的秩序大相徑庭。那些對自己痛苦的人民施加剩餘秩序的政權已不具備盧梭爲國家存在規定的契約依據。」〔註 114〕

托夫勒在預言權力正在轉移的同時，提出警告：借助暴力維護權力的行爲不會迅速消失，財富將繼續成爲取得權力的得力工具。但他仍樂觀地指出權力轉移的必然趨勢：「最重要的權力轉移不是從一個人轉移給另一個人，也不是從一個政黨、機構、國家轉向另外一個政黨、機構、國家。眞正最重要的變化是伴隨著社會向明天加速碰擊的過程而在暴力、財富、知識三者之間發生的潛移默化的權力轉移。」「這正是權力轉移世紀的危險而又令人振奮的秘密。」〔註 115〕大多數人都感受到了令人振奮的一面，而不會去注意轉移的危險和危險的轉移。

第四節　反對語言的媒介策略

一、反對語言的「曲線對抗」

（一）媒體如何「越雷池」、「埋地雷」

作家王鼎鈞當時除了編報紙副刊，也在臺北的中視（中國廣播電視公司）做過一段時間的節目編審組長，他說，「非禮勿言，非禮勿動」沒有票房，你必須「越雷池一步」，這一步是一小步，雷池就是新聞局手中的電視節目規範。那麼，如何面對新聞局的干預呢？新聞局當然也會吹哨子，那麼電視公司就後退半步，下一次，以這半步爲起點，再向前越線一小步，由隱而顯，由少而多，持續不斷。新聞局小題不能大做，等於小題累積變大，那又只好大題小做。這就把新聞局承辦的科員科長弄成溫水青蛙。〔註 116〕

在聯合報被稱爲「義正辭柔」的戎撫天，以善用「曲筆」、善於「埋地雷」著稱。他說：「我只是想，怎樣在那個環境下讓我的文章出現，能夠產生影響

〔註 114〕（美）阿爾溫・托夫勒（Alvin Toffler），權力的轉移〔M〕，劉江等，譯，北京：中共中央黨校出版社，1991：486～487。

〔註 115〕（美）阿爾溫・托夫勒（Alvin Toffler），權力的轉移〔M〕，劉江等，譯，北京：中共中央黨校出版社，1991：487。

〔註 116〕王鼎鈞，文學江湖〔M〕，回憶錄四部曲之四，北京：三聯書店，2013：260。

力。所以我會改變用字遣詞，讓文章用一個比較容易被接受的方式呈現，以環境所能接受的方式包裝我的想法。」戒嚴時期，媒體確實受到非常多限制，政治體制需要改造。但我相信「存在才有力量」，必須讓自己存在才有影響力，激烈的對抗或者離開都是錯誤的。所以，我的表達方式，是在限制之內，以對方能夠接受的方式達到傳播的目的。「所謂埋地雷，就是用比較隱藏或間接的方式表達敏感的話題或意見，讓主管因未注意而過關。現在回顧當時埋地雷的做法，其實也蠻阿 Q 的，因爲主管如果都看不出來，要讀者看得出來是更困難的。自己知道這個地雷，可是未必別人看得出來。」〔註 117〕

戎撫天認爲，解嚴解禁前夕，「那時社會上已有很強的民主化共識，不同系統的媒體扮演的角色也不同。我在聯合報，黃輝珍在中國時報，我們所扮演的角色，跟自立晚報扮演的角色，是不一樣的。而自立晚報扮演的角色跟黨外雜誌又不一樣：黨外雜誌扮演的角色，跟黨外運動又不一樣。所以它是一層一層的，層層綿密互動，共同鬆動國民黨的威權體系。」「從黨外人士推動黨外運動，以群眾力量及選票壓迫國民黨改革，到聯合報、中國時報比較制度內的推動，我認爲都是重要的。顯示整個社會已有高度共識，等於社會中百分之九十的力量都是在推動臺灣往民主的方向前進。主流媒體提出改革主張，國民黨就更難以拒絕。」「事實上，國民黨當時的威權力量，是可以摧毀任何反對團體的。可是他不敢殺黨外，就是整個的社會，包括聯合報、中國時報這樣的媒體都有此共識。蔣經國決定解除戒嚴的基本原因，就是因爲社會對推動民主化已有共識。」〔註 118〕

（二）近似詞新用途：替換、轉換、置換

國會代表的選舉上，國民黨取「遞補、增補」到「充實」之說，民進黨則要求「全面改選」、「取消萬年國代」，聽起來截然不同，其實從時間變化的過程看，漸進漸變與逐步取代替代，全部置換與分批替換，某種程度上是殊途同歸，不謀而合，只是名實之爭、快慢之爭、先後之爭。

對大陸政策的表述上，從「復國」到「統一」（大陸是從「解放」到「統一」），「反共」取代了「反攻」，即政治反攻取代了軍事的「反攻」。話題從談

〔註 117〕戎撫天，曲筆奮進迎向新時代〔G〕／／何榮幸 策劃，黑夜中尋找星星——走過戒嚴的資深記者生命史，臺北：時報文化出版企業有限公司，2008：312。

〔註 118〕戎撫天，曲筆奮進迎向新時代〔G〕／／何榮幸 策劃，黑夜中尋找星星——走過戒嚴的資深記者生命史，臺北：時報文化出版企業有限公司，2008：314。

民族大義轉到談生活方式，從談民族利益轉而談人民福祉，心態帶動著語言的變化，語言的變化又回應著心態的調整，從顧忌到放鬆，從戒備到喊話，從剛性到彈性，從鬆動到讓步。兩岸關係從「冷戰」到「解凍」，由敵對到和解，由隔絕到接觸，這是一個互動中鬆動、鬆動中互動的漸變過程。變與應變，讓與躲閃，調與干擾，構成變動交織的語言形態。

到蔣經國生命的最後一年，他仍堅持著「三不政策」。但這一政策也從禁止的鐵律，變成官方堅持而民間鬆動，政治堅守而經濟放鬆。從下面幾則 1987 年蔣經國有關兩岸關係的談話中，可以明顯感受到用詞的變化和語氣的鬆動。

1987 年 2 月 5 日，答香港記者訪華團：臺灣海峽兩岸的競爭不是政黨之爭，而是生活方式之爭。只有當共產主義消滅，中國大陸回歸中華文化及自由民主制度，中國的統一才有可能。

1987 年 6 月 10 日，中常會指示：一國兩制，完全是因爲它沒有力量消滅我們，才不得不搞這一套統戰花招。目的就是在破壞團結，動搖人心。

1987 年 9 月 16 日，中常會指示：「返鄉探親」，爲順應民情，結合民意，政府有必要就人道立場研究此一問題。基本前提是：反共基本國策不變，光復國土目標不變，確保國家安全的原則不變。

1987 年，答《遠見》雜誌書面訪問：政府開放大陸探親，完全是基於倫理親情的人道立場，並無其他考慮。當然，國人因此能夠親自體驗兩岸生活的懸殊，比較不同制度的優劣，從而判斷中國未來需應將行何制度；政府一貫的政策是堅持反共立場，不與中共接觸、談判，決不妥協。因爲我們要爲復興基地安全負責，要對中國前途負責，要對歷史負責，這個立場絕不改變，未來也是如此；中共如能爲中國人民及中國未來著想，就應該放棄其「四個堅持」，回歸三民主義，才能達到統一的目標。

分析蔣經國上述這一系列言論，積極一點的說法，是國民黨不再以「否定」對方來「肯定」自己，不再企圖以「消滅」對方來「保全」自己。消極一點的說法，是反攻無望，就倒過來以「肯定」對方來「肯定」自己，以「承認」對方來「確認」自己。檯面的用詞新了活了鬆動了，潛臺詞還是爲了自保。

1987 年 3 月，俞國華再度強調「不妥協、不談判、不接觸」這一政策時，聲明它是「維護國家安全、社會安定而採取的臨時措施，此爲一暫時性手段，政府的目標是以三民主義統一中國，使大陸人民共享自由民主與均富繁榮的生活。」〔註 119〕新上任兩個月的國民黨秘書長李煥 9 月 4 日首度提出：「我們談『反攻』，是要導致大陸革命，推翻中共政權。我們絕對不是要取代中共政權，而是要促進大陸的政治民主、新聞自由、經濟開放，使中國解除共產主義桎梏，成為民主自由的現代化國家。」〔註 120〕重大政策的關鍵詞，變成「臨時、暫時」，變成「措施、手段」，「復國」變成了「不取代」。這種以退為進的「務實外交」，實際上是在爭先恐後、不失時機地搶奪新的話語主動權。〔註 121〕

李煥和另一位被發配到巴拉圭任大使的王昇將軍一樣，都是追隨蔣經國四五十年的老將。1987 年 7 月 1 日，李煥從教育部長任上提任國民黨中央黨部秘書長，資深時政記者司馬文武（江春男）評述說：「蔣經國終於打出李煥這張王牌！在宣告解嚴前，李煥被任命為國民黨中央黨部秘書長，意義十分重大。解嚴後，臺灣將進入一個新局面，蔣經國指派李煥負起把國民黨帶進新時代的責任，他要李煥把他過去四十年網羅培養的人全部集結起來，準備衝破僵局。國民黨的改革與再生，在此一舉。」〔註 122〕

據說在李煥出任中央黨部秘書長後第四天，蔣經國在病榻上對李煥交待了三個心願：國民黨要改革、政治要民主、國家要統一。出任秘書長兩個月，李煥就在 9 月 4 日國民黨高雄市黨部發表這樣的演講，自然引人注目，許多元老指責他「自作主張，放棄法統」。李煥事後回憶說，發表這篇演說之前，他並未請示蔣經國。後向蔣經國報告此事時，蔣經國指示他將演講稿在《中央月刊》上發表，完整表達他的理念。〔註 123〕

說服反對者，說服頑固派，語法和角度會有所側重。說給對岸聽，和說給美國盟友聽，措詞也會有所斟酌。很顯然，上一段中俞國華的說法，李煥的說法，一個是為了說服黨外的反對派，一個是為了說服黨內的保守派。

解禁過程的禁前、禁中、禁後，常有不同的「三不政策」和對「三不政

〔註 119〕陳世岳，政治領袖與政治轉型——蔣經國與臺灣政治轉型〔D〕，臺北：中山大學中山學術研究所，1998：143。

〔註 120〕林蔭庭，追隨半世紀——李煥與經國先生〔M〕，臺北：天下文化出版公司，1998：250。

〔註 121〕李松林，陳太先，蔣經國大傳（下）〔M〕，臺北：風雲時代出版，2009：230。

〔註 122〕林蔭庭，追隨半世紀——李煥與經國先生〔M〕，臺北：天下文化出版公司，1998：246。

〔註 123〕林蔭庭，追隨半世紀——李煥與經國先生〔M〕，臺北：天下文化出版公司，1998：251。

策」的不同解釋。其實有些時候，所謂前提就是一個泛泛的說法，實際的做法就是開放。比如蔣經國明令指示盡快開放大陸探親一事，長時間的討論和意見分歧之後，保守派仍舊堅持探親要嚴格限定在民間，政府「不協助、不禁止、不鼓勵」，活脫脫用蔣經國提出的「三不政策」對付蔣經國的決定。

試看一組詞：獨立、孤立、對立、自立。

舉例：執政黨國民黨強調，臺灣在國際上被孤立，所以要自立，但不是對立，更不是獨立。反對黨民進黨強調，臺灣在國際上被孤立，所以要自立，並且要自決甚至獨立。

單從字面意義上看，其中有一種互動的遞進邏輯。顯得孤立，就一定是獨立的理由？試圖自立，就一定是對立的態度？選擇自立，就必然產生獨立的衝動？選擇獨立，就必然得到自立的地位？感到對立，反著來就一定走向獨立？

事實上並非如此簡單分明，在實際行動的選擇走向和情感取向上，存在著十分複雜的扭結和糾纏，會讓不同場景和情境下的同一個詞，具體指向此時與彼時不同的特定含義，不同的詞反而可能是在表達同樣的意味。尤其是在反對黨的反對話語中，強調被孤立可能就是實指獨立，強調自立其實就是在強化對立，進而指向自立、指向獨立。聽話聽音、聽話外音、聽話裏話，已經都不足以得到準確的理解和完整的判斷，還必須仔細地辨認，看清是誰在說，在什麼時候和什麼場合說，是在什麼背景下說，是針對什麼事在說，是在守還是在攻，是在進還是在退。

再看一組詞：聯結、集結、聯盟、聯合。

例句 1：建立新的聯結，意味著原有的連接出了問題，鬆動了，解脫了，需要新的聯結。或者說，新的聯結出現了，建立了，要取代舊的聯結。

例句 2：努力在新的共同議題下集結。可能在共同關心議題下結盟。嘗試用新的議題建立聯結。勇敢地走入民間向外聯合。

例句 3：號召命運共同體的集結。謀求政治共同體的結盟。追尋大學共同體的聯結。急需不同組織的聯合。

類似的詞組在臺灣解嚴解禁期間，出現的頻率是比較高的。帶有明顯的鬆動、反動、扭動、轉動特點的詞匯，還可以舉出不少。例如：

詞組：鬆動、浮動、移動。

例句：原有連結之鬆動。原有空間之浮動。原有界限之移動。

詞組：無力、無由、無效。

例句：無力禁止、無由禁止、無效禁止。

詞組：解脫、解嚴、解禁、解除、解放、解救、解凍、解決、解構。

詞組：幅度、尺度、進度、程度、速度、力度。

詞組：跨界點、分界點、臨界點。

詞組：當事者、當局者、當權者。

詞組：執筆、執教、執政、執事。

詞組：契機、危機、先機。

詞組：傳統、正統、法統。

詞組：光復、恢復、反覆、重複。

詞組：假定、假設、假想。

詞組：巨變、劇變、遽變。

詞組：共識、共謀、共犯。

詞組：包容、寬容、兼容、縱容。

詞組：瞭解、理解、諒解、和解。

詞組：虛僞、虛假、虛幻、虛無。

詞組：失語、失聲、失蹤、失態、失勢、失憶。

…………

（三）「黨外」、「黨工」偷換概念、偷渡理念

記者善用「曲筆」，官方善打太極，反對派自然也善於偷換概念，借力打力。最典型的就是「黨外」、「黨工」兩個詞的發明和創造性使用。

「綠版」的學術理論文章常用的一個概念偷換手法，就像民進黨的破禁而出一樣，既是對禁忌和管制的巧妙觸及和迂迴突破，也常常保留著只顧表達有利於自己的觀點意圖而無視邏輯的通病。比如「黨外」和「黨工」兩個概念，在許多學術文章中經常被順手偷換，如果不是論者的「無心之失」，就是「存心犯錯」。

「黨外」概念第一次出現，本身就是從反對力量到黨外勢力的有意突破，而記述者在語言概念上的突破也十分明顯。楊秀菁在論及此事時的表述中，將官方眼中的「高雄事件」稱爲「美麗島案」，有關的反對派人士稱爲「《美

麗島》政團」，被判刑者的家屬稱爲「受刑人家屬」。〔註 124〕李筱峰在《臺灣民主運動 40 年》中則表述爲：在 1981 年 11 月的地方公職人員選舉中，出現綠色系統、書寫有「黨外」字樣的旗幟，競選傳單也多共同採用綠色系統，自此以後，綠色逐漸成爲黨外的色彩。〔註 125〕這句話結尾「黨外的色彩」自然帶出，其中的「黨外」也不盡準確，並且已經開始在概念上擦邊含混起來。顯然，「黨外」的「黨」特指國民黨，「黨外」一開始時僅僅是指在選舉中的非國民黨籍參選人，後來有反對派人士稱爲「黨外人士」、「非黨人士」，再後來才出現「反對派」、「反對黨」、「在野黨」這些因對立而取得對等地位的概念。因而，從概念所指的範疇來說，反對勢力的範圍不等於反對派勢力，反對派勢力不等於黨外勢力，黨外勢力也不等於後來的反對黨勢力，反對黨勢力也不等於後來的民進黨勢力，民進黨勢力也不等於「美麗島系」或「《美麗島》政團」勢力。「黨外」概念上有意爲之的含糊不清和模棱兩可，是一種挑戰國民黨的突破性策略，屬於政治上的「碰瓷」和「擅線」。李筱峰爲「黨外」實質的出現而挪用「黨外」名詞的事後背書，也算得上是一種暗度陳倉的春秋筆法。

而包澹寧則把這個詞的發明者認定爲他熟悉的康寧祥，並且把時間推到了 1975 年。從 1975 年到 1986 年民進黨成立，政治反對派的成員被統稱爲黨外人士，這裡的黨指的當然是國民黨。黨外一詞取代了以前的那些比較正式也比較笨拙的說法，這個詞是康寧祥的《臺灣政論》在報導 1975 年的競選活動時最先使用的。這個詞的創造對於反對派是一個重大的貢獻，如果反對派沒有一個簡明的聽起來合法的稱呼，他們就比較難以相信自己是一個有權利存在的嚴肅而且一致的團體。〔註 126〕

「黨工」概念的挪用套用，與「黨外」有異曲同工之妙。黨外勢力辦的雜誌，稱作黨外雜誌，那麼，黨外雜誌的工作人員怎麼稱呼呢？竟然簡稱爲「黨工」。於是，黨外勢力還沒有組黨之前，竟然就有了「黨工」。事實上，國民黨一直對各級黨部內部工作人員、黨的幹部，稱做黨工。1987 年 7 月，李煥出任國民黨中央黨部秘書長之後，還在黨部「推行義工制度，減少黨務

〔註 124〕楊秀菁，臺灣戒嚴時期的新聞管制政策〔M〕，臺北：稻鄉出版社，2005：262。

〔註 125〕李筱峰，臺灣民主運動 40 年〔M〕，臺北：自立晚報出版部，1987：176。

〔註 126〕（美）包澹寧（Daniel K. Berman），筆桿裏出民主——論新聞媒介對臺灣民主化的貢獻〔M〕，李連江，譯，臺北：時報文化出版企業有限公司，1995：306。

專職人員，以精簡人事」。〔註 127〕這種一語雙關的簡稱，巧妙的挪用和佔用，等於一種語言上的「自我定位」、「自我實現」。楊秀菁的論述中「引進」這一概念時，不加解釋地直接套用，轉而就去解釋「黨工」是一群什麼樣的人：「黨外雜誌的黨工，即『黨外新生代』，他們約形成於一九七五年的立法委員選舉，當時在陳菊的引介之下，約有數十個大學生和研究生步出校園，義務幫郭雨新散發競選傳單……」〔註 128〕在嘗到莫大的好處後，這一招偷換概念、憑空製造新概念的鬥爭大法，成爲日後反對勢力特別是民進黨擅用的鬥爭手法，無數次的街頭行動、抗議活動和選舉競爭中，選用的口號都有意爲之，屢試不爽。香港 2014 年的「佔中」運動，也是有意精心挑選了「中環」這個地方，冠以「佔領」二字，稱作「佔領中環」，再簡稱爲「佔中」，諧音「戰中」的「戰」、暗示中國的「中」，可謂煞費苦心，煞有介事。

福柯曾提出「語言四邊形」一說：「命題、表達、指明和衍生這四種理論似乎構成了一個四邊形的四條線段。它們成對地相互對立和相互支持。〔註 129〕臺灣解嚴解禁過程中反對語言的豐富張力，就在於出現了許多詞語的命名、所指、能指、意指、借指等生動實例，通過概念和內涵外延的置換、替換、偷換，名詞的翻新、生造、挪用，使語言的命題、表達、指明和衍生之間，構成了一個個清晰可見、靈動鮮活的語言生命新形態、新週期。

二、反對語言的衝突功能

（一）警方「製造」衝突

曾任美麗島雜誌總編輯的陳芳明，在解嚴之後對南方朔指名道姓進行批評，直接原因就是在美麗島事件上的態度，間接原因還在於「大師」對「大師」的嚴重不服氣。在批評南方朔的觀點之前，陳芳明是這樣介紹對方的：

> 南方朔，本名王杏慶，目前是《新新聞》的總主筆；他也使用另一筆名南民，在香港的《九十年代》擔任專欄撰述。南方朔酷嗜自稱是「民間學者」，並宣稱是「比臺灣人還臺灣人的外省人」。美麗島事件發生時，他是《中國時報》的記者，嗣後辭職，轉任《前

〔註 127〕林蔭庭，追隨半世紀——李煥與經國先生〔M〕，臺北：天下文化出版公司，1998：248。

〔註 128〕楊秀菁，臺灣戒嚴時期的新聞管制政策〔M〕，臺北：稻鄉出版社，2005：263。

〔註 129〕（法）米歇爾·福柯，詞與物——人文科學考古學〔M〕，莫偉民，譯，上海：上海三聯書店，2001：156。

> 進週刊》總主筆，從事民間社會的理論建構。據說，南方朔是「現階段臺灣反對運動理論大師第一人」。但非常諷刺的是，國民黨對美麗島人士展開大逮捕時，南方朔卻是爲國民黨製造政治迫害的理論大師第一人。

陳芳明認爲南方朔1980年前後特別是在《中國時報》的一系列文章，以軍事法庭爲最高命令，以國民黨爲最高命令，以民族主義爲最高命令，「使用一種簡單的二分法，一方面把美麗島人士劃入臺獨運動，然後又指控臺獨運動是受到帝國主義的支撑；另方面，他又把戒嚴令下的軍事法庭，神聖化爲國民黨的合法統治，並進一步，把國民黨統治等同於神聖的中華民族主義。在這樣的基礎上，南方朔建立了一個無懈可擊的結論，那就是國民黨對美麗島人士的鎮壓，全然基於民族主義對帝國主義的反擊。在白色恐怖高張的時期，這樣的結論是沒有人敢於碰觸的。」

然而，當南方朔的另一組文章出來後，陳芳明又表示贊同了，認爲南方朔在 1987 年撰寫《被扭曲的靈魂——警察》道出了事實眞相：「高雄事件是一起操作周密、效果完全如預期的政治戲劇。高雄事件之前，被特務與警察動員的黑社會或警察人員陸續騷擾《美麗島雜誌社》的各分社，這乃是『政治激怒』。政治激怒的結果，使得群眾趨向亢奮。在高雄事件當日，被動員的黑社會人員已擔負了在群眾中先動手毆打鎮暴人員的發動人的角色，於是『迫害者』與『被迫害者』的關係顚倒過來了。（見南民編《鎮暴機器》）」〔註 130〕

陳芳明贊同並引用南方朔這段話的目的，顯然是因爲文中「道出了事實眞相」，也就是特務與警察動用黑社會人員挑起矛盾事端。絕不是因爲他文章還稱之爲官方口徑的「高雄事件」。顯然，也沒有因此而認可這位「反對運動理論大師」，因爲在陳芳明眼裏，「美麗島系」乃至民進黨體系內，除了林濁水這位「臺獨理論大師」，「反對運動理論」的大師級人物非他本人莫屬，他還是臺灣本土文學史、文學理論乃至臺灣歷史理論的大師級人物。

難得被「大師級對手」肯定的南方朔的文章中，確實透露了一個魔鬼式的細節：警方有意製造衝突，具體而言就是製造混亂、製造事故、製造是非、製造麻煩、製造敵人、製造口實、製造恐懼、製造輿論。這是社會運動、抗議運動的鬥爭初期一個典型特徵，抗議分子還沒有足夠的經驗和底氣，無法

〔註 130〕陳芳明，論南方朔的暴力民族主義〔N〕，首都早報（臺北），1990-12-6（2），／／陳芳明，臺灣內部民主的觀察，臺北：自立晚報社，1990：70～74。

把握執政當局能夠容忍的底線；而當局特別是警方為了不被撕開一個管制的口子，本能上一般都不會去縱容最初的抗議活動，甚至為了醜化街頭行動，往往貫之以「暴徒」、「搗亂分子」、「不法分子」的稱呼，以便得到民眾的支持「依法處置」。這個時候，為了能夠一舉擊破，一舉抓獲，就會巴不得抓住街頭活動中發生的意外事件、暴力事件、流血事件進行調查處理。一般來說，為了避免授人口實，抗議活動的組織者也會小心翼翼，避免現場混亂衝突，發生意外傷亡事件。這個時候，製造衝突的主動權可能就在警方手中，為了一擊制之，最好就是發生鬥毆傷人事件、現場混亂之中警方及時介入就有了更加正當的理由。

雙方都在製造衝突，雖然目的、動機都完全不同。警方是為了刺激、介入、制服，抗議活動方是為了宣示、呼籲、表達。但這個魔鬼式的細節，都是雙方使用的焦點。為了引起民眾的重視，為了能夠成為報紙、電視上的新聞、話題，場面的混亂和衝突的劇烈，也是抗議者所需要的。

只有到了社會運動的中期或成熟期，街頭抗議和社會運動有了更文明理性的表達方式，現場雙方、幕後雙方，都有了高度的默契和配合。警方不會再去刻意「製造衝突」，而是避之猶恐不及，退避三舍還會被糾纏不放，這時候特別需要「製造衝突」的，反而是抗議一方。因為民眾麻木了，視而不見了，運動得不到足夠的關注了，抗議活動更加安全的同時效果和影響也明顯打折。這個階段的「抗議管理」、「衝突管理」有了更加豐富的形式和措施，雙方都重新建立了自己新型的語言「形式庫」、「招式庫」、「武器庫」。

（二）媒體「描繪」衝突

媒體的角色是在為壓制衝突一方製造輿論和聲勢，還是為抗議一方製造輿論和聲勢，體現在話語方式上「幫忙還是添亂」、「打壓還是同情」、「指責還是辯護」，從而被歸入「霸權論述」和「反抗論述」兩個類型。江詩菁使用文化霸權理念研究中國時報、聯合報兩大報系，認為兩大報系論述身為國民黨政權的喉舌，其「霸權論述」的特點體現在對黨外人士進行醜化和污名，諸如塑造、生產黨外「政治野心分子」、「中共的同路人」、「賣國賊」等面貌，黨外反對政府言論是「為反對而反對」，意圖譭謗執政黨的國家社會動亂製造者等，黨外的街頭群眾運動是「向公權力挑戰」，是污辱政府官員、對執法人員施暴、製造社會動亂、影響交通與民眾生活、製造分裂與災禍等等，從而製造出「霸權眼中的反對派形象」。當然製造這種形象的最終目的，是希望在讀者群眾中形成這種印象：「正義的一方『我們』等同於民眾，政府當局與民意相符的；而黨外被分類、被再製的邪惡『他者』。將『黨外人士』歸類爲對立的一面，包括：非法、混亂、暴力、破壞、偏私、邊緣、野心、極端等負面的形象」。〔註 131〕

「製造敵人」的結果就是「製造」了越來越多的敵人。這不是輿論上造就的，而是國民黨的管制政策造成的。特別是 1979 年的高雄事件（即美麗島事件），使臺灣民主化過程中，增加了不少著名的「政治犯」。公開的軍法大審判加上媒體的大幅報導，使美麗島事件的主犯們、主犯們的妻子、主犯們的律師，這些「敵人」都因此「站起來了」，站在公眾的面前，站在對手的位置。這些有了反對名分、正式身份的「政治犯」，轉眼之間一個個走上政治舞臺，成爲了反對當局的「政治人」。這就是實實在在造就出來的「敵人」、用盡心思培養出來的「對手」。

描繪敵人就是在製造敵人，描繪衝突就是在製造衝突，除非能夠解決它，消滅它或消解它，否則就會強化它或放大它。「特定媒體所認同的主體，會進行召喚我群，當在召喚我群、論述他者時，便立即將他者歸類爲對立的一面，包括：合法／非法、中庸／極端、妥協／教條、合作／對立、秩序／混亂、和平／暴力、建設／破壞、開放／封閉、忠誠／腐敗、公正／偏私、自主／壟斷，經過此種正負價値的對立排列以塑造共識。」〔註 132〕代表「霸權論述」的媒體，也對代表「反抗論述」、「反對論述」的黨外雜誌，直接發動打擊。針對內容言論「逾越法令」，又運用「備胎」鑽法律漏洞之黨外雜誌，發起不看、不印、不聽、不賣、不寄的「五不運動」。〔註 133〕在主流論述中的反臺獨策略諸如是以「大中國主義」、「民主主義」、「民主人權」、「反共」、「法律秩序」、「國家安全」等來反制，統一與臺獨的對立符號表現爲：中國與臺灣、中國人與臺灣人、愛國與叛國賊、理性與非理性、和平與暴力、合法與違法、光明與黑暗、穩定進步與破壞毀滅，等等。〔註 134〕

〔註 131〕江詩菁，宰制與反抗：中時、聯合兩大報系與黨外雜誌之文化爭奪（1975～1989）〔M〕，臺北：稻鄉出版社，2007：204。

〔註 132〕倪炎元，主流與非主流：報紙對一九九〇年國民黨內政爭報導與評論的論述分析〔J〕，新聞學研究（臺北），1996（53）：143～159。

〔註 133〕抑制內容言論不當雜誌，議員盼發起「五不運動」〔N〕，聯合報（臺北），1984-10-30（2）。

〔註 134〕江詩菁，宰制與反抗：中時、聯合兩大報系與黨外雜誌之文化爭奪（1975～1989）〔M〕，臺北：稻鄉出版社，2007：253。

（三）黨外雜誌「反抗論述」

黨外雜誌的「反抗論述」從以下幾個方面展開對攻之勢：反抗「非常時期」政治體制（反對戒嚴體制、反抗政治資源分配不公），反抗「一黨專政」（發明了攻訐揭露性質的「國民黨學」、攻擊國民黨的黨政軍特和人事結構、貶低國民黨爲失敗逃亡的外來政權、挖掘蔣家秘辛丑聞），反抗新聞禁錮（反對報禁、書禁、雜誌禁），翻出二二八事件等歷史舊賬，形塑臺灣本土象徵和臺灣認同，臺灣人和臺灣命運的自主自決，不斷觸碰和碰撞臺獨底線和言論禁忌等等。特別是擅長結合議會和街頭兩條鬥爭路線，混淆、顚倒、扭轉「愛國人士」與「暴力分子」的標簽。

以其「國民黨學」的論述爲例，把國民黨描繪成一個邪惡的形象：迫害者、失敗者、出賣臺灣的、專制威權的、軍事特務統治的、幫會背景的、流亡的、大中國種族擴張主義政權、不民主不革命的、一黨獨大的、傷害民主的……甚至用上與國民黨同樣的話，指責國民黨是「中共的同路人」，指責國民黨才是搞「國獨」、「獨臺」。〔註135〕從「打破神話、禁忌」開始，以「民主憲政」、「政黨政治」反抗國民黨；輔以逐漸激化的臺灣人意識，公開提出1989年前達成解除戒嚴、黨禁、報禁等階段性任務，聲稱要在十年後的大選中成功上臺。反對派的論述策略，也有學者概括成爲四種輿論武器：（1）渲染社會分歧，讓人覺得必須「二選一」加入兩大對立陣營之一方可，如外省人與臺灣人、黨外人士與國民黨、既得利益者與新生代等。在這個過程中，反對派把自己描述成小人物、不得勢者、局外人、經濟上處境不佳者的代表。這是一個市場營銷上的天才的戰略，政治上的「買空賣空」，助長敵對情緒，迫使人選擇立場。（2）製造針對政府和主流媒體的信任空白。選舉不公平、司法不公道、缺乏公開性、民主有名無實，都成爲反對派攻擊的說詞。這一招雙筒齊下，既攻擊政府又攻擊政府控制的媒體，使人覺得只有反對派才能提供可靠的新聞和信息。（3）爲執政黨製造負面形象。物欲橫流、金錢萬能、環境污染，由此都歸罪於政府，從而駕馭現代化過程中必然造成的大量不滿情緒。（4）爲反對派樹立正面形象。相對於反對派議論帶著的強烈的意識形態色彩，國民黨已成老生常談的三民主義就相形見絀了。〔註136〕

〔註135〕江詩菁，宰制與反抗：中時、聯合兩大報系與黨外雜誌之文化爭奪（1975～1989）〔M〕，臺北：稻鄉出版社，2007：382。

〔註136〕（美）包澹寧（Daniel K. Berman），筆桿裏出民主——論新聞媒介對臺灣民主化的貢獻〔M〕，李連江，譯，臺北：時報文化出版企業有限公司，1995：321～323。

曾到過臺灣訪學的學者高華在2010年讀龍應台的《大江大海一九四九》札記中說，國民黨之「敗」於中共，也讓它在臺灣的一些反對者對打敗國民黨的中共傾羨不已，也學著用馬列之理論來挑戰國民黨，只是以後越走越偏，居然走到「臺獨」的方向。近十多年來，把「外省人」等同於「佔領者」的「臺灣自主性主體性」話語，又成爲新的壓迫性語言，在「失敗者」和「佔領者」這兩種強勢話語的壓迫下，雖然許多外省老一輩的內心有諸多苦楚，但還是「隱忍不言」，直到龍應台的新作問世。〔註 137〕

既是佔領者，也是失敗者；既是統治者，也是移民者；既是外來者，也是臺灣人。反對黨的這種撕裂式反對論述，是要直接把國民黨通過重新命名和定義，一點點消解掉它的「正統性」和威權基礎。

這個看似十分曲折又必然勢不可逆的霸權解構、反抗成功的「論述過程」，是一個表現的過程，也是「再現」的過程。媒體「再現」的歷史，「再現」於後來者的二手研究中，而「再現」媒體再現的歷史成爲新的「再現」，兩重的「再現」中避免了被再現者的悲哀和失落，卻跳脫不出認知被媒體掌控的悲哀和無奈。「面對媒體的訊息，閱聽者必須隨時警覺傳播媒體企圖將怎樣的觀念傳達到讀者的腦子裏，意識媒體企圖引導讀者對社會政治現象做怎樣的解釋，解構媒體傳達的符號訊息，才可能趨近眞相，避免陷於媒體的操弄與宰制。」〔註 138〕

（四）媒體出現「肢體語言」

翁秀琪把臺灣和語言有關的研究，以1987年解嚴爲界限分爲兩個階段，第一階段（解嚴前）語言主要是內容的載具，方向以反映社會價值、實踐政策目標爲主。第二階段（解嚴後）開始顯現語言轉向的影響，語言本身成爲研究的重點，同時也反映了這個階段臺灣社會和文化多元的取向。〔註 139〕

反省語言的常識和轉向，鍾蔚文教授指出：「社會日形分化，也促成了語言現象多元的發展，意義本身逐漸成爲商品，知識已成爲另一種生產工具。」〔註 140〕過去視語言爲控制和認知環境的工具，在傳播學的意義上經過了幾次

〔註 137〕高華，歷史學的境界〔M〕，南寧：廣西師範大學出版社，2015：79。

〔註 138〕江詩菁，宰制與反抗：中時、聯合兩大報系與黨外雜誌之文化爭奪（1975～1989）〔M〕，臺北：稻鄉出版社，2007：296。

〔註 139〕翁秀琪 主編，臺灣傳播學的想像（上下冊）〔G〕，臺北：巨流圖書公司，2005：10。

〔註 140〕翁秀琪 主編，臺灣傳播學的想像（上下冊）〔G〕，臺北：巨流圖書公司，2005：254。

語言的轉向：從「語言反映眞實」到「語言和眞實脫鉤」、從「意義是結構」到「意義是對話」、話語從表意到遂意、從語言爲人所役到人爲語言所役、從論述到權力的社會語意系統、從意義浮動到挑戰霸權建立霸權、從內容分析轉向到言說分析、從流動的語言到浮動的主體浮動的意義、從解構的語言到批判的語言、從使用語言做事到語言即行動。

在這幾次語言轉向的過程中，語言成爲獨立的社會現象，語言藝術變成了語言技術。形成了語言商品、語言工業。傳播、公關、廣告等行業和學科，成了語言工業化的一環，以塑造形象爲主。在此背景下，顯得如此重要的語言，反而難以建立判斷的標準，如何批評事實、如何評估眞誠、如何批評不公不義、批評者立足點何在，似乎都成了沒有答案的問題。

只能先打翻語言的牢籠再去建設，先走出語言的迷陣再尋找新的可能出路。最務實最基本或者說最緊迫的，還是要先找到語言框架的框邊、先探到語言迷障的路障、先摸到語言牢籠的籠門。轉向和進化後的溝通成爲技術，反而造成了虛僞的彌漫和信任的危機。進而在轉型的政治和社會衝突中，仇恨的語言、歧視的語言、反對的語言、轉型的語言，都成爲了臺灣語言實踐發達豐富的獨特語言學分支。具體到傳播領域的語言學轉向，鍾蔚文的建議是，未來言說取向和其他取徑可以相輔相成，擴展研究的視野，比如，由語言去診斷、偵測權力結構的途徑，也可從語言現象研究諸多文化現象。〔註 141〕

研究轉型語言、反對語言，發現眞的到了臨界點、分界點、跨界點這個關鍵的轉折節點上，常態下可說的話不能強說了，否則就是老套的老話，胡來的胡話。

快速移動、不斷轉換、閃爍不定的情景，出現在轉型將轉未轉之際，新型待定未定之時，當然有了很多的不確定性，停不下來、靜不下來，看到的東西往往是浮光掠影，於是，產生了繁星般的轉型詞匯、變遷詞匯、反對詞匯、流動詞匯和過渡詞匯。原有的固定詞匯、常態詞匯、通用詞匯，顯得不夠用了，不適用了，不能用了，正常的、常態的反而顯得格格不入甚至是變態的、不合時宜的。

媒體出現「肢體語言」這個詞，就是一個新的語言現象。現實中從街頭

〔註 141〕翁秀琪 主編，臺灣傳播學的想像（上下冊）〔G〕，臺北：巨流圖書公司，2005：258。

到立法院的「肢體語言」，形同政治抗爭中的行爲藝術。對此的報導在難以定性時用上「肢體語言」這個富有想像力的詞，也是一種語言的創造。1987 年臺灣媒體的政治新聞報導，開始在報紙上出現以「肢體語言」這個名詞，專門指代朝野兩黨立法委員國會議堂的相互「毆鬥」行爲。

反對派製造的這種鬥爭衝突，特別是民進黨立委的「行爲藝術」和「肢體語言」，不但讓幾十年來中規中矩的老立委驚叫，讓媒體驚訝，也讓場外的觀眾和民眾驚奇不已。有人套用戲劇理論和劇場設計概念來解釋，所謂「肢體語言」一詞，其實是不具意識形態的中性名詞，但是用來形容某種特定行爲，則產生身體意識的觀點。立委既是構成國家統合主義的機能，他們的身體也就可說是「表現」政治性的對象體。當身體受到不同意識形態的網絡，公然反映出不同的身體感，身體與體制之間構成同時對應的關係，具體地在立委的「肢體語言」呈現出來。若視「毆鬥」爲肉體的叛亂，則更爲強烈地構成身體異化體制的對應關係。〔註 142〕

（五）雙方「製造」共識

到了一個臨界點，衝突本身成爲常態，也就是有了共鳴，有了對衝突的共識。接下來有很大可能，製造衝突的這種共識，最後會在扭曲、互動、角力中走向一個「良性結果」，即逐漸趨向於「製造共識」：製造敵人——制衡強化——製造生態；保護對手——保護自己——保護生態。這是一種動態的平衡、平衡的生態、生態的平衡。

抗爭到了相持階段，或者轉型過了最初的試探、突破階段，進入構建新型體系的時期，雙方就需要更多妥協。這時候，製造衝突的策略變成了輔助手段而不是主要手段，甚至製造衝突本身也成了手段而不是目的，從而進入一個「相對合作」的階段，這個階段的主要目的不是擴大撕裂的程度，而是開始彌合和達成共識，可以直接稱之爲「製造共識」階段。這與赫爾曼與喬姆斯基所說的「製造共識」有所不同，後者還只是指大眾傳媒在宣傳層面的功能，以滿足執政者的某種出於好看的表面上的需求，因而只是一種宣傳技巧或者輿論的控制術而已。

製造共識的相持階段，並不意味著衝突的減少，只不過衝突雙方有了一個共同的場域、共同的框架、共同的範圍；這時候的衝突，成了共識框架下

〔註 142〕王墨林，小劇場運動的迷思〔G〕／／圓神年度評論編輯小組，反叛的年代——1987 臺灣年度評論，臺北：圓神出版社，1988：206。

的衝突，某種意義上已經成了一個大概念下的「體制內的衝突」。比如 1987 年初，新當選的民進黨籍立法委員在立法院內挑起一連串激烈的衝突，既便衝擊碰撞再激烈，都是在同一個院子裏了，反對的前提已經是承認，衝突的前提已經是共識，打破法統的動作就是承認法統的存在而試圖改良與再造法統。混亂的合流過程，就是形成共識與合力的過程。在這個合力中，仍會有角力、張力，仍會有對峙、對立，如同轉型過程中會有扭曲、扭動，會有角鬥、纏鬥。反對黨帶著街頭的暴動習氣、暴躁風格，像一頭斗牛衝進了平靜的院落，也就是進了一個更大的籠子，顯得那麼粗暴、粗魯、粗礪，又顯得那麼強暴、魯莽、凌厲，讓這個陳舊、古老、平靜、沈寂的院落響起了從來沒有聽過的新聲音、新語言，那些從來沒有用過的詞像石頭一樣砸下來，那些從來沒有見過的話語像子彈一樣射出來。短兵相接，口舌交戰，比起街頭的盾牌棍棒，怎麼看都更文明。就算「國會街頭化」也還是議場而不是戰場，就算是街罵鬧劇，也還是在政治的劇場裏。這時候輸了的可能也是小勝，這時候贏了的也會還給對方、還給社會。最起碼有一點雙方都可以放心的確定：街頭永遠不會再成爲流血的戰場。李筱峰認爲，體制內的議會路線，確實是黨外運動發展的「安全花瓣」（減壓閥、緩衝器）：「由於大批人員投入選舉，選舉活動爲政治運動的主要媒體，走入各級議會的人員愈多，所謂『議會路線』成爲黨外運動最先的發展模式。」〔註 143〕陳水扁在獄中著書時直言：「臺灣在一九八〇年代，黨外『公政會』與『編聯會』的分歧對立，雖有『體制內改革』與『改革體制』之爭，選舉的『議會路線』與革命的『群眾路線』之別。不過在我看來，本質上是一場赤裸裸的年輕人奪權計劃。最後大家都走選舉路線，哪有什麼暴力邊緣的革命路線。」「我是議會路線、選舉路線的主張者、奉行者。二三十年來，我也把這條路線發揮的淋漓盡致，並達巔峰。透過選舉路線，我們讓國會全面改選，總統直接民選。」〔註 144〕

第七十九會期立法院中的「茶壺裏的風暴」，讓人們意識到一個摸索中的政黨政治運作模式，已經在國會首露端倪，隱隱成形，這種轉變，勢必將帶動憲政運作的重組。〔註 145〕1987 年立法院這一個會期下來，連國民黨籍的增額立委如黃主文、趙少康等，也不讓民進黨立委專美於前，紛紛走上街頭舉

〔註 143〕李筱峰，臺灣民主運動 40 年〔M〕，臺北：自立晚報出版部，1987：272。
〔註 144〕陳水扁，臺灣的十字架〔M〕，臺北：財團法人凱達格蘭基金會，2009：101。
〔註 145〕李筱峰，臺灣民主運動 40 年〔M〕，臺北：自立晚報出版部，1987：254～255。

辦問政報告的演講會，爭取選民認同。1987年2月23日，新任增額立委宣誓就職的第一天，到7月17日結束的立法院第七十九次會期，烽火連天、文鬥武鬥，「國會熱戲」天天上演，被學者稱爲「法統從大陸遷徙臺灣三十八年以來，最震盪、最衝撞的風暴期」。十三位民進黨籍立委在會期第一天就拋出了一個題目「雙重國籍立委的資格問題」，在會期結束的那一天，雙方依然在爲雙重國籍可否擔任中央民意代表爭執不休。如果說政府軍事上的戒嚴令是在1987年7月15日正式解除，那麼這一年的2月立法院新會期，就是「選舉解禁」之後的「議會解禁」。「民進黨立法院黨團」成立時，宣稱要朝「影子內閣」的方向邁進，不僅在立法院扮演立場鮮明、不卑不亢的反對黨，並保留直接訴諸民眾的議會外反對運動領航員的權利。〔註146〕一個從事反對事業的政黨必屬運動型者，民進黨在議會路線和群眾路線之間，產生了孰先孰後的內部爭議，尋求著新的平衡和定位，在實際運作中靈活地交叉運用，互爲「第二戰場」。就在民進黨籍立委大鬧立法院期間，民進黨4月6日中常會決定在中央黨部增設社會運動部，5月4日決議由謝長廷執掌該部並負責籌辦五一九和平示威遊行活動。爲了反對國安法，6月10日到12日三天的大遊行，直接就在立法院外進行，把院內院外的衝突都推到了一個新的「臨界點」而不至於爆發暴力衝突，把「寧靜革命」中的「不寧靜」用到了極致而不會釀成暴力革命。分歧與匯流的結果，執政黨和反對黨都成了同樣的角色，「在體制內改革體制」（體制內改革＋改制體制）成了兩黨的共同使命。

這種製造共識、形成合力的過程，雙方的訴求都得到了充分的展示和表達，有了深度的衝突和磨合，有了實質的協商和進步，有了互相砥礪的蛻變和確認，有了互補互動的消解和清洗，有了新舊體制的置換和轉移，有了重新搭建的共識和框架。從而爲第三階段，也就是轉型最後的全面對接、整體合成打下了基礎，從而可能達成一種轉型爲新型體系的複合建構。從第一階段的製造衝突，到第二階段的製造共識，再到第三階段的複合建構，組成了轉型的完整過程。複合建構主義者認爲，結構存在於進程，進程塑造並支撐結構，「結構不僅具有控制體系暴力、限制行爲體行動範圍和行爲方式的作用，更重要的是結構首先建構行爲體的身份和利益，並通過各種方式不斷社會化行爲體，使之不斷爲社會整體所同化而不被認爲是體系中的異類。進而，擁有特定身份並知曉其利益的施動者通過彼此之間的互動，會反過來再造、

〔註146〕鄭牧心，臺灣議會政治四十年〔M〕，臺北自立晚報出版部，1987：263。

加強或改變體系結構。」〔註 147〕也就是從這一刻開始，反對語言從街頭衝進了議會，使議會的話風爲之一變。

三、反對語言的四種姿態

（一）議會反對語言：反制鬥法

把慣用於街頭的手段拿到立法院，雙線作戰，內外合圍，民進黨這種反對策略和反制技術上的日趨圓熟，爲其「反對的姿態」帶來攻中有守、退中有進的從容空間，同時，也有著直接和間接的好處。以民進黨在立法院以退席表達對「集遊法」的抗議和不滿爲例，此舉既是抗議又是妥協，明爲抗議實爲妥協，既「成全」了立法程序，又「成功」地扮演了反對黨的角色，既保持了反對黨合法性的自我定位，又爲以後的「部分遵守」或者根本上不遵守、不服從甚至蓄意的挑戰和攻擊，留下機動行動空間。朝野政黨對遊戲規則的服從與尊重程度，在會場與街頭、院內與院外的轉換、交叉、並行，以及不斷的組合轉換、循環往復中，開拓出了更大的博弈空間和層次。下面摘取民進黨運用「反對語言」反制鬥法的四個瞬間，足見民進黨已經日趨成爲「忠誠的反對黨」、「合法的反對黨」、「成熟的反對黨」、「成功的反對黨」。

反制鬥法例一：《動員戡亂時期國家安全法》（簡稱「國安法」）的制定對解除戒嚴是緊迫而關鍵的一個司法程序，制定的過程則一波三折。立法院聯席會議恢復審議「國安法」短短的 10 條草案，並進行逐條討論時，從 6 月 4 日至 15 日總計 8 天中，經歷了大小不斷的數十場拉鋸戰，民進黨立法院黨團採取了纏鬥到底、寸土必爭的策略，與國民黨極力周旋，雙方互有妥協與斬獲的協商下，有 8 條達成協議，仍有兩條都不妥協讓步。其中備受矚目的「三原則」，國民黨中常會從善如流地回應了本黨籍立委的建議，在這次提交審議前已經通過由中央政策會所提報的協調決議，將人民集會、結社「不得違背憲法或者反共國策或主張分離意識」，修改爲「不得違背憲法或主張共產主義或分裂國土」。民進黨籍委員的反對意見也不統一，張俊雄主張刪除「三原則」，費希平提議用「不得違背憲法或不得認同中共政策或主張用暴力奪取政權」，許榮淑建議用「應遵守憲法及三民主義爲民有、民治、民享之基本精神」，但這些意見與批評，

〔註 147〕董青嶺，複合建構主義——進化衝突與進化合作〔M〕，北京：時事出版社，2012：145。

未為國民黨所接受，也埋下往後議事衝突的導火線。〔註 148〕

到了 6 月 23 日，「國安法」進入院會二讀會，「原本預料將會再度引發一場激烈的議事衝突，但出人意外的，民進黨籍委員在二讀會進入逐條討論之當口，由費希平委員上臺搶著宣讀抗議聲明，其餘 11 位民進黨籍委員（王聰松因病未出席）盤膝坐在發言臺前」。而「國安法」也就在民進黨團放棄發言的靜坐抗議中，迅速完成二三讀的立法程序（中國時報，1987-6-24〔1〕）。

反制鬥法例二：由於「國安法」草案中第 2 條中增列有關集會、結社，另以法律定之的規定，內政部遂於 1987 年元月起，著手研擬訂定《動員戡亂時期人民集會遊行法》（簡稱「集遊法」）。7 月 22 日至 27 日一連 6 天，國民黨中央政策會展開一連串的會議與溝通，而會談對象除了黨籍的立法委員與學者之外，遵奉蔣主席的指示，對在野人士應秉持兩大原則，即「通」與「和」，也就是要進行政治溝通，促進政策和諧，而與民進黨加強溝通（中國時報 1987-8-11〔1〕）。雙方於 8 月 13 日就「集遊法」交換意見，這次朝野會商是首度由國民黨針對未定的立法草案，邀請反對党進行協商，坊間媒體贊稱此舉乃執政黨民主開放政策的一大突破。到了草案送交立法院進入一讀時，在由哪些委員會來審查的爭執上，朝野雙方爆發一場激烈的肢體衝突，雙方的底牌盡現，能退能讓或可退可讓的底線已陸續浮現（中國時報 1987-10-7〔1〕）。到了 10 月 28 日聯席會議審查時，一番推打、叫罵之後，民進黨立委集體退席。「在民進黨有意的缺席情況下，國民黨在短短兩小時不到的高效率下，完成共 28 條條文的一讀會程序」（自由時報，1987-10-29〔1〕）。

反制鬥法例三：在「集遊法」前後整整一年的爭執中，民進黨決意逐條杯葛阻撓拖延，國民黨一讓再讓務必力求法案通過，朝野雙方的緊張對立，看起來已經到了「話不投機半句多」的地步，就在這樣「打打談談」、「談談看」的心態與策略下，轉眼到了 1988 年 1 月 11 日，形勢急轉，民進黨團宣布退席，在全場一片掌聲中，「集遊法」逕付三讀，完成立法程序（中國時報，1988-1-12〔1〕）。就在蔣經國突然去世的兩天前，攸關受憲法所保障之人民集會、遊行自由的「集遊法」在立法院三讀通過，完成立法程序。

反制鬥法例四：早在 1986 年 10 月 15 日，國民黨中常會一致通過的兩項政治革新議題，除了「國安法」，就是「非常時期人民團體組織法」與「動

〔註 148〕吳文程，臺灣的民主轉型：從權威性的黨國體系到競爭性的政黨體系〔M〕，臺北：時英出版社，1996：232～233。

員戡亂時期選舉罷免法」（簡稱「人團法」和「選罷法」）的修正，目的在於「規範政治性團體及各類人民團體活動，並使取得合法地位之政治團體之候選人，得在不同的政治立場上，以平等地位、理性政見，從事政治競賽」。〔註 149〕說穿了，就是同意開放組黨，同意不同政見的政黨勢力和政治人物參與選舉。到了這時候，反對黨與執政黨的爭議已經殊途同歸，令外界相當錯愕的是民進黨的反應，顯然一反過去的激進開放，突然「保守」起來，該黨康寧祥表示，「人團法」草案中除了「三原則」外，對政黨的成立，幾乎沒有限制，這將造成小黨林立、徒增政治紛擾與造成政治資源浪費，因此政黨必須具備一定要件（中國時報，1987-9-19〔1〕）。雖然「人團法」一波三折，其中歷經蔣經國的辭世以及中央總預算案的審理，後來與「選罷法」修正案、「中央民代退職條例」、「省府組織條例」、「省議會組織條例」統稱「五大法案」同時審理，延至 1989 年 1 月 20 日完成三讀。但在這個過程中，雙方不斷協調，彼此的歧見消弭不少，民進黨使用了零星的翻案和拖延戰，有所節制地表達反對立場，這也顯示出民進黨亦相當珍惜所爭取到的退讓空間，不願挑起太激烈的抗爭。〔註 150〕

反對黨對執政黨各項改革措施的「刺激作用」，執政黨對反對黨各種衝撞動作的「過激反應」，勢必有助於推動和達成新的平衡。 據統計，光是 1987 年一年當中發生大大小小的遊行活動，共有 1800 次之多。面對這一情形，朝野雙方都意識到，「集遊法」不僅在承平時期有其必要性，對於正處於由「非常」到「正常」時期的臺灣而言，對於保障民權及維護轉型期的社會秩序，有其必要與正面的積極意義。這也象徵著民主憲政軌道鋪設工作的初步完成。〔註 151〕

（二）顛覆議會話風：反常爆粗、「講臺語」

第七十九會期立法院的會場，因爲首次以黨團名義當選的民進黨籍立委入場，而成了烽火連天的戰場，把街頭風格帶進議事會場的朱高正等十三名民進黨籍立委，初試啼聲，就驚天動地。特別是朱高正的潑婦罵街般爆粗口、

〔註 149〕吳文程，臺灣的民主轉型：從權威性的黨國體系到競爭性的政黨體系〔M〕，臺北：時英出版社，1996：243。

〔註 150〕吳文程，臺灣的民主轉型：從權威性的黨國體系到競爭性的政黨體系〔M〕，臺北：時英出版社，1996：248。

〔註 151〕吳文程，臺灣的民主轉型：從權威性的黨國體系到競爭性的政黨體系〔M〕，臺北：時英出版社，1996：205。

故意用臺語發言，徹底顛覆了議會的「話風」，成爲一種臺灣反對黨特有的行爲藝術和表達方式。

朱高正從「三字經」到「六字經」的罵陣，就是在故意造成反感和衝突。

曾獲西德波昂大學哲學博士的朱高正，是第七十九會期立法院開議以來最受矚目的人物，記者形容他：「用充滿霸氣的議事手段和雷霆作風，震撼全場，更不斷地憑靠象徵性的理念和單純的粗魯行爲來獲得注意和支持。」（自立晚報，1987-3-1〔1〕）

朱高正不過是把部分街頭的作風帶進議場，他強烈的動作衝撞著僵悶已久的議場慣性，使得那個封閉族群裏的許多成員難以適應，此即所謂「國會街頭化」的症候。〔註152〕

最尖銳的例子，是1987年3月20日的「三字經」和5月26日的「六字經」。3月20日是十三位民進黨立委聯合向行政院長提出總質詢的第一回合。朱高正說：「我來這裡，代表的是雲、嘉、南五縣市，十二萬多張選票，選我的絕大部分是五十五歲以上的老太太、老先生，人家受日本教育，北京話根本聽不懂。」話鋒一轉，朱高正突然以臺語發言：「本席從現在開始，就要用臺灣話來講，我們在此講國民黨過去所作所爲完全違背民主政治應該要做的，它根本上是獨裁、反動、專制帝王的統治心態……」此時臺下鼓譟，老委員大叫：聽不懂，不要再講了！

朱高正在臺上用臺語吼道：「在這裡聽不懂，你『幹你娘』！你在這裡吃蓬萊米吃這麼多年，聽不懂是你家的事，我告訴你，你們要搞清楚人家納稅四十年，你們寄生蟲有良知點，四十年在國民黨統治之下，他們電視看不懂、新聞聽不懂、報紙看不懂，那你叫人家怎麼啦？我在這裡講幾句臺灣話，你就『擋賣條』（受不了），你『幹你娘』，你出去嘛……」

這段現場錄音傳真，第一次，罵人的「三字經」出現在立法院，第一次，用所謂的臺語在立法院發言。誰也沒有料到，臺語（閩南語）十幾年後變成了官方語言的一種，變成了國語一種，而原來的國語變成了普通話、北平話，變成了中文，變成了漢語。

朱高正事後解釋說：當天我一開始用臺語發言，國民黨籍委員就開始拍桌子，並罵「操，操你媽的X」，我當時就衝口「幹你娘，出去！」過去他們的做法就是要讓你處處自卑，你一旦感到自卑，就得乖乖當個被統治者，但

〔註152〕鄭牧心，臺灣議會政治四十年〔M〕，臺北自立晚報出版部，1987：283。

我一進立法院就不願當順民，這點讓他們很頭痛，我也知道他們受不了，才採取這種方式，讓他們產生重大的心理壓力；更何況，做一個反對黨就要有反對黨的樣子，要知道我們不是對委員講話，而是對人民講話，這也是我用臺語質詢的理由之一。〔註 153〕

1987 年 5 月 26 日晚上，立法院預算第一組尚在挑燈夜審 1987 年度的總預算，從下午 3 時開始，經過數小時的冗長辯論、爭議、杯葛、協調，立法院群賢樓的會場雖然燈火通明、人聲吵雜，但人心浮動、氣壓益低。8 時 43 分，國民黨籍增額立委李勝峰等提出程序動議，建議將第一組未審完的預算案，提交全院委員會聯席會議再做審查，以期在 5 月 31 日法定期限內完成總預算審查工作。此案一出，民進黨籍委員紛紛登記發言，堅持擋路。到了晚上 10 時 25 分，只見朱高正微胖的身子躍上主席桌，聲嘶力竭地叫罵：「你們這些亂臣賊子」、「立法院宣布解散」、「賣國賣了四十年」。隨即指向一位向他反駁的女委員，喊出了他的「六字經」：「幹你娘 XXX」！踢翻了眼中一切視爲不合法的東西，整整鬧了十幾分鐘，主席臺上的卷宗、資料、紙筆散落一地。

熱鬧過後的朱高正對記者說：這比楊寶琳（選舉舞弊）的事還嚴重，明知違反程序，還要用多數暴力蠻幹。我維護總預算之尊嚴，我個人形象得失就不是太重要了。「議會路線現階段對預算審查不會有太大的作用，但是能暴露國民黨的缺點，搞爛、搞臭它才有用。」〔註 154〕換言之，徹底凸顯國會議事規範的不當、權力結構的封閉，以及強烈質疑法統的代表性與合法性，不僅是朱高正個人的自覺理念，亦是支配民進黨立委黨團整體運作的指導方針與策略。

刻意製造的鬧劇，讓國民黨習以爲常的做法變成醜聞、笑話。

此前在 4 月 28 日立法院經費稽核委員會改選中，朱高正等民進黨立委現場抓住楊寶琳等國民黨籍老立委的舞弊行爲，竟然使選舉被迫宣布無效。

當天上午 11 時 20 分，在國民黨、民進黨雙方立委爭吵不休中，會議主席倪文亞宣布表決通過停止討論之動議，立即進行投票。

11 時 23 分，國民黨委員紛紛到臺前領票，朱高正突然衝上臺，猛烈指責領票的資深委員：「你們只會來投票，我爲立法院感到可憐悲哀，還投票，好

〔註 153〕鄭牧心，臺灣議會政治四十年〔M〕，臺北自立晚報出版部，1987：284。
〔註 154〕鄭牧心，臺灣議會政治四十年〔M〕，臺北自立晚報出版部，1987：285～286。

意思投啊！不要臉，可恥！」他轉頭對背後的倪文亞：「你要負責，院長是幫兇，謀殺中華民國國會，埋葬民意！」又轉向臺下投票中的立委們：「已經八十幾歲了，還要來開什麼會？就是要退休，國民黨也不會讓你退休，好讓你們作爲國民黨的工具，孬種！沒有尊嚴的人，你們如果有一點知恥之心，頭應該低下去，無恥之極！」

11 時 30 分，民進黨立委余政憲、王聰松等人發現宣以文手中握有多張選票，因而趨前攔截、阻擋她去投票，宣以文雙手藏在背後，被迫慢慢退到第一排吳德美的座位旁，偷偷把一疊選票交給吳德美，吳德美趕緊先塞進抽屜，再將選票夾在議事錄中，轉給汪振華投入票箱。這一幕被樓上旁聽席中的記者看得一清二楚，個個動容不已！

11 時 42 分，民進黨立委又盯上「山東大姐」楊寶琳，發現她正手握十餘張選票準備前往投票箱，民進黨立委前堵後截，搶下了三張選票，還有一人持照像機拍照存證，最後朱高正等人架著楊寶琳到主席臺前向倪文亞抗議「投票無效」。11 時 45 分，投票截止時間已到，楊寶琳掙扎著，企圖把選票丟擲給清點人員，未能得逞。此刻站在臺上發言的王義雄越說越激動，猛然把麥克風折斷了。情形一變，連剛才親手將大把選票投入票箱的汪振華也說：「投票是很神聖的，如不守法，當選無效。」這時候，楊寶琳上前，在臺上與王義雄互奪手中的選票，並且力排眾議，振振有詞地提高嗓門表示：「過去幾十年每次選舉我們都是這樣，爲什麼現在就不可以？」「我們國民黨同仁支持我，把他們的票交給我一起投，你們民進黨憑什麼干涉？現在民進黨立委干擾選舉，你們違法，撤職查辦！」楊寶琳此言一出，全場譁然。樓上記者席更是幹聲四起，有人主張：這不在立委免責之內，楊寶琳應該立即移送法辦。

「撤職查辦」與「移送法辦」的對吼，兩種心態、兩種思維，在這一刻迎面撞上。國民黨立委的不知法、不守法、不依法的做法，讓這個「老大黨」丟盡了顏面。12 時 4 分，上屆經核會召集人、也是這次選舉的監票委員余文傑上臺低聲念說：「本次選舉在程序上有許多不合的地方，請主席宣布選舉無效。」倪文亞接著宣布：選舉無效，另定日期改選。

「其實，以上所浮現者不過是這個積重難還老法統冰山一角，但經民進黨團強烈之激蕩，猶如糞坑初耙，眞相首度赤裸裸地公諸於世，以致社會民心震撼不已，對於國民黨政權的道德性更是無比的損傷。」〔註 155〕鄭牧心引

〔註 155〕鄭牧心，臺灣議會政治四十年〔M〕，臺北自立晚報出版部，1987：280。

述《新新聞週刊》創刊第八期的報導說：立委們再度演出創世紀的首本「荒謬劇」，大大開了選舉原理的玩笑，有的立委把議事堂當遊戲場盡情玩耍，追、趕、跑、跳、蹦，說唱、呤誦、罵，好看極了！

（三）政策反對語言：「反解」戒嚴

在臺灣對解嚴的一片歡呼聲中，反對黨又是怎麼解讀、怎麼挑剌的呢？從街頭抗議呼籲全面解嚴，到議會激戰「國安法」，還有各種的調侃和不滿意。「臺獨理論大師」林濁水在宣布解嚴後立即發表文章，指責國民黨解嚴的誠意。他是這樣解釋「戒嚴」這個詞的，「宣布戒嚴，實際上就是遇到戰爭的緊急狀況，政府沒有能力按照平常統治方式來處理事務，而採用的平時屬於違法，應該禁止的手段。」進而調侃說，「如今，執政黨在不正當、不合法、不必要的長期戒嚴後，不但對人民絲毫沒有自責的意思，不但違背世界通例、違背法理、違背實證法，取消人民上訴的權利，甚至連執政黨黨員本身提出的大赦特赦都吝於採用，甚至連讓政治犯重新進入社會謀生的路都要加以斬絕，而僅僅以賞賜的姿態給予『減刑』、『復權』，就要輿論工具發動起來頌揚其聖明，其心態反常的程度實在難以想像！」「眞正的憲政和解還沒有開始，民主更是遙遠得很，我們必須繼續努力！」〔註 156〕

反對黨把戒嚴另外解釋成了國代改選全面之禁、政治犯之禁、黑名單之禁、孫立人軟禁等，充分提出對民進黨有利的、能夠掌握主動的條件和事項。

解嚴後的「翻案風」中翻出的老將軍孫立人，被軟禁 33 年，1987 年解嚴當年仍在禁中，直到 1988 年 3 月 20 日，由國防部長鄭爲元親自登門慰問並向他轉達軟禁已經解除了。林濁水的評價是，「這位在二次世界大戰中揚名國際的中國抗日名將，他的被軟禁透過的固然是非法手段；現在被解除軟禁透過的仍然不是法律的途徑。在一黨專政之下，人的生死自由榮辱，原來就是這樣令人感慨。」孫立人重新得到了自由，但並沒有得到「平反」，甚至連監察院對「孫案」的調查報告都還不公布。但是，有關「孫案」的各種政治背景，卻已經連續幾天由臺灣各報大幅報導出來了。經過這樣的報導，孫將軍的清白是不是就澄清了且不說，但是迫害者手段的殘酷蠻橫卻早已清楚地顯示了。所以，實際的效果是，這已經是翻案了。林濁水進而說，「讓翻案眞正成爲正義伸張和民主制度建立的契機，而不是中央權力鬥爭的開始；更重要

〔註 156〕林濁水，執政黨解嚴的誠意在那裡？——我們對蔣經國只宣告減刑、復權深感遺憾〔N〕，民進報週刊（臺北），1987-7-16。

的是要誠心與人民和解，並以釋放目前仍然被關的政治犯、恢復政治犯完整的人權作爲與民和解的開始。」〔註 157〕

在這裡，林濁水有三次概念偷換的動作，一是把孫立人解除軟禁，轉換成政治犯的解放，二是把戒嚴解除轉換成政治犯的復權平反，三是把戒嚴的政策轉換成做惡改正以及政治和解。按這種邏輯，國民黨當局的政策是一錯再錯，以錯糾錯，錯上加錯，早解晚解、快解慢解都有錯，即使大赦全解，都還是有著致命的錯、過、惡，而唯有新成立的民進黨，講人道講人情講道理，想做好事卻做不成。把解嚴說得一無是處，最後還要再補上一刀說，和解才開始，言下之意，對立很嚴重，人民有意見。且先不說各種勢力利益和理念上對立、割裂和衝突，單是抗議與妥協、衝突與調節中話語的衝突、碰撞、交鋒、交融以及轉向、偏向和流向，就足以讓臺灣的自由化、民主化轉型，充滿張力和變數，反過來提供了話語研究上品種豐富、含義多樣、褒貶多元的語言素材資源，也進一步推動了語言生態的進化、話語方式的進化、表達方式的進化。

（四）理論反對語言：反借反咬

林濁水是臺灣地區鐵杆「臺獨」分子，民進黨創黨元老，曾參與起草「臺獨黨綱」，被稱爲「臺獨理論大師」。1983 年提出「自決救臺灣」，1987 年提出「重建憲政體制是民進黨的目標」。此後，在 1988 年提出「臺灣國際主權獨立」；1989 年鼓吹「新國家理論」；1990 年提出「臺灣共和國」；1991 年提出「臺灣與中國關係法」；1995 年起草「臺獨行動綱領」等。2000 年後主張「中華民國是一個主權獨立的國家」，稱「一個中國，各自表述，對臺灣太沉重」。這位活躍的臺獨理論大師在 1987 年時擔任《新潮流》總主筆，1988 年出任民進報週刊總編輯。1987 年前後，在民進黨的機關報民進報週刊上寫了大量文章，後來結集的書中有一本即爲《統治神話的終結》。在這本書的序言中，李永熾稱讚林濁水是一個社會民主主義者，而不是一個國家主義者，並且詳細解剖了林濁水「中心與邊陲關係」的建構與解構邏輯。「林濁水在原理上並沒有忽略中心／邊陲的剝削關係，但在歷史現實上，他更注意帝國中心的自我瓦解」，在日據時期「正當中心的臍帶被割除，新的中心／邊陲關係被迫形成時，從舊邊陲投入新邊陲的上層社會人士反而發現了自己與自己立足

〔註 157〕林濁水，有人放鞭炮有人痛哭，這是怎回事？——「翻案風」翻出的國家僵局〔N〕，民進報週刊（臺北），1988-3-20。

的土地」。言下之意，臺灣是邊陲之邊陲，反而逐漸自成中心之中心，由此推展出「臺灣民族」的發現、脫中心化的邊緣運動論和游牧論策略，以及「再領域化」的目標。因此，臺灣人確實應該從「棄民」或「順民」的情境中恢復自我了。另一位序言作者廖耀松（北部政治受難者基金會會長）直接引用林濁水一句很有煽動性的話，毫不隱諱地點出了意圖：「我們無名無姓的群眾將一定要創造一個有名有姓的臺灣國！」

一頭栽進反對運動的林濁水，1987 年正當 40 歲的年紀，精力旺盛，自許思想成熟，認定已經找到了自己的答案。「統獨之擊、外交之擊、人道之擊、意識之擊、零星之擊」，從書中文章的這種分類方式，就可以看出他當時的偏激、偏執和偏見。

從文章的題目和內容，更可以看到這位「臺獨理論大師」極強的攻擊性，經常在借題發揮、借力打力。在《警告國民黨：勿淪爲中共的看守政府》中說，「不『分裂』雖然是國民黨的意願，然而分裂卻是目前難以改變的事實。這事實便使俞國華在 3 月 20 日答詢時也不得不這樣說：『分裂國家，如東德、南韓、北韓及中國大陸與臺灣……』。」〔註 158〕

在《臺灣海峽分兩邊，國民黨：你究竟小在那一邊？》中說，10 月 2 日蔡有全、許曹德因所參加的臺灣政治受難者聯誼總會主張臺灣應該獨立而被收押，民主進步黨二全大會通過「人民有主張臺灣獨立的自由決議案」後，「執政黨情急之下，竟由中央社指令全國各報社在 17 日刊出的報紙，以處理最重要消息的方式，轉載中共在香港的非官方的文匯報攻擊民進黨和臺灣獨立言論自由的社論重點。」進而批評國民黨是在搞「國獨」式（國民黨獨立式的）臺灣獨立了！〔註 159〕

在《國際人權日，臺灣傷痛時——痛斥國民黨起訴許曹德、蔡有全主張臺灣獨立雜案》中說，起訴的日期正好選在 12 月 10 日國際人權紀念日，也就是各國簽署維護人權條款正式公布四十週年紀念日；起訴的日期又正好是「執政黨製造美麗島大冤獄，以至民主含悲的八週年紀念日」。執政黨於情、於理都最不適當的敏感時機，採取這樣的行動，必非純屬巧合。在七年前的 2 月 28 日，也正是二二八慘案三十四週年紀念日這一個最敏感時機，發生了林

〔註 158〕林濁水，警告國民黨：勿淪爲中共的看守政府〔N〕，民進報週刊（臺北），1987-4-9。

〔註 159〕林濁水，臺灣海峽分兩邊，國民黨：你究竟小在那一邊？〔N〕，民進報週刊（臺北），1987-11-21。

義雄先生的母親、女兒全被屠殺的滅門血案！接著抓住起訴書中的話借題發揮，「當然，國家的建造不容易，國號、國旗、國徽都是國家的象徵，都應該受到尊重。但是，所謂象徵，也就是一個符號形式而已。」「執政黨應該明瞭，雖然在封建時代沒有一個統治者不把國家和人民的主從關係倒轉過來，而其手段除了恐怖統治之外，便是把符號變成符咒，具有不可摸一下的力量；但是，畢竟，那樣的時代應該是過去了！」〔註 160〕

四、吳豐山：「辦報就不造反、造反就不辦報」

自立晚報社長吳豐山認爲，民主運動不是造反，「辦報就不造反、造反就不辦報」，這是一種「體制內的改革」，媒體自立與爭取政府信任，需要適當平衡，經得住「誘惑」。

自立晚報一直作爲自由派、改革派和黨外反對派的媒體主力發聲平臺，在臺灣的民主化轉型過程中一馬當先，影響巨大，功效卓著。而它的辦報靈魂人物就是吳豐山，從當採訪主任到總編輯、社長、董事長，在自立晚報服務二十七年中，堅持寫了二十年的「吳豐山專欄」。儘管數次想離開報社去參加競選，每回都被臺灣老大級人物吳三連挽留下來。吳豐山評價吳三連說：「一般人都認爲，吳三連先生對臺灣人民抗日和政治民主發展都有貢獻。我認爲，更重要的是，吳三連先生是『大器』的臺灣人。他的胸懷、度量都十分寬闊。一般海島國家，不太容易產生大器的人，他卻例外。」吳豐山認爲：「黨外的民主運動需要老百姓支持，需要媒體刊登活動、發揚理念。自立晚報在那時幫忙做了這件事情，我們認爲是應該的。不過，在手法上，仍避免被官方趕盡殺絕。」「政府常常跟我接觸，希望我同情國民黨主政的困難。他們以爲只要自立晚報不支持民主運動，民主運動就無法發起。我卻藉由國民黨與我接觸的機會，讓政府瞭解我的想法。我認爲：民主開放才是一個正確的方向。」〔註 161〕

吳豐山在解嚴解禁二十年之際說，民主化的過程，自立有別於黨外雜誌的地方在於，我們認爲民主運動不是造反，「辦報就不造反、造反就不辦報」。

〔註 160〕林濁水，國際人權日，臺灣傷痛時——痛斥國民黨起訴許曹德、蔡有全主張臺灣獨立雜案〔N〕，民進報週刊（臺北），1987-12-12。

〔註 161〕吳豐山，記者是永遠的社會改革先鋒〔G〕／／何榮幸 策劃，黑夜中尋找星星——走過戒嚴的資深記者生命史，臺北：時報文化出版企業有限公司，2008：205。

我們有個重要的原則——始終在字裏行間表達出一種期待：「這些事情政府都有能力解決，我們並非要把政府推翻，我們只想要改革。」因此，國民黨似乎較能容忍接受我們的想法。這是一種「體制內的改革」。我們認為，絕對不能消滅國民黨，否則臺灣不是又變成另一種一黨政治了嗎？大家這麼努力追求兩黨政治，豈不是又得重新開始了？〔註 162〕

就自立晚報而言，政府、公眾、媒體之間的互信關係，在這一刻發生了微妙的變化。因為有公眾的信任帶來的「公信力」，讓政府也試圖與「自立」建立互信關係，其隱含的前提就是，自立晚報不是黨營、公營、軍營媒體，也不是黨員報、黨友報，取得自立晚報的信任所能爭取的某種公眾信任，也恰恰是後者的「忠誠」所無法取代的。天然的、親緣上的自己人，在面對有戒備心的外人時，反而是說不上話、幫不上腔的。貌似第三方的、中立的機構發聲，更容易取得公眾的認可和接受。國民黨在當初保護並支持中時、聯合等民營報紙做大做強的過程中，已經嘗到了這樣一種姿態的實際好處。而在中時、聯合越來越像黨報公營報、越來越顯出忠心，因而越來越稀釋其公眾信任度的時候，有必要物色新的可信任的「第三方媒體」來為政府說話幫腔，這也是許多時候「獨立媒體」、「自由媒體」容易被政府盯上纏上用上，進而失去實質的「獨立」、「自由」的內在因素之一。

對「自立」來說，能否經得住這種誘惑，能否經得起這種對信任的消耗甚至透支，也是一個考驗平衡性的過程。好不容易「打出來」的牌子，要不要接受立場上的妥協和「招安」，想必每個總編輯社長都曾有過糾結和掙扎。特別是從媒體本身的「自立」來講，現在已經有了不去「依附」的某種資本。不做黨報，不做黨員報，也有了活下來的條件，可以說，「新聞界已經擺脫了鞏固親政府共識的普通信息傳遞者的角色，它不再只是一個解說員，在如今的政治戲劇性事件中，它更是一個演員，傳遞一種有關政府與政治的明確負面的潮流」。〔註 163〕

現代傳媒的技術與實踐發生了巨大變化，媒體開始公開譴責政府，使比

〔註 162〕吳豐山，記者是永遠的社會改革先鋒〔G〕／／何榮幸 策劃，黑夜中尋找星星——走過戒嚴的資深記者生命史，臺北：時報文化出版企業有限公司，2008：206。

〔註 163〕（美）加里・奧倫（Garry Orren），失寵：公眾對政府的信任度下降〔G〕／／（美）小約瑟夫・S，奈，菲利普・D，澤利科，戴維・C，金 編，人們為什麼不相信政府，朱芳芳，譯，北京：商務印書館，2015：104。

過去多得多的違法事件被揭露出來；現代媒體焦點的極度耀眼增加了公眾對政府缺陷與污點的認識。有學者開始論證傳媒是不斷下降的政治信任背後的主犯。「演員」、「主犯」這樣的高度評價是媒體「不可承受之輕」。但在這個轉型節點上，公眾對政府信任度的下降是無疑的，連帶著對親政府媒體的不信任。更有意思的是，這時候不被信任的政府、媒體之間，也開始出現互不信任，媒體更加賣力地質疑政府角色，政府更加用力地掌握輿論工具。這就是媒體的悖論再次出現的時候，越是不被政府信任的時候似乎更有存在的價值，離心離德的時候更容易取得政府的某種認可。原本忠誠無比的「貼身侍從」因爲失去了公眾的信任，同時也和政府的威信同步下降，進而在政府眼裏也失去了價值。

當然，靠近意識形態中心，不代表就是其侍從幫手，反而擺出一副遠離意識形態中心姿態的，恰恰可能是反感、反對這一中心的。所以，「去中心化」、「脫離意識形態化」本身就是一種反抗的姿態。1987 年官民之間開始脫節，表現出「去中心化」趨勢：不論是經貿活動、學術文化活動或娛樂活動，民眾都愈來愈顯示自信心，寧可信靠自己主觀的認識和願望，也不願再依賴官方的領導或指導；儘量拉開跟官方的立場和關係的距離，脫離政治中心的宰制用途。與「去中心化」相應而來的，就是「脫離意識形態化」的趨勢：主要是由於民眾的生活空間漸寬廣，自由流暢的幅員愈大、速度愈快，迫使官方意識形態不得不持續抬高，也就不得不日益「形而上」，而實質上能夠支配和干預社會生活的，反而逐漸萎縮。在這種一方面是膨脹，另方面愈是萎縮的情形下，官方意識形態就只有朝工具理性化方向發展的可能；而愈是轉成爲工具理性的作用，受到的批評也就可能愈激烈，如此惡性循環下去，「脫意識形態化」的傾向也就愈成定局。〔註 164〕

五、媒體反對語言策略分析

（一）「反對的想像」：「框架平衡」策略

臺灣學者陳雪雲以中央日報、聯合報、自立晚報爲代表，分析臺灣四十年來對反對運動特別是黨外活動的報導情況，得出的結論包含以下幾種：

解嚴時期，黨外活動事件報導的次數，三報之中，自立晚報最多，聯合

〔註 164〕王莉莉，掙脱政治迷思的牢籠〔G〕／／圓神年度評論編輯小組，反叛的年代——1987 臺灣年度評論，臺北：圓神出版社，1988：7。

報次之，中央日報最少（解嚴時期的報導樣本爲 1986 年、1987 年 6 月～1988 年 5 月）。自立晚報報導 420 次（群眾活動 114 次、非群眾活動 96 次、議會活動 210 次），聯合報報導 207 次（群眾活動 48 次、非群眾活動 35 次、議會活動 124 次），中央日報報導 127 次（群眾活動 29 次、非群眾活動 12 次、議會活動 86 次）。〔註 165〕

年代改變，黨外活動新聞之新聞架構會有所不同，這一點可以得到印證，也符合一般人的感受和想像。陳雪雲所指的「新聞架構」，包括「事件」（主要事件、先前事件和情境脈絡、歷史背景、影響及反應）和報導中記者、報社的「期望與評論」。但是，「自立晚報、聯合報和中央日報報導黨外活動新聞時，其新聞架構會有差異」的假設絕大部分沒有成立。只有在解嚴時期，不同經營類型的報紙所呈現之歷史情境有差異，其中自立晚報「在事件的歷史情境部分所使用的字眼」顯著多於中央日報。〔註 166〕三家定位、性質完全不同的報紙，在這個方面的報導框架顯示出沒有多大差異，這與報業史、新聞史上的評論似乎不一致，也就是說，許多回憶文章中有關解嚴解禁前的新聞抗爭和對新聞管制的抵抗，更多的時候只是一些「反對的想像」，其實並沒有眞正發生？還是說，不同的報紙都在不約而同地、在自身身份可能爭取的範圍內做出了盡可能的努力？陳雪雲得出的另一個關於敘述結構（報導的故事中人物的行動、人物和情境特徵）的分析結論，也許可以爲此做出側面的解釋：「隨著年代改變，敘述結構會有差異」，同時「三家報紙間敘述結構差異會逐漸縮小」，到了解嚴前的一年及解嚴後一年這兩個階段，三個報紙的敘述結構及各行動領域絕大部分已無差異。

從消息來源上加以詳盡分析，也能說明問題。新聞報導中出現的表達者角色，是策動、策劃並參與群眾活動的行動者，是對行動者持較正面態度的個人或團體，還是管轄群眾運動事件的政府機構和檢、軍、警等直接處理者，以及在行動者和管理者之外的官方、非官方的第三者，很大程度上決定了報導角度和報導意圖。三家報紙中說明或評論群眾活動事件的 877 次消息來源中，「按消息來源在事件中扮演的角色」來劃分，行動者有 80 人，處理者有 344 人，第三者有 463 人，這說明「消息來源以非行動者爲主」的假設是成

〔註 165〕陳雪雲，我國新聞媒體建構社會現實之研究——以社會運動報導爲例〔D〕，臺北：政治大學新聞研究所，1991：225。

〔註 166〕陳雪雲，我國新聞媒體建構社會現實之研究——以社會運動報導爲例〔D〕，臺北：政治大學新聞研究所，1991：249。

立的。按年代劃分，消息來源中行動者和非行動者人數的比率差異會降低，也是成立的。〔註167〕解嚴前後，政治反對人士接近媒介議題的機會提高（包括作爲政府打壓對象），成爲新聞報導對象的機會增加（包括負面形象的報導），透過媒體說話的機會增加（包括被用於批判的言論）。黨外人士一開始還沒有能力來挑三揀四，影響報導的價值取向，明知道是指責、批判式的「負面報導」，效果上有弊端、有傷害，但處於極有限的公開報導處境下。爲了讓反對運動取得「公開化」（還肯定不是合法化），反對派不惜製造肢體行動上、語言宣示上的衝突，甚至不惜滿足新聞媒體報導需要的戲劇化情節，也要製造「新聞事件」，爭取「上版面」，爭取公開露面。只有到了後來，反對運動聲勢越來越大的時候，才有「底氣」對報導的角度提出「客觀評價」的要求，或者在有一部分媒體足夠支持的情形下，對不支持的媒體報導提出抗議和反駁、回擊，從而製造更大範圍的爭議話題。這時候的媒體，成爲「提供社會成員理性辯論的論壇」，而不僅僅是某一方的工具和武器。這時候的政府威權衰退，轉向「準威權體制」，國家機構的角色處於由強勢轉爲弱勢階段，同樣會要求媒體報導「平等、眞誠、完整、眞實、開放」。〔註168〕這也同樣體現出另一種平衡的報導效果，「爲社會大眾開闢一片知性和感性的言論空間」。陳雪雲建議，在報導的話語權競爭中，「權力多者在競爭時須具有寬容性，而權力少者在競爭時須具有反省性，唯有如此，才能突破扭曲的溝通情境」。〔註169〕

（二）名詞定性：「形象塑造」策略

反對人士、反對派的媒體形象塑造，可以從指稱其作爲行動者的名詞，以及附加之形容詞來確定，這些詞有歷時性的定性變化、也有共時性的分寸區別。從陳雪雲對中央日報、聯合報、自立晚報之前40年報導的取樣分析，指稱的名詞可以分爲八類44種：

⑴中性詞：非國民黨籍人士、無黨無派、無黨籍人士、黨外人士、民主進步黨、職銜／姓名／一般團體稱謂（人士、群眾、民眾）。

〔註167〕陳雪雲，我國新聞媒體建構社會現實之研究——以社會運動報導爲例〔D〕，臺北：政治大學新聞研究所，1991：242。

〔註168〕陳雪雲，我國新聞媒體建構社會現實之研究——以社會運動報導爲例〔D〕，臺北：政治大學新聞研究所，1991：316。

〔註169〕陳雪雲，我國新聞媒體建構社會現實之研究——以社會運動報導爲例〔D〕，臺北：政治大學新聞研究所，1991：324。

⑵軍事武力類：賣國賊、叛國分子、叛亂分子、反動分子。

⑶暴力類：暴亂分子、亂民、暴力分子、破壞分子、滋擾分子、滋事分子、搗亂分子、挑釁分子。

⑷心術不正類：野心分子、陰謀分子、別有用心者、不滿分子。

⑸品性不端者：醜惡分子、不法分子、烏合之眾、首惡分子、頑劣分子、不良分子、私利分子。

⑹急進類：激烈分子、過激分子、激進分子、偏激分子。

⑺邊際者類：分離分子、分歧分子、少數分子、外地人。

⑻假民主類：臺獨分子、「民主鬥士」、「民主人士」、民主分子、「民進黨」分子、民主兩面人。

當然，爲了區別於廣大民眾，往往會在名詞指稱前加上一定的形容詞限定：少數、部分、外地、所謂的、「」（引號）、這群／這批、一小撮、「X 進黨」。〔註 170〕

這些名詞涵蓋了參與群眾運動、反對運動的各色人等的媒體形象，特別是在官方眼中定性的、也希望在民眾眼中形成的抗爭者、反對者的種種印象。如果一個執政黨、一個當權者想給什麼不配合、不服從的人定性，這裡的名詞基本足夠挑選，因爲臺灣幾十年的「實踐經驗」積累下來的，大半都已羅列在此。

報紙所呈現的行動者形象偏差的指稱詞，解嚴前一年，三家報紙總計有 20 次（其中自立晚報 2 次、聯合報 5 次、中央日報 13 次）；解嚴後一年，指稱詞出現 36 次（其中自立晚報 5 次、聯合報 3 次、中央日報 28 次）。這時候，「自立晚報和聯合報中行動者形象偏差程度小於中央日報」的假設是成立的，但「隨著年代改變三家報紙間的差異會逐漸減少」的假設並未成立，「自立晚報和聯合報中行動者偏差程度減弱，中央日報增強，因此，黨民營報紙間的差距拉大」。〔註 171〕與此相應的結論是，「群眾運動不適當性」或者說負面的評價上，自立晚報、聯合報低於中央日報，隨著年代改變並未縮小差距，唯一的差異是：在解嚴前後這兩年中，自立晚報出現了「適當類的意見評述」，

〔註 170〕陳雪雲，我國新聞媒體建構社會現實之研究——以社會運動報導爲例〔D〕，臺北：政治大學新聞研究所，1991：214～215。

〔註 171〕陳雪雲，我國新聞媒體建構社會現實之研究——以社會運動報導爲例〔D〕，臺北：政治大學新聞研究所，1991：265。

也就是肯定性的正面評價，而聯合報和中央日報卻無。事實上，黨營報紙緊隨民營報紙，對群眾運動、社會運動、黨外運動、反對運動的報導，相對以前而言，在解嚴前後已經中性多了，但是變化的速度還是追不上民營報紙，反而顯示出更大的差異性。〔註 172〕

新聞報導受版面所限、消息來源所限，以及選擇方式所限、過濾手段所限，所以，新聞事件不等於社會事件、新聞眞實不等於社會眞實、新聞建構不等於社會建構。新聞的眞實、編輯的認眞、記者的眞誠，加起來都不可能解決這一本質的問題。

（三）第三方消息源：「盟友」策略

受制於消息源的媒體報導，不能充分採集、展現和運用新聞事件當事人、行動者的消息源，看似容易被動，實際上是掌握了調控報導的更大空間，甚至可以讓「製造新聞」、「製造輿論」，亦即製造假事件、假議題、假輿論變得輕而易舉，特別是不需特別認證和核對身份的「第三者」，更容易隨意擺佈。比如，與「核四」議題有關的報導，1985 年第一次反核運動高潮時，行政院決定暫緩興建核四，1987 年解嚴前後再次成爲話題時，引發了更高水平上的抗爭與制衡。一是核四選址所在地的貢寮鄉民在四五月發動示威遊行後，參與進來的人在社會上大多屬於「知識的」、「技術的」、「官僚的」及「都會」的，換言之，是對文字、語言運用得法的某一特殊階層，對於像核電這樣複雜、高科技的議題更具有語言與文字的表達能力，擴張和提升了抗議運動的結構和抗爭水平。二是臺電對外溝通政策出現一個重大的結構性改變。在 1987 年 10 月重組「核四溝通小組」，後來又在其中增設「對內溝通小組」，新成立「公眾服務處」，成爲層級更高的對外（包括公眾、媒體及民意代表）公關單位。三是更關心經濟效益的政府主管機關，在界定媒介議題上扮演很重要的角色。一開始，作爲界定者角色的政府主管機關出現於媒體的機率大於第三者，而抗爭者最少。在抗議者、被抗議者的水平和策略都在升級、進化的時候，界定者在繼續保持界定者和第三者出現的機率大於抗爭者的前提下，在策略上也相應有了明顯的調整改變：界定者稍有後退，讓第三者更多出現在話題一線，這些身份不詳的第三者顯然是界定者的「盟友」。據研究者對中央

〔註 172〕陳雪雲，我國新聞媒體建構社會現實之研究——以社會運動報導爲例〔D〕，臺北：政治大學新聞研究所，1991：274。

日報、中國時報、自立晚報這一話題報導的統計分析，無法確認身份的第三者，在媒體上出現的 30 次中有 27 次的態度爲支持核四項目建設，出現的次數還多於抗爭者 15 次的總次數。這 27 位無法確認身份的第三者，全部出現在中央日報上，是專欄、短評之類的作者，這給研究者一個印象：中央日報是三報的報導中消息來源支持核四程度最高的，也是三報中媒介對議題的處理上支持核四最高的。由此可見，雖然媒介在純新聞報導上須遵守中立原則，但從其他價值較鮮明的報導方式（諸如專欄、短評、徵文比賽等）上，仍可看出該媒體的立場。〔註 173〕不管是新聞中對不明身份的第三者的「引用」，還是版面上評論文章的「編排」，都是媒體和背後的主管機關在「精心選擇」、「精心安排」，顯然，普通的讀者是不會進行這樣的報導比較和消息源核對的，因而讀者感受到的報導和輿論，一定是社會輿論和政府、企業一樣，傾向於支持核四建設。

〔註 173〕楊紹彧，從消息來源途徑探討議題建構過程——以核四爭議爲例〔G〕／／翁秀琪 編，新聞與社會眞實建構——大眾媒體、官方消息來源與社會運動的三角關係，臺北：三民書局，1997：146。

第二章　政治解嚴、報禁解除與解禁語言

第一節　社會體系全面解套

一、政治解嚴：說「不」成爲退守底線

（一）「軟禁」也是一種禁：不審、不判、不殺、不放

「軟禁」是國民黨政權對異議分子實行政治迫害的主要手段之一。臺灣的第一件軟禁案，發生在 1950 年 3 月 8 日，資深老報人龔德柏被國民黨保密局人員逮捕。沒有人知道他的去處，直到 1954 年初，友人探聽到龔德柏被軟禁的消息，但無法得知軟禁的地點。胡適博士 3 月返臺時，曾向國民黨當局查詢，並要求釋放，國民黨敷衍以對。

不審、不判、不殺、不放，龔德柏碰到的就是軟禁一種，而且是秘密軟禁。對報人實施軟禁，龔德柏可能是臺灣第一案。但對政治人物、政治對手的軟禁，更早更嚴厲的還有解嚴時期再次成爲話題焦點的張學良、孫立人。張學良從 1936 年「西安事變」之後，直到 1991 年解除軟禁，從大陸到臺灣前後共計 65 年。孫立人從 1955 年「兵變事件」之後軟禁到 1989 年，共計 33 年。龔德柏的待遇只是「四不」（不審、不判、不殺、不放），孫立人則號稱「七不」（不殺、不審、不問、不判、不抓、不關、不放）。

龔德柏失蹤五年之際，1955 年 3 月 4 日，老報人、立委成舍我向行政院

提出「人權保障言論自由」質詢，首度公開談論到此事：「這五年中，他究竟犯什麼罪？關在什麼地方？誰都不知道，但似乎誰都知道，這五年中，他沒有受審，沒有判罪，沒有槍斃，卻也總沒有回家。此外又似乎誰都知道，龔德柏這個人，只在此島中，雲深不知處……龔德柏沒有人緣，卻有人權，像這樣不審、不判、不殺、不放，可以激起天下公憤」。〔註 1〕

這位湖南籍的老報人，人稱「龔大炮」，曾在大陸時的《救國日報》寫過不少反共文章。1949 年後逃到臺灣新竹，寫文為生，也到處演講，1949 年 12 月 28 日應邀到新竹的陸軍大學演講時，批評國民黨戰敗是因為蔣委員長把仗打錯了，「開戰太早」而「休戰太遲」。後來龔德柏自己分析認為，除了演講惹禍，他被捕另有兩個原因：一是對蔣介石的復職未發賀電，二是臺灣當時尚未實施報禁，他準備恢復《救國日報》在臺灣發行，每日宣傳蔣介石在抗戰中的種種失策。那次演講後就要下令抓他，但因蔣介石時為下野總統，僅為國民黨總裁，法律上有所顧忌，未便動手。1950 年 3 月 1 日蔣介石復職總統，權力穩固，便下令逮捕。

成舍我 3 月 4 日長達 45 分鐘的發言，轟動整個立法院，旁聽席有人流淚。《自立晚報》連發兩篇言論，但輿論與民意代表的呼吁，並未產生具體效果。

4 月 5 日，蔣介石在國父紀念月會講話中，對龔德柏案做首度公開說明：「龔德柏……來臺後，竟到處對軍民作反動宣傳，尤其在陸軍大學演講，公開譭謗政府，並指對日抗戰是我政府首先發動，是最高當局為顧全個人名利所決定，並指責政府未提前與日本議和為失策，尤其認為剿匪政策犯下了重大錯誤，其他各種謬論不僅動搖人心，而且為共匪張目，如任其流播，實是顛覆政府，動搖國本，與前獲報告相印證，情節顯然，乃於三十九年三月間加以拘捕……其思想言論尚無悔改，故迄今尚在繼續感化之中。」

1957 年 2 月 18 日，龔德柏在外交部長、以前辦報的同事黃少谷的保釋下，恢復自由，差三週即軟禁七年。事後得知，龔德柏被軟禁在新竹一處軍事基地，距離他的家咫尺之遠。

解除軟禁還有一層原因：龔出獄那一年，國民大會要開會選舉總統，蔣介石需要龔德柏這一票，指示國大秘書處通知龔德柏馬上補上國大代表。3 月 9 日《自立晚報》在一版頭條獨家報導他獲釋的消息，標題為「龔德柏恢復自

〔註 1〕王天濱，新聞自由——被打壓的臺灣媒體第四權〔M〕，臺北：亞太圖書，2005：174。

由，因言論荒謬被政府拘禁感化將近七年之久，健康風度一如往昔，惟斑白美髯已長達二十英寸，已正式遞補國大代表」。

龔德柏後來在文章中寫道：「公費不足維持生活，故我又開始寫文章，以作補助，但沒有刊物登載。」在國民黨政府全面封鎖下，龔德柏晚年文章多以生活小品爲主。〔註 2〕

因爲反對力量不斷炒作「國民黨學」而被不斷提起的黨國人物，除了兩蔣的家族歷史，就是重回公眾視野的張學良、孫立人。黨外雜誌炒，民營報紙炒，後來連黨營、公營媒體也開始跟進翻舊賬，形成臺灣解嚴解禁期間媒體報導題材上的一個獨特景觀。

據張祖詒回憶，「民國六十八年秋，經國先生交給我一件非常特殊的任務，要我和我的內人陪同張學良夫婦訪問金門。並再指示：『張漢卿平時非常寂寞，你可今後常走他家，陪他聊聊天，陪他各處走走。』於是，前後十餘年（直到他們離臺去了夏威夷），我竟成了張學良的忘年之交。」〔註 3〕事實上，到蔣經國去世時，張學良都沒有獲得眞正的自由，更不可能離開臺灣。直到 1991 年張學良 90 歲高齡時首度獲准訪美，後定居美國夏威夷的檀香山，2001 年百歲時去世，一生再也沒有回過臺灣，也沒有回過從 1946 年就離開的祖國大陸。

（二）「三不」之說何其多

1980 年代之前，美國在「一中政策」＋「和平解決」原則下，對兩岸政治和談採取「不鼓勵、不介入、不調停」的「三不政策」，以維持臺海「不統、不獨、不戰、不和」的「四不」局面。〔註 4〕上述這短短的一段話裏，有幾處名詞概念上的微妙區分和演變。其一，先看「一中政策」與「一中原則」的異同。臺灣政治轉型後，美國逐漸停止使用「一個中國原則」的提法，代之以「一個中國政策」，以區別於中方的「一個中國」原則。美方表示：如果中方逼迫美國在「一個中國」問題上表態，只會暴露兩國的歧見；美國的「一個中國」政策，只是認知到中方有關臺灣是中國一部分的主張，而不是承認這一立場。其二，再看「和平解決」與「和平統一」之間的變化。如果說，

〔註 2〕王天濱，新聞自由——被打壓的臺灣媒體第四權〔M〕，臺北：亞太圖書，2005：177。

〔註 3〕張祖詒，蔣經國晚年身影〔M〕，臺北：天下遠見出版公司，2009：304。

〔註 4〕林岡，臺灣政治轉型與兩岸關係的演變〔M〕，北京：九州出版社，2010：133。

在 1980 年代上半葉的語境下，「和平解決」基本上是「和平統一」的同義語的話，那麼，在臺灣政治轉型後，美方已將「和平解決」刻意詮釋爲既包括和平統一，也包括和平分離的彈性概念。臺北則擔心和平解決就是「和平、統一」的同義語，因爲北京斷然無法接受臺灣從祖國分離出去的事實。北京也擔心美國所說的和平解決隱含「和平、分離」的玄機。而美國的眞實意圖其實就是「維持現狀」，維持「不統、不獨、不戰、不和」的局面，說白了，就是「臺灣地位未定論」的又一種說法。其三，在 1995～1996 年臺海危機後，美國意識到維持中美關係和兩岸關係穩定的重要性，明確表示不支持臺灣「獨立」的立場，反對臺灣單方面改變現狀，同時鼓勵兩岸進行政治和談，所以把政策目標由「四不」（不統、不獨、不戰、不和）微調爲「三不」（不統、不獨、不戰）。〔註 5〕歸納起來，從美國人嘴裏說出了兩個「三不」：一是「不鼓勵、不介入、不調停」的政策，二是「不統、不獨、不戰」的現狀。這種戰略上的「創造性模糊」，體現爲語言上的「創造性模糊」，從而以戰略模糊達到制衡掌控的「雙重威懾」。

臺灣也是有樣學樣，先是蔣經國堅持對大陸的「三不政策」（不妥協、不談判、不接觸），連開放大陸探親也來了個「小三不原則」（不鼓勵、不協助、不禁止）。馬英九當選以後的政治表述也是「三不」（不統、不獨、不武），基本上照抄了美國人的方子。

老「三不」的故事，也值得回味：1956 年 10 月 31 日，蔣介石 70 歲生日，《自由中國》出版「祝壽專號」，雷震在社論「壽總統蔣公」中希望蔣介石學習華盛頓，任滿兩期就不要再任了，並提出選拔任用人才、確定責任內閣制、軍隊國家化三點建言。胡適的祝壽文章則提出領袖要「守法守憲」：「一國的元首要努力做到『三無』，就是要無智、無能、無爲。無智，故能使眾智也。無能，故能使眾能也。無爲，故能使眾爲也。這是最明智的政治哲學。」「祝壽專號」一再脫銷，先後加印了 13 次，印數達到 10 萬冊。蔣介石看了很生氣，對他的親信說：「胡適要我做三不、三無的總統。我反覆想了，三不是不革命、不負責、不反共抗俄，三無是無政府、無組織、無主義。要眞像胡適之說的那樣，我們都去向共產黨投降算了。」〔註 6〕

2005 年 7 月馬英九當選國民黨主席的時候，雖然還沒有爲國民黨拿回執

〔註 5〕林岡，臺灣政治轉型與兩岸關係的演變〔M〕，北京：九州出版社，2010：133。
〔註 6〕曹立新，臺灣報業史話〔M〕，北京：九州出版社，2015：125。

政權，馬英九已經是「兩岸三地最具人氣的政治偶像之一」，還沒拿出 2008 年上臺時「不統、不獨、不武」這種超乎歷史邏輯的話，但在大大小小的「三不」原則上已有心得。1987 年馬英九第一次出版的博士論文上，首頁即標著父親馬鶴凌傳下的家訓：「黃金非寶書為寶，萬事皆空善不空」。除了這個祖訓，馬鶴凌還有對兒子的「三不」要求：有原則不亂，有計劃不忙，有預算不窮。〔註 7〕2000 年民進黨第一次執政時，陳水扁上臺未穩，曾承諾「四不一沒有」：即「不會宣布『臺灣獨立』、不會更改『國號』、不會推動李登輝的『兩國論』入憲、不會推動改變現狀的統獨『公投』，也沒有廢除『國統綱領』與『國統會』的問題」。2016 年第二次政黨輪替，民進黨再次上臺執政，蔡英文在 520 就職演說中隻字不提「一中」和「九二共識」，反倒提出了「新四不」原則：「善意不變、承諾不變、不會走回對抗的老路，但也不會在壓力下屈服」。

（三）四任總統「也是臺灣人」

推行「去中國化」和「臺獨」的做法越走越遠的，還有一組詞或者一個詞組的變化很有代表性：「中華民國到臺灣」（蔣經國）、「中華民國在臺灣」（李登輝）、「中華民國即臺灣」（陳水扁）。到、在、即，看似中間一個字的差別，其中包含的意思、涵義和性質，一步步完全變了。

1987 年 7 月 27 日，蔣經國邀請十二位地方耆宿茶敘，應邀者包括黃運金、陳啓清、林茂盛、陳章慶、黃崇西、魏火曜、許金德、陳望雄、蔡鴻文、張文正、吳修齊、呂安德。也就是在這次會面中，蔣經國說出一句感慨萬千的名言：「我在臺灣住了四十年了，我也是臺灣人。」

對此，李登輝的評價是：「可以從 1986 年以後的記載清楚地發現：他晚年愈來愈表現出對臺灣的關心，這是一個歷史的事實。特別是 1986 年這一年，剛開始並沒有很明顯的轉變，之後卻成為國民黨歷史關鍵性的臨界點。」〔註 8〕

陳水扁下臺後比較了四任總統對「我是臺灣人的」的不同表述：蔣經國生前說「我是中國人，我也是臺灣人」，李登輝反過來說「我是臺灣人，但我也是中國人」，我（陳水扁）說「我是臺灣人，但我不是中國人」，現在馬英九則說「我燒成灰也是臺灣人，但我是中國人」。〔註 9〕

〔註 7〕范永紅，馬英九傳〔M〕，北京：中國國際廣播音像出版社，2006：78。

〔註 8〕李登輝，見證臺灣——蔣經國總統與我〔M〕，臺北：允晨文化公司，2004：232。

〔註 9〕陳水扁，臺灣的十字架〔M〕，臺北：財團法人凱達格蘭基金會，2009：195。

「也是」與「不是」的微妙區別，就在於也是一種「不是」。因爲有否定的看法存在而回應之，以證明「不是這樣」，又因大勢所趨，大前提所在，便只能回應成「也是這樣」。不勉強也會被說成是勉爲其難，再眞誠也會被指爲口是心非。

（四）耳語運動與秘密公開

1985 年 11 月 25 日李登輝作爲副總統向蔣經國彙報說，「這次選舉中，黨外人士的耳語運動、群眾運動必要加以注意」。〔註 10〕這是官方高層口中首次出現「耳語運動」一詞。與公開的群體行動或者群眾運動並列，耳語代表一種私下的、隱秘的、口耳相傳的交流和傳播，變成一種運動則代表著一種反諷式的抗議，一種以服從的表象來回應和抗議管制的行動藝術。

《八十年代》雜誌專登政壇小道消息的「臺北耳語」小專欄，似乎正是李登輝所謂「耳語運動」的先聲。司馬文武回憶說：「當時我每天都要在外面喝咖啡，各種奇奇怪怪的人，都會給我一些消息；後來我學習美國的《華盛頓郵報》，用小方欄的形式，把政壇的內幕消息登出來。由我執筆的『臺北耳語』，以比較簡潔的筆法、犀利的用語，報導與評論政界的漏網消息。一開始寫兩三篇，到寫一整版，後來愈寫愈多，欲罷不能，大部分都用這個形式寫文章，後來在新聞界逐漸成爲風潮。」〔註 11〕

如果說謠言是遙遙領先的預言，是提前公布的消息，那麼，傳言就是口耳相傳的秘密，是秘密公開的消息。在轉型與開放的過渡時期、轉換時期，許多事情說著說著就成了事實，還有許多事實做著議著看著卻從來沒有公開說過，更有一些事實在官方否認澄清的時候，差不多就是快要做了甚至已經是既成事實。有的事情在做了，卻是不可說只可做，然後做著做著可以說了；有的事情在說了，卻是可說不可做，說著說著就可以做了。在臺灣當局開放大陸探親這件事情上，謠言、傳言、預言，扮演了正式渠道新聞報導不能取代的傳播角色。

臺灣的行政院在 2 月初鄭重宣布：審度當前局勢，仍不宜開放國人至大

〔註 10〕李登輝，見證臺灣——蔣經國總統與我〔M〕，臺北：允晨文化公司，2004：140。

〔註 11〕司馬文武，只想當「眞正的記者」〔G〕／／何榮幸 策劃，黑夜中尋找星星——走過戒嚴的資深記者生命史，臺北：時報文化出版企業有限公司，2008：73。

陸省親、掃墓，或與大陸親友通訊。雖然事實上的兩岸通訊已無法阻攔，通過各種渠道轉往大陸探親旅遊者也爲數不少。臺灣民眾立即敏感地知道，政府很快就要對此正式解禁了。「道理何在？爲何有如此論斷？臺灣的中國人近 40 年來早已習慣了執政黨的那套不成文的施政心態和政策邏輯：由『公開秘密』到『秘密公開』。」（香港《新聞天地》，1987-2-26）

各種解禁鬆動中，謠言也變得容易傳播。臺北十信案的主角蔡辰洲之死也弄成了一陣謠言。蔡辰洲原爲臺北第十信用合作社理事主席，因在十信弊案中涉及背信罪、僞造文書罪及違反票據法等，於 1986 年 3 月 1 日入監服刑。1987 年 5 月 14 日因肝癌病逝於臺北國泰醫院，但民間對蔡辰洲是否死亡有諸多傳言，美國也有華文報紙指稱他逃到多明尼加，連省議員黃玉嬌也爲此疑雲在 5 月 25 日省議會上發言，並引發熱烈討論。5 月 29 日，蔣經國向李登輝問起此事，覺得民間對蔡辰洲死亡不相信之謠言，至爲恐怖。〔註 12〕

媒體控制導致民眾對媒體的不信任，從而降低了控制本身的價值，再強大的控制也會產生邊際效應，完全控制的媒體已經失去宣傳價值從而讓控制本身失去意義。控制某些信息，反而導致謠言四起，反向放大了這些信息的效應，負效應、逆效應的反彈就是激起了民眾更大的好奇心，這些填補空白的謠言無論眞假都會廣泛傳播，都會有人不加思索地相信並再次傳播，「它們對政權的傷害比被政府控制的那些信息可能造成的傷害更大」。〔註 13〕

二、經濟解嚴：進口管制外匯管制放開

（一）煙酒戰爭由外而內

在 1986 年的煙酒戰爭中，美國咄咄逼人，臺灣步步退卻。「煙酒公賣原是日本殖民臺灣時所奠定的制度，煙酒公賣的收入是政府預算的重要一環。但是，到了 1980 年代初期，全球國家中仍由政府壟斷煙酒公賣的國家已廖廖無幾。美國爲逼迫臺灣接受「貿易不公平」的解決方案，包括外匯升值、進口煙酒、波音飛機等大額採購，並啓動 301 條款來威逼報復。據錢復的回憶，

〔註 12〕李登輝，見證臺灣——蔣經國總統與我〔M〕，臺北：允晨文化公司，2004：221。

〔註 13〕（美）包澹寧（Daniel K. Berman），筆桿裏出民主——論新聞媒介對臺灣民主化的貢獻〔M〕，李連江，譯，臺北：時報文化出版企業有限公司，1995：157。

在 1986 年底與美方會商時，美國貿易官員提出一個觀點，「爲對付亞洲國家，不論中、日、韓，只有採取嚴苛的制裁手段，才能使這些國家就範，美方將此稱爲『亞洲人的心態』。〔註 14〕事實上，臺幣一直在美國的壓力下升值，到 1987 年對美元已升值 13.6%。

1986 年 6 月 3 日李登輝向總統蔣經國報告的經濟長期措施之一：「成立 Task Force（專案小組），由貿易協會主持，勸誘日本商社來臺投資，並設專櫃辦理投資案。」〔註 15〕而在事後的口述歷史評點中又說：「當時臺灣還不是亞洲四小龍之一，1986 年以後才逐漸發展。當年臺灣國民所得大約才接近四千美元左右。新臺幣升值以後，出口還是增加。」「可見當時政府實施的措施很好，讓臺灣的經濟能大幅提升。在這裡提出來的長程措施中，勸誘日本商社來臺投資，就是給臺灣經濟進一步發展的機會。」「蔣經國晚年開始實施的經濟自由化、國際化，其實是受到外國壓力的影響，特別是美國的壓力。他對經濟自由化並沒有一套完整的計劃，都是一步步在解決問題，隨時看狀況調整。」〔註 16〕

據錢復的回憶，到了 1987 年初，孔令侃顧問陪同蔣夫人返臺住了兩個月後回到美國，他在 1987 年 1 月 5 日來華府看我說蔣總統已無法站立三分鐘。1987 年 10 月 2 日在臺協會主席勞克思告訴我說，蔣總統已逝世。我問他消息是哪裏來的，他說是中情局。我立刻和臺北聯絡，發現原來是股市內做空頭的人所放出的謠言，想用謠言壓低股價以牟私利。〔註 17〕

臺灣在 1980 年代的經濟大轉型，到了 1987 年前後開始加速，並在宣布解除戒嚴的同一天，宣布放寬資本管制和外匯管制。同時貿易體制也開始全面自由化，大幅降低關稅（平均名義關稅率從 1984 年的三成，逐步降到 1997 年的一成），並減少非關稅貿易障礙，降低進口管制，解除一些公營企業獨家進口權，逐步減少出口退稅。另一大變化是臺灣市場的自由化，即特許市場的開放。到了 1987 年，政治上民主運動熱度不斷升高，經濟上則因自由化、

〔註 14〕錢復，錢復回憶錄（卷二）華府路崎嶇〔M〕，臺北：天下文化出版公司，2005：516。

〔註 15〕李登輝，見證臺灣——蔣經國總統與我〔M〕，臺北：允晨文化公司，2004：172。

〔註 16〕李登輝，見證臺灣——蔣經國總統與我〔M〕，臺北：允晨文化公司，2004：176～178。

〔註 17〕錢復，錢復回憶錄（卷二）華府路崎嶇〔M〕，臺北：天下文化出版公司，2005：602。

匯率升值熱錢流入、資產價格上漲以及地下投資公司非法集資等各種變化帶來不安。在當年 7 月宣布解除戒嚴後，情況隨即急轉直下，先是在美國壓力下，財政部門宣布將於兩年後開放美國保險公司來臺，開啓了臺灣金融市場對外（最終也對內）開放之門；兩年後行政院也開始推動公營事業民營化。10 月公布赴大陸探親辦法，是一項重大的政策改變，在政冷經熱、官冷民熱的背景下，帶動了雙邊經貿交流。同時在民意代表爭相施壓下，開始了逐步開放特許行業的過程。這是臺灣學者瞿宛文對臺灣這個時期經濟的常態描述。

瞿宛文特別提到：「在特許市場開放中，最重要的部分是現代服務業的部分，主要包括金融業、電信服務業、運輸服務業及傳播業。」〔註 18〕

有意思的是，在現代服務業的範疇內明確列入了傳播業。這再次證明，撇開意識形態屬性不說，傳播業、傳媒業就是服務業。同時，也可以明顯看出，除了「純」經濟事務層面之外，政策模式的轉型還必然包括其他層面。比如，戰後初期發展爲先的模式，包括了對民主政治的壓制，以及對勞工、學生、婦女及環保等各種社會運動的壓制。在 1987 年解嚴之後，這些方面的社會運動，在被壓抑多年後，如水閘突然開啓般洶湧而出，陸續對經濟政策帶來不少的衝擊。經濟政策就必須擴大目標，兼容並蓄，才能使得政策具有可行性及有效性。

解嚴時期及以後新的主流論述中，將國民黨本質定爲一外來的獨裁殖民政權，而對國民黨威權統治的否定，導致了對發展型國家經濟政策上的否定。這個時候臺灣經濟界活躍者以留美歸國者爲多，帶來了新自由主義這個「最具政治正確性的主流學派」，從內部市場的開放上逐一改變或解構了國民黨與全民利益分享的經濟安排。

一向自我定位爲戰後臺灣經濟發展功臣的國民黨，面臨著「成功」之後的新挑戰。幾位傾向自由放任的經濟學者提出了「解構黨國資本主義」的說法，適時地推出國民黨經濟上壟斷特權的論斷，成功地爲反對一黨專政的政治論述提供了經濟角度的支持。此說認爲，國民黨只是爲了一己之私，在位數十年實施一黨專政，在臺灣創造出一種以維護一黨獨裁政體爲能事的特權體制，其中一部分就是這個具壟斷性的「黨國資本共生體」，因此國民黨不僅對經濟發展無功，更阻礙了民營資本的發展；因而政治上的獨裁專政，與經

〔註 18〕瞿宛文，臺灣經驗：民主轉型與經濟發展〔G〕／／朱雲漢等 著，臺灣民主轉型的經驗與啓示，北京：社會科學文獻出版社，2012：23。

濟上壟斷特權相連接。而國民黨雖有歌功頌德式的「都是政府功勞」形態的論述，並沒有完整的說法，無法對自由學派的主流論述形成任何挑戰。〔註 19〕事實上臺灣的政商關係在政治轉型直至政黨輪替後，並沒有發展得更健康，而是全面倒退到私人的侍從主義關係、個人裙帶關係的親信資本主義。

（二）「政府」不可誘民入罪

政府控制，肯定不是金融業與傳媒業的唯一相似之處。作爲工業社會的產業和行業屬性來說，兩者都屬於一種「現代服務業」，都面對著同樣背景下的行業變局，以及管理體系的變革。

1987 年 10 月 19 日，在投資者爭先恐後拋棄股票所激起的滔天巨浪下，紐約道瓊工業指數狂瀉 508 點，美國新聞界稱之爲「黑色星期一」。「道瓊指數挫跌，受創最大者可能是共和黨的政治股價。」〔註 20〕

臺灣的股市不可能幸免於難，儘管臺灣金融的政府力控制更強。而恰恰可能是因爲，政府的強勢控制造成了被動的困境。「政府部門壟斷了整個金融體系，以政治考慮的運作邏輯來操弄與把玩最具敏感性、複雜性且抽象性的金融資本主義遊戲。在此種局面中，金融機構成爲國家的龐大官僚機器中的一部分，係屬於一種半官僚與半企業的組織體。基於此一前提，於是乎在講究『安定』與『秩序』的心態指導之下，凡是有關金融事務的法令規章、制度結構與人事安排的設計自然以『一切皆在掌握與控制之中』爲最高原則。」〔註 21〕

投機功利的社會心理，相對剝奪的壓力感受，投資股市和投身賭博似乎只有體制化與合法化上的區分，如何以理性分析取代道德判斷、以疏導取代控制，恐怕不是每個政府的管理者都能完成角色上的轉變。特別是習慣了「以訓育者與教化者的角色自居」，很難理解和適應「疏導者的角色」，更不會理解之後做出恰當的反應，拿出適當的疏導手段。基於這一認識，解決股市暴跌暴漲與「大家樂」賭博問題上，有一個同樣的辦法，就是「開放」，而不是一味地「管制」和「禁止」，即「將賭博行爲加以體制化和合法化，使其與金

〔註 19〕瞿宛文，臺灣經驗：民主轉型與經濟發展〔G〕／／朱雲漢等 著，臺灣民主轉型的經驗與啓示，北京：社會科學文獻出版社，2012：26。

〔註 20〕祝基瀅，從道瓊指數看美國政治股價〔J〕，聯合月刊（臺北），1987，12／／祝基瀅，雙行道，臺北：中正書局，1989：330。

〔註 21〕傅棟成，巨變中的臺灣經濟〔G〕／／圓神年度評論編輯小組，反叛的年代——1987 臺灣年度評論，臺北：圓神出版社，1988：153。

融、福利和休閒體系相結合，符合大眾利益的原則」。〔註22〕

與股災、賭風相伴的經濟景觀，還有三四萬名票據法罪犯的釋放。「當時《票據法》對觸犯法律者原有刑罰的規定，在司法改革的要求下，已在民國七十五年（1986 年）經過法律修正免除刑責。但是在舊法施行期間，已審和待審的違法犯人未能免刑，而其人數已達到四萬人之多，且其中大部分都是婦女，於是出現監獄和看守所中，眾多女犯喂乳嬰兒或帶著孩童一同坐牢的怪異現象，蔣經國認為不合人道，有礙受刑人家庭安寧，應予改正。於是在民國七十六年八月三日中常會上，要求行政院從政同志正視此一問題，迅速採取合法步驟，早日免除他們刑罰，才能符合該法修正的本意。他說話時，情詞懇切，顯露出受刑人的痛苦，他感同身受。終於再經修法程序，把全部票據法罪犯一律釋放，回復自由。蔣經國，已然無所不在。」〔註23〕

據史料記載，票據法修訂後，刪除了「刑事處罰」相關條款，於 1987 年 7 月 1 日正式生效施行，已經判處刑事處罰的三萬餘人恢復自由。張祖詒這裡記作四萬人。作為資深幕僚的張祖詒，是從禮讚「第一號公僕」蔣經國「對民眾的誠摯愛心」、「至誠的行為表現」的角度，描述票據法罪犯的善後處理。在當時的報紙上、在社會民意的表達上，並非如此簡單輕鬆。郝柏村 1987 年 5 月 29 日面見蔣經國時已經談到票據法之「大赦」、「特釋」情形：「對前已判處徒刑服刑者近二千人，及通緝者三萬餘人，均應免除刑責。」〔註24〕

炒股虧了不能怪政府，賭博輸了不能怨政府，但政府是不是就沒有任何責任呢。如果出現大面積違法，如果大量的經濟流通都通過灰色渠道進行，如果大量的經濟糾紛都變成刑事犯罪，如果法律很嚴明因而想抓誰都有理由，這裡的問題肯定不是單純的經營性問題和管理者個人素質的問題，而是制度設計的問題、處罰辦法的問題。早在 20 世紀 50 年代初，與胡適、雷震等合辦《自由中國》雜誌的經濟學家夏道平就寫過一篇為人稱道的檄文《「政府」不可誘民入罪》。在這篇標誌著《自由中國》「轉向反對國民黨獨裁黑暗統治、鼓吹自由民主憲政」的名篇中，夏道平說：在現行的金融管制法令下，有三大名目的金融罪：（一）買賣金鈔，（二）套匯，（三）地下錢莊。這三項

〔註22〕傅棟成，巨變中的臺灣經濟〔G〕／／圓神年度評論編輯小組，反叛的年代——1987 臺灣年度評論，臺北：圓神出版社，1988：164。

〔註23〕張祖詒，蔣經國晚年身影〔M〕，臺北：天下遠見出版公司，2009：258。

〔註24〕郝柏村，郝總長日記中的經國先生晚年〔M〕，臺北：天下文化出版公司，1995：365。

罪行，一經破獲，都可能援用「妨害國家總動員懲罰暫行條例」，由軍法機關審判。金融罪的嚴重性，在今日的臺灣似乎僅次於「匪諜罪」。他尖銳地指出，「政府」中人未能嚴格遵守「以信立民」的政治原則，竟利用其權勢鬧出以詐使民的花樣來！呼籲「政府」有關當局勇於檢討，勇於認過，勇於把眞相明白公告出來，並給案件的設計者以嚴重的行政處分。這樣才可表示誘人入罪的案件，只是某些不肖官吏做出的，而不是「政府」的策略。他還提醒說，「自古皆有死，民無信不立」，爲政者，監政者，以及我們論政者，都應該時時刻刻牢記斯言。〔註 25〕

（三）軍援軍售曝光背後的「全面和解」

錢復在「駐美代表」任內碰到的尷尬事之一，是按照美國授意，臺灣 1985 年秘密援助尼加拉瓜反抗軍游擊隊 100 萬美元的秘密，受里根政府軍售「伊朗門」事件牽涉曝光。1987 年 3 月 25 日華盛頓郵報刊載著名的深度調查記者伍德沃德（Robert Woodward）的報導，指出伊朗軍售案的獨立檢察官對於援助尼加拉瓜反抗軍問題，要進行深度調查。這個新聞在臺灣媒體大幅刊載，4 月 2 日王金平委員提出質詢，立法院進行總質詢。僥倖的是，這個案子拖到 1987 年 8 月，無疾而終，原因是中美洲五國的內部全面和解。

中美洲五國元首 1986 年 5 月第一次會議發表宣言表示：「每一個國家有權不受外來的干預，依本國民眾的自由意願，選擇本身的經濟政治和社會體制。所謂「民眾的自由意願」，就尼加拉瓜而言，就是舉行自由的選舉。

1987 年 8 月 7 日舉行的五國元首第二次會議，在哥斯達黎加總統阿利艾斯（Oscar Arias）主導下，五國元首在瓜地馬拉（注：即危地馬拉）的艾斯契普拉斯（注：即埃斯昆特拉）簽署了一項文件，叫做「艾斯契普拉斯二號」宣言（Esquipulas Ⅱ），要求在美洲國家組織監督下，尼加拉瓜立即全面停火。美國應停止對反抗軍的軍事援助，桑定集團不再接受來自古巴、蘇聯及其他共產國家的軍事援助，使桑定部隊及反抗軍逐漸解甲歸田。尼加拉瓜成立一個獨立的多黨派選舉委員會，以推動公開自由的選舉。尼加拉瓜政府當局接受一項「全國和解計劃」，對反抗軍給予赦免並獲平等參政權。由尼加拉瓜的停戰、裁軍和游擊隊放下武器，逐漸推廣到了中美洲各國。憑著「艾斯契普

〔註 25〕夏道平，「政府」不可誘民入罪，《自由中國》社論，1951-6-1（4-11），／／何卓恩，夏明 編選，夏道平文集，長春：長春出版社，2013：3～5。

拉斯二號」宣言，阿利艾斯總統同年 10 月獲得了諾貝爾和平獎。〔註 26〕尼加拉瓜以及中美洲各國的「全國和解」，到 1990 年初南非總統弗雷德克里斯·德克勒克無條件釋放納爾遜·曼德拉，到蘇聯的解體和東歐的巨變，顯示出全球第三波民主潮的衝擊和影響之廣。1993 年的諾貝爾和平獎同時頒給了南非的這兩位傳奇人物：一位是把自己趕下臺的白人總統，一位後來是第一位黑人總統。

如果說媒體曝光臺灣秘密援助尼加拉瓜游擊隊一事，有驚無險僥倖過關。媒體曝光美國對臺軍售，才是讓臺灣當局最爲惱火的大事情。據錢復和郝柏村的回憶錄記載，到 1987 年事成之時，幾年間郝柏村爲採購這批艦艇跑了三次美國。1987 年 7 月初，美國的《海軍新聞》公開報導，臺灣的媒體立即大篇幅轉載並做評論，引起美國政府官員的嚴重關切。錢復告訴他們，「政府自改革開放後對於媒體已經不可以約束了，而媒體間的競爭日趨激烈，一有熱門新聞，大家都無法自我約束，相互競爭。因此美方的關切我一定轉報國內，但是只怕國內能做的也很有限。」〔註 27〕

錢復說的是大實話，但實際的情形也可能是想控制而一時疏忽。查對郝柏村的日記，確實是沒有料想到。早在 1985 年 7 月 6 日，郝柏村「利用中常會前後分別與王惕吾及余紀忠說明戰機發展案背景資料，並要求協助保密。」〔註 28〕

而且，這兩件事情，都是美國的媒體報導在前，臺灣的媒體只是轉載報導，未必能影響到軍售的結果。

三、環境解嚴：演變成儀式語言

（一）「綠色民主」有跡可循

環境運動在 20 世紀 80 年代的興起正好遇到政治轉型的關鍵性時刻，即威權控制鬆動與民主運動勃興的時機。機運注定了環境運動日後走向高度政治化的發展。一方面，政治反對派將環境議題視爲一個可以開拓選舉的領域，

〔註 26〕錢復，錢復回憶錄（卷二）華府路崎嶇〔M〕，臺北：天下文化出版公司，2005：448。

〔註 27〕錢復，錢復回憶錄（卷二）華府路崎嶇〔M〕，臺北：天下文化出版公司，2005：490。

〔註 28〕郝柏村，郝總長日記中的經國先生晚年〔M〕，臺北：天下文化出版公司，1995：257。

許多政治人物積極介入地方環境抗爭；另一方面，運動者也樂於利用反對黨的政治資源，壯大運動的聲勢。因此，自從 80 年代末期以來，我們可以看到這些政治化的現象：許多運動分子以民進黨名義參選，環境運動採取政治民主的論述，例如「環境解嚴」、「反核即是反獨裁」，甚至直接套用政治民主的抗爭戲碼，例如公投。因此，「在臺灣，環境運動在發源之初所遇到並不是一個成熟的民主體制，而是退化中的威權主義。」「就這個意義而言，環境運動固然促進了威權的鬆動，其本身也是政治民主化的受益者。〔註 29〕

似乎每一件值得珍視的東西，都會在得到後失去，在興盛後衰敗，在釋放後消逝。就像印刷術的發明，聖經開始大量進入尋常百姓家，基督教開始普及，終於動搖教廷地位。也很像報禁終於開放，報紙充分展示競爭，然後新聞品質下降，失去社會價值，失去媒體價值。就像環保運動沾上政治就會變成政治運動，媒體沾上政治就會變成政治工具。

當然，就像環保運動一樣，媒體也是政治自由化、民主化的推動者、受益者。環保解嚴、綠色民主，抗爭與成功的過程、成功與失落的結局，隱含著一個相似的軌跡和規律。

（二）靠攏政治：環保行動難以「潔身自保」

1985 年夏天，反核專家加上傳播界、文化界、醫學界等關心核能的菁英分子組成「新環境雜誌社」。不同於早三年成立的中華民國自然生態保育協會，它不具那麼明顯的官方色彩。成立當初，因為受阻於戒嚴時期的規定，同一性質的人民團體同一地區以一個為限，所以只能以雜誌社的名義向官方登記。實質上是臺灣第一個民間的環境團體。〔註 30〕

1987 年 3 月，新環境雜誌社副社長張國龍，以雜誌社的名義廣邀其他團體共同在恒春舉行了一場「從三哩島到南灣」的反核說明會。警察將會場團團包圍，使得民眾無法進入，以張國龍為首的演講者決定將講臺移到恒春街頭，於是與警方發生了一些摩擦。（自立晚報，1987-3-28）按何明修的說法，戒嚴時期的知識分子，在此之前更多的還是理念人、文化人，此後才轉變為政治人、社會人的參與，進而為後來的草根運動奠定了基礎。

〔註 29〕何明修，綠色民主：臺灣環境運動的研究〔M〕，臺北：群學出版有限公司，2006：13。

〔註 30〕何明修，綠色民主：臺灣環境運動的研究〔M〕，臺北：群學出版有限公司，2006：45。

不能總是指責執政當局上綱上線，刻意擴大事態性質，反對派和抗爭者也開始不嫌事大，嫌事不夠大了，不斷刻意地自我政治化。以努力扮演公共啓蒙者的反核學者林俊義爲例，他一反解嚴前「措辭相當溫和，充滿語重心長勸服式語句」，在運動群眾化的政治局勢中，開始與反對黨力量結合，理念訴求也開始有明顯的轉向，價值觀自然也跟著改變了，「開始與解禁、開放、自由等民主化的議題更緊密地掛鉤」。終於，1987 年 4 月，林俊義在《新環境月刊》刊登了一篇重頭文章，題目是《反核是爲了反獨裁》，在定位上主動與更廣大的民主化浪潮接合了，進而將自身的主張提升爲一種「威權與民主」的抗爭。〔註 31〕

持續三年多的後勁反五輕運動（1987～1990），代表了威權的鬆動和抗爭的社會化。1987 年 7 月，高雄市楠梓區後勁地區的居民起身反對中油公司五輕計劃，以激進的方式圍堵中油煉油廠西門達三年多之久，在漫長的抗爭過程中，圍堵成爲了後勁地區的反對象徵。更有意味的是，「反五輕勢力的興起與瓦解，與政體轉型的過程是密切相關的，直接反應了政治風向的轉變。在政府正式宣布解嚴之後十天，後勁居民的抗爭行動開始浮現，儘管迫害他們的工業污染已經存在了數十年。」至於後來反對的聲音逐漸沈寂，原因是多方面的，執政者的軟硬兼施策略，情治、司法單位的壓力，甚至黑道的介入，當然還有政府高額的回饋金，中油的睦鄰措施等。用政治機會結構的術語來說，反五輕運動的命運，恰好反應了自由化時期的矛盾。〔註 32〕

高雄後勁反污染的群眾抗爭行動，到了政治反對力量民進黨的眼裏，就是群眾運動的一部分，是和平示威，並且到了暴力衝突的邊緣。林濁水的評價是，「這些事件後來雖然多能得到解決，但是無疑的都是在被逼到『暴力邊緣』上，逼到必須和公權力站在非常緊張甚至對立的地位上才達到的」。〔註 33〕

（三）「穩中求變」變成「變中求穩」

更有意思的是，促成五輕問題上後勁民眾不滿的爆發，反倒是中油公司笨拙的公關宣傳攻勢。在 1987 年 6 月 20 日，中油邀請地方領袖參觀工廠，並且解釋未來的五輕計劃。消息在社區傳開，產生了所謂的「道德震撼」：激

〔註 31〕何明修，綠色民主：臺灣環境運動的研究〔M〕，臺北：群學出版有限公司，2006：270。

〔註 32〕何明修，綠色民主：臺灣環境運動的研究〔M〕，臺北：群學出版有限公司，2006：89。

〔註 33〕林濁水，不容「公權力」保障「公害」〔N〕，民進報週刊（臺北），1987-8-20。

進的青壯派宣稱後勁出現了叛徒，他們的領袖公然地違背社區的道德期待，開始組織一系列的遊行、演講、發傳單，拒絕與中油妥協談判。到了 7 月 25 日，後勁人在煉油廠西門設立路障，阻止人車的通行往來。出乎意料地，這項圍堵一直持續了三年多，創下了臺灣環境運動的紀錄。

社區的廟埕不僅成了抗爭集會的公共空間，民間宗教的「神跡」也被適時加以解釋利用。1987 年 6 月，一位後勁婦女因疫病前去廟裏問神，擲杯卻出現「茭杯站立」的奇事。當地人嘖嘖稱奇，請當年的爐主來鳳屏宮問神意。在問到後勁居民是應該團結一致來反對五輕，一共連續出現了九次的聖杯。這個神跡事件被用來證明組織自救會的正當性，也點燃了後續一系列的抗爭行動。就在當年 8 月，廟產管理委員會撥了兩百萬元給自救會。〔註 34〕對此，何明修感慨地引用一位西方學者的觀點說，幾乎在第三世界的群眾運動中，都有一段需要被書寫的「隱藏的歷史」（shadow history），在臺灣的環境運動中，隱藏的歷史即是促成社區集體行動的民間宗教。〔註 35〕

在 1987 年 7 月開始的三年多漫長圍堵抗爭中，自救會的激進派對於中油採取三不立場，亦即是「不妥協、不接觸、不談判」，他們傾向與外界的反對黨與環境運動者合作，共同反對五輕計劃。〔註 36〕激進與合作開始「衝突」，進而變成「合謀」。激進的不一定都只講對立、三不，同樣也會有合作的訴求，只不過合作妥協的對象不是本區域的另一方，而是更大範圍的同道者。

溫和與對立開始「轉換」，進而造成新的「對立」。溫和派講協商、合作，但卻不願意與「外人」發生聯繫，反對引入外來的環境組織等力量。這時候與外界的對立、對峙，是出於保護自身安全和實質利益的本能表現。

主動即排斥，被動即接納。兩種態度取向，造成兩種行動或者結果。

「穩中求變」變成「變中求穩」。轉型期，只能變中求變，再求新的穩定，要想求穩再求變，反而變不了變不好，也穩不住穩不了。也就是說，這時候，體制內的自由，不如自由後的體制。有必要以求穩的信心，來達成求變的能力，以求變的新能力來形成求穩的新優勢。

〔註 34〕何明修，綠色民主：臺灣環境運動的研究〔M〕，臺北：群學出版有限公司，2006：105。

〔註 35〕何明修，綠色民主：臺灣環境運動的研究〔M〕，臺北：群學出版有限公司，2006：144。

〔註 36〕何明修，綠色民主：臺灣環境運動的研究〔M〕，臺北：群學出版有限公司，2006：109。

（四）政府響應之策：「提升機構」

何明修以對風起雲湧的社會運動先發制人的政策回應，說明政府部門的不可低估的應變能力，以及其內部的一致性。

何明修首先指出，有些學者認爲在 1987～1990 年這段時期，國民黨政府是處於「迷惑」的狀態。面對來自各方的挑戰，「它並沒有清楚地對待社會運動和反對運動的政策和方式」。這種說法將國家比擬成暫時的頭暈目眩，分辨不出應對的方向，社會運動利用這個大好的時機，抗爭風起雲湧。〔註 37〕

1987 年 8 月，最高的環境主管機關脫離衛生署，成爲部會級的環保署，省、縣、市政府也分別成立環保局。

機構提升以視重視的還有勞工問題。從勞工署到勞工委、勞動部，因應著勞工維權活動的高漲。1986 年底國大和立委選舉，兩位工會領袖輸給沒有什麼人認得的工人。執政黨在選舉失敗後，急急忙忙地宣布要在中央政府成立勞工會，想解決勞工群眾的政治支持問題。1987 年 5 月 4 日黨政協調，把 1986 年底提議的行政院勞工司提升爲勞工署，進而提升爲勞工委員會。林濁水借機發文批判，「執政黨的統治心態是要求一切由上而下貫徹的控制，而不顧有民間自發性自治力量的產生。像工會的情形就是一個最好的例子。其結果當然是工人對工會、工會幹部的失望，和工會領袖參加立委、國大選舉的落選。」「執政黨舉棋不定、一變再變，雖然地位一再提升，只是顯示了因爲勞工政策失敗，導致選舉失敗之後的慌張和急躁而已！因而其提升勞工主管組織的地位，不過是政治謀略！」〔註 38〕

回到環保問題。據 1987 年 9 月 7 日自立晚報報導，行政院長俞國華宣示，「今後我們固然要繼續維持經濟成長，但也要維護環境品質，必要時甚至可以犧牲經濟成長，以建立一個更富強康樂的社會」。

這一年的 10 月，成立一年的行政院環境保護小組公布了《現階段環境保護政策綱領》，環境政策的目標被定義爲：「保護自然環境，維護生態平衡，以求世代永續利用。追求合於國民健康、安定、舒適之環境品質；維護國民生存及生活環境免於受公害之侵害。」何明修稱讚，這份文件成爲政府有史以來對於環境問題最完整的宣示。

〔註 37〕何明修，綠色民主：臺灣環境運動的研究〔M〕，臺北：群學出版有限公司，2006：122。

〔註 38〕林濁水，勞動朋友！一起來追求「生產民主制」〔N〕，前進報週刊（臺北），1987-5-1。

1987 年，聯合國世界環境與發展委員會提出的「永續發展」（sustainable development）的觀念，重新定義了環境運動的路線：經濟成長的關鍵在於資源的可持續利用，而不是消極地完全避免利用。〔註 39〕

很顯然，政府全盤接受了這一國際先進的環境論述，掌握了話語上的制高點和主動權。從上述的一連串動作看，政府在立法、執法和應對上，也是在積極主動應對。

這種主動應對帶來的自信和誤判，恰恰演變成接下來最大的失誤，就是低估了民眾和民間組織參與的熱情度，而將後者拒之門外，埋下了對立和對抗的隱患，或者說，把一股生成壯大中的力量變成了對立面。

（五）「有限度開放」即「溫和地壓制」

抗議處理上的「有限度開放」，反過來說即「溫和地壓制」。給予一定的空間，即設定了限制的範圍。在承認開放的姿態下，試圖重新劃分出官方可以接受的界限範圍，實際的效果卻是以壓制的實質促動著下一波的「再開放」。上上下下此刻都明白了一點，這並不意味著整體政治風向的逆轉，更不可能倒退到戒嚴時期。雖然還有種種的限制存在，解嚴必然是帶來解放的效應，儘管還不是最後的解決。

何明修說，許多人意識到「體制內的抗爭無效」，邀請官員出席聽證會、座談會都沒有效，只有遊行才有效。換言之，政府「先發制人」的政策回應本身即是帶有高度的排斥性，由於無法在體制內發揮其影響力，環境運動選擇了街頭的戰場，也因此進一步提升了運動本身的抗爭性格。〔註 40〕

換言之，政府不是迷惑而是失算。進一步講，政府不是失算，是在不斷地重算，邊看邊算計。比如說，1987 年 7 月宣布解嚴的同時，政府公告的《室外集會遊行許可規定》，算是當局第一次有條件承認集會遊行活動的合法性。規定集會遊行需要在三天前向警局申請，並附路線圖。當局有權以公共秩序、社會安全等理由予以否決。未經官府許可者，且不遵守解散命令，將受刑罰。

「肮髒的戰爭」到「肮髒的民主」，在臺灣的環保運動中都得到初步印證。用壞了的自由，慣壞了的民主，玩壞了的遊行。在群眾習慣了街頭抗爭行動

〔註 39〕何明修，綠色民主：臺灣環境運動的研究〔M〕，臺北：群學出版有限公司，2006：4。

〔註 40〕何明修，綠色民主：臺灣環境運動的研究〔M〕，臺北：群學出版有限公司，2006：127。

時，警方也不再強力阻撓，而是溫和勸阻和劃定行動範圍。抗議現場的警民關係不再那麼緊張，雙方心照不宣的一個共同目標，也就是「示威活動的和平進行」。現場是順利了、圓滿了，與此同時，也不再認眞傾聽遊行者的抗爭訴求。遊行變成了例行的遊戲，變成了無目的的街頭狂歡。或者說，遊行已經失去了抗爭的意義。

當社會運動邁向了制度化的階段，抗議活動開始有了固定的表達形式，例如陳情、遊行、圍堵等。這些抗議活動開始被廣爲接受，無論是在法律上的解禁，或是事實上的容忍。從另外一個角度，何明修看到了這個無情或者說無奈的事實：一旦公眾、媒體、政府官員對於舊有的運動戰術開始有了制式的處理方式，抵消了抗議所帶來的直接衝擊。社會運動制度化的結果，也使得公眾習慣於抗議的存在，很難再由於某場集體行動的出現而轉變同情的態度；對於媒體而言，群眾場景的新聞價值也就降低了，社運組織的聲音越來越難爲媒體所青睞，而官員開始懂得打發陳情的代表，將集結起來的社會壓力衝擊降到最小。抗議活動所具有的「擾亂性」（disruptiveness）逐漸降低，社會運動越來越不是日常秩序的挑戰，而是其中的一部分。在極端的例子中，社會抗議的手段本身變成爲目的，形成了「爲抗議而抗議」的「行禮如儀」的局面。因此，在這個意義上，「抗議的有效性與制度化是呈反比的」。換言之，制度化的社會運動受到比較尊重的待遇，但是其直接作用也減少許多了。〔註41〕

就像在禁忌時期的新聞報導，突破封鎖的縫隙時，會有一定的爆發力和衝擊力。接二連三的揭醜揭黑，就像充斥版面和屏幕的「羶色腥」（sensationalism，即感官主義，臺灣音譯、意譯結合的巧妙譯法，常用於指代新聞報導中暴力和色情現象）消息和畫面帶來視覺衝擊之後，就是視而不見的麻木和功效的稀釋、淡然，甚至習然、漠然。這實在是一種弔詭的悖論：進擊之後最大的失落和失敗，得到之後最無奈的空虛和絕望。

（六）「自由化」提高期待，反而點燃不滿

在挑戰國民黨的大前提之下，新成立的反對黨民進黨，對各種社會抗議都願意協助。民進黨成立不久，就在黨中央設立社會運動部，以協調黨部與各種社會運動團體的合作。第一任的社會運動部負責人謝長廷在 1987 年的一

〔註41〕何明修，綠色民主：臺灣環境運動的研究〔M〕，臺北：群學出版有限公司，2006：179～180。

篇文章中公開指出：「我們所追求的，不只是各種社會運動的蓬勃發展，而且期待社會運動的參與者，最後能醒悟問題的根本來源在於政治改革，進而將各種形形色色的社會運動，匯成政治運動的支流，形成巨大的民主運動波浪，徹底改革政治體制。」〔註 42〕研究政治轉型的學者指出，「自由化如果沒有伴隨民主化，只會提高期待，點燃不滿」。〔註 43〕

政治自由化恢復了凍結的公民權，累積許久的民怨找到政治紓發的管道。按何明修對當年環境抗爭案件的分析，1987 年的解嚴使得集會遊行獲得合法的依據，也促成反對勢力的政治介入，執政者被迫正視環境污染的嚴重性，這些因素的綜合結果即是開啓了政治機會結構。在 1987 年底，兩個專業的環境運動團體成立，分別是環保聯盟、綠色和平工作室。兩者的口號也十分接近：一個是「草根的、知識的、行動的」，一個是「草根性、學術性、運動性」。與此同時，抗爭所需要的知識進一步普及化，不再只是運動者的專利，一個明顯的趨勢是發動抗爭不再完全依賴於運動者的參與，越來越多的案件是民眾自發的結果。也就是說，越到了自由化階段的後期，擴散已經不再依賴運動組織作爲媒介。〔註 44〕

據分析，政治自由化有可能導致所謂的「人民抗爭」（Popular upsurge）的風潮出現。人民抗爭是指各種社會群體相互結合，共同以人民的名義挑戰轉型中的威權統治者，他們要求進一步解除政治控制，並且朝向更民主化的階段邁進。當然，這種人民抗爭的階段是不能持久的，動員的能量會隨著後續的政治演進而減弱。以團結的市民社會來對抗威權國家，只是一個「有用的虛構」（useful fiction），因爲市民社會本來就是涉及了不同部門的利益，並非總是處於彼此一致的狀態。何明修認爲，臺灣的環境運動也符合這樣的描述，「市民社會對抗國家」並不是自由化初期立即展現出來的現象，而是統治者失策的後果。政治壓制的後果之一，就是使得許多原本各自獨立的抗爭潮流，逐漸匯流合併，最後衝垮了威權主義所殘留的最後一座堡壘。

〔註 42〕謝長廷，群眾運動是民進黨生存的不二法門：社運部督導常委謝長廷報告書／／何明修，綠色民主：臺灣環境運動的研究〔M〕，臺北：群學出版有限公司，2006：136～137。

〔註 43〕何明修，綠色民主：臺灣環境運動的研究〔M〕，臺北：群學出版有限公司，2006：140。

〔註 44〕何明修，綠色民主：臺灣環境運動的研究〔M〕，臺北：群學出版有限公司，2006：147。

儘管社會運動在轉型階段中扮演重要的角色，終究衰退仍然是不可避免的趨勢。心理學對此的解釋是，這種熱忱與投入，在漫長曲折的反覆折騰中，熱情容易熄滅，風潮無法持久。而選舉的舉行最能緩和抗爭風潮的事件，一旦有了選票市場的考量，選票極大化的邏輯會驅使最激進的政治勢力擺出溫和的姿態，以討好中間的選民。政治角力領域的正式開放，也有助於降低採取體制外抗爭的誘因，街頭政治逐漸讓位給議會政治。〔註 45〕何明修引用郭正亮的評論說，「不少社運幹部仍然動輒訴諸反體制抗爭的運動思考，不但欠缺理性的策略考量，而且通常標舉道德掛帥或理念至上，導致政治衝突很難有轉圜的餘地」。〔註 46〕

環境運動、社會運動中的抗議與抗爭，從街頭到議會、從衝突到妥協，都會交織著複雜的內外關係和相當的張力，內鬥與外鬥、明鬥與暗鬥、真鬥與假鬥、實鬥與虛鬥、文鬥與武鬥，交錯交織，交替使用，輪番上陣，在看得見與看不見的邊界上進退拉扯，時虛時實，時鬆時緊，時靜時動，時疾時緩，時聚時散，時隱時顯。

在利益訴求的衡量和目標的達成上面，內部的難以協商，必然體現爲外部的難以妥協，在進步理念與社會目標上的共識，特別是都還沒有體驗過的東西上面，就顯得更虛更難了。因此，反對黨也反對「一味地反對」，「爲反對而反對」。在執政當局看來，群眾運動的要求沒完沒了，不勝其煩，同樣，在民進黨看來，社會運動的要求太多，不知進退適止，不能夠理解民主政治的運作是基於協商與妥協。

（七）文明的抗爭劇目成為無效的儀式

社會抗爭的劇目上演得多了，有了程序和儀式，也慢慢教會政府形成一些處理的規矩，解除了執政者的某種顧忌。「當鹿港反杜邦群眾在 1986 年北上總統府陳情時，他們所遇到的是一群根本沒有看過集體行動的警察，他們不知道如何驅散群眾，維持秩序。」〔註 47〕後來，各方都習慣了，見慣了，都有了底線和底牌，不再擔心溝通上的閃失引發不可收拾的後果。一方面，

〔註 45〕何明修，綠色民主：臺灣環境運動的研究〔M〕，臺北：群學出版有限公司，2006：153～156。

〔註 46〕何明修，綠色民主：臺灣環境運動的研究〔M〕，臺北：群學出版有限公司，2006：190。

〔註 47〕何明修，綠色民主：臺灣環境運動的研究〔M〕，臺北：群學出版有限公司，2006：202。

抗爭群眾指揮者的恐懼與熱情都在平息中變得平常，現場警察指揮者的戒備和謹慎也在放鬆，另一方面，現場外的政府和「觀眾」，也不用擔心權力結構在一夜之間變天，或者一夜之間改朝換代。不光是互動的方式定型了，抗議的直接衝擊力減少了，而且抗議本身在禁忌解除後也變得失去效力。

這裡面的悖論和效果的反轉，很快就會見效。在解決、排除抗爭問題時，政府當局常見的對付辦法不外三招：壓制、收編、邊緣化。壓制不了的就收編，收編不了的就邊緣化。當然也可能反其道而行之，無法邊緣化的就只好收編，收編不了的就強行壓制，壓制不了的就妥協吸納。並且一定是處在完全排斥到完全接納之間，因爲完全排斥掉的，就不需要去壓制或者收編；完全吸納了的，也不存在壓制或者收編的問題。看重、著重、尊重抗爭的結果，更有可能是約束、束縛、結束了它。權衡利弊的結果，無非是在讓步和讓度上的分寸：也好，正好，更好。

政府還學會了主動反制，甚至製造「民怨」來抗議抗爭者，製造「衝突」來反對反對者，製造「民意」來反冼冼地者，更不要說製造「公共輿論」來支解「意見碎片」。更有暗通款曲與分化瓦解的「交易收買」，本末倒置，輿論、公論與民意、民利，私底下反被用做了私利的籌碼。

失去抗爭彈性，如同失去抗爭的對象、失去抗爭的目標一樣，不合作不再成爲弱者獨享的武器，非暴力也不再是和平抗爭的道德優勢，甚至連最初到最終的沉默，也變成了消失在空氣中的白噪音。這種無力的力，無能的能，無爲的爲，抹去了一切衝出嗓子前的怒吼，渴望那種明白無誤的禁忌。忙乎了半天的事兒，不是一個事兒，或者也就是個「事兒」，連被壓制、被馴化、被治理、被圍觀的可能後果，都變得無足輕重。按何明修的分析，在啓動了、擁有了程序參與之後，有沒有形成影響達成目標，並不是直接的因果關係。成功的抗爭不等於抗爭的成功。「弱勢國家容易被社會運動影響，但是卻欠缺制度性的自主性，以因應既得利益部門的反對」。「正如 Schmitter 所指出的，自由主義的結社原則容許以往被壓迫利益的自我組織，但是卻不能保證他們能夠獲得最後的成功。」「事實上，如果社會運動只試圖取得國家權力，而忽略了國家行動的限制性，那麼運動的目標將不會獲得落實。一旦缺乏了必要的自主性，國家本身即有可能被特定的利益部門所把持」。〔註 48〕

〔註 48〕何明修，綠色民主：臺灣環境運動的研究〔M〕，臺北：群學出版有限公司，2006：238～239。

四、文化解嚴：髮禁舞禁歌禁書禁統統取消

（一）髮禁解除時，校長求「規範」

「長久以來，我們的頭髮只能齊耳，可是從二月起可以留到肩膀了！」一群高三的學生開心地笑著說。〔註 49〕原來中學生不准跳「迪斯科」，現在也允許跳了。伴隨著戒嚴令的解除，髮禁和舞禁都解禁了！1987 年，政治上的大解嚴之外，髮禁、舞禁、歌禁、書禁等「小解嚴」，開放高中生出國留學的「出境解嚴」，甚至爲禁賭而停發愛國獎券的「數字禁」反禁辦法，可以泛稱爲文化解嚴、社會解嚴。

有意思的是，在教育部宣布解除中小學生髮禁之後，隨之而來的髮型問題、管理問題、標準問題等等。教育部雖授權各校自行決定頭髮形式與長度，但許多校長一時之間竟同感茫然，甚至要求教育部拿出一套標準形式來看看，以便「比照辦理」。而一些教官則要求「標準尺寸」上「便於管理」，否則無規章可循。〔註 50〕楊渡感慨地說，由此一案例可見證未來的「全面革新」還有很長的一段路要走，困難依舊存在。畢竟在長期戒嚴體制下，法律或命令的限制約束，說解除可解除，一些形式及實體的改變，都不難，但長期累積的觀念和所形成意識形態，其調適因應卻相當不易。即或上層已宣布髮禁取消，但是長期一元化思想所支配的各級官僚行政人員卻非一朝一夕即能改變其思想模式。

舉個不恰當的比喻，報禁解除時、解除後的一段時間，業界和學界對形成報業規範、行業協會、自律組織的新思考，對承認政策介入「管制」與「再管制」的新探討，對制定更嚴格的行業法規政策的新籲求，與這些校長、教官們的第一反應，本質上沒有什麼不同。

（二）歌禁書禁：查禁與淨化運動

與報禁同步的思想文化規範，體現在流行音樂文化上，面對同樣的思想檢查、政治檢查及行業管制，並以「國家安全」爲由查禁歌曲，具體理由包括：附匪、影響軍心士氣、暗示政府無能導致人民生活困苦、東洋味過重、詞意不雅、妨害善良風俗等。比如抗日戰爭期間影響和貢獻最大的歌曲《義

〔註 49〕吉田實，變革期的臺灣〔N〕，朝日新聞，1987-4-9／／日本文摘編譯中心 編，日本人看臺灣政治發展——從黨外到後蔣經國時代，日本文摘書選 28，臺北：故鄉出版有限公司，1988：41。

〔註 50〕楊渡，強控制解體〔M〕，臺北：遠流出版公司，1988：239。

勇軍進行曲》，因爲後來成爲中華人民共和國國歌，也就成了臺灣的禁歌。直到 1985 年，作家三毛在一個大型聚會上唱起了它，這一次竟安然無恙。

除了「紅歌」這些極端的例子，「歌禁」的最大方面，體現在電臺電視臺禁播臺語歌曲的語言政策。1955 年頒布的「動員戡亂時期無線廣播管制辦法」，以及 1976 年頒布的「廣播電視法」，都需配合推行國語政策，納入節目的語言限制規定。這使得方言節目的空間縮減，同時也限縮了方言歌曲可以出現的時間。綜藝歌唱節目中每天只能安排演唱兩首，這條廣電法第二十條的語言限制規定，到 1993 年才被刪除。由於無法利用媒體流傳，這使得臺語歌唱片也無法暢銷，很快便開始萎縮，進而臺語歌本身日漸沒落。〔註 51〕

1958 年頒訂的「出版法」，開啓當時的主管機關「臺灣警備總司令部」（簡稱警總）查禁流行歌曲的高峰。唱片業開始要向警總辦理註冊登記，同時從事演藝工作的人員也有證照限制，需有主管機關發給的演員及歌星證。1973 年新聞局成爲主管機關後，政府政策在高壓思想管制之外，首次出現「輔導式」的正面引導，也就是「淨化歌曲運動」。查禁與淨化結合的管制與鼓勵策略，由此形成。1986 年新聞局開辦「好歌大家唱」活動，藉此提高流行音樂水準，連辦三屆後，1990 年 1 月 6 日舉辦第一屆「金曲獎」。1987 年，「第一種聲音——中華民國反盜錄演唱會」之後，政府在美國施壓和業界壓力下，通過專利法及商標法的修正，開始打擊盜版行動。〔註 52〕

各種文化禁品，包括大陸的出版物、藝術品、電影錄影帶、音樂帶、唱片等等，正以遠較昔日更迅猛、更普遍的姿態，席捲臺灣市場。不必諱言的是，大陸的學術、文學作品，早已公然出現在臺灣的書市中。20 世紀 30 年代文學，包括巴金、老舍、茅盾、冰心、沈從文、魯迅、曹禺等人的作品，隨處都可以買到；而文史書籍類，包括馮友蘭、李澤厚、楊寬、顧頡剛等人的作品，更常被學生當作教科書使用。不少的 MTV 也以放映大陸電影爲號召，一些知名的影片，《少林寺》、《黃土地》、《牧馬人》等都不難看到。中研院近代史研究所所長張玉法說：「這是大勢所趨，任何法令也禁止不了的。」

〔註 51〕簡妙如，鄭凱同，音樂是公民文化權的實踐：流行音樂政策的回顧與批判〔G〕／／媒改社，劉昌德 主編，豐盛中的匱乏——傳播政策的反思與重構，臺北：巨流圖書公司，2012：188。

〔註 52〕簡妙如，鄭凱同，音樂是公民文化權的實踐：流行音樂政策的回顧與批判〔G〕／／媒改社，劉昌德 主編，豐盛中的匱乏——傳播政策的反思與重構，臺北：巨流圖書公司，2012：190。

事實上，按照戒嚴體制下多項行政命令的管轄範圍，規範仍然相當嚴密。例如 1951 年規定「共匪及附匪作家之作品」一律查禁。但目前的常態行政命令中，「投匪藝人」之唱片，得去其姓名灌錄，所以等於是某種程度上不承認的公開流通。〔註 53〕

長期被當作禁書的魯迅著作，解嚴前已經出現在臺灣的地下書市上。1989 年最後四個月時間裏，臺灣的三家出版社推出了三個不同版本的《魯迅全集》。

關於「書禁」解除的政策設計，主要焦點在於「大陸出版品」的逐步放開。1987 年 7 月 24 日，行政院核定「出版品進出口管理與輔導要點」，規定臺灣出版業者印行大陸有關科技、藝術及文史資料的出版物，須向新聞局申請。核准發行時，應重新編印，不得使用簡體字。7 月 25 日，新聞局表示，決定全面開放學術研究機構進口大陸地區出版品，但個人不得收藏。12 月 29 日，新聞局決定從寬處理已刊印的大陸地區出版品，因爲禁令已經失去實際效果，「目前未經核准的大陸出版品，印行數量在百萬冊以上的已達 1000 種，內容偏重文史、哲學、藝術等」。〔註 54〕

（三）禁賭「大家樂」：啟用「數字禁」

經濟解嚴中，還有一個小小的農民福利，取消屠宰稅。1987 年 4 月 14 日，立法院三讀通過廢止「屠宰稅法」，取消屠宰稅，但因受日元升值及蘇聯切爾貝諾利核電站事件影響，臺灣毛豬大量銷日，豬價不降反漲。對內出現的怪事是，稅捐單位以不改變老觀念，即馬上課以 5%之營業稅。對此問題，總統痛斥此單位人員之觀念錯誤。〔註 55〕

1987 年 7 月 29 日的國民黨中常會上，蔣經國又指示考慮減輕或取消田賦。8 月 13 日行政院核定取消田賦，自 1987 年第二期開始停徵。〔註 56〕

政府爲了禁止大家樂之賭風，被迫停止了愛國獎券，但還是一直有人要求解除「賭禁」。也許在許多一夜暴富的人眼裏，股市和賭博差不多，他們平日的生活，不是在炒股，就是在賭博。楊志弘教授則把刊登六合彩明牌的報

〔註 53〕劉素玉，藝術闖關，文化解嚴〔N〕，時報新聞週刊（臺北），1987-8-17（17）。

〔註 54〕南京大學臺灣研究所 編，海峽兩岸關係日志（1949～1998），北京：九州圖書出版社，1999：339。

〔註 55〕李登輝，見證臺灣——蔣經國總統與我〔M〕，臺北：允晨文化公司，2004：218。

〔註 56〕李登輝，見證臺灣——蔣經國總統與我〔M〕，臺北：允晨文化公司，2004：241。

紙戲稱爲「數字報」，停止發行大家樂的堵禁措施稱爲「數字禁」。〔註 57〕

還有不亞於政治解嚴的經濟解嚴——外匯管制解除的「外匯解嚴」。李登輝對此的表述叫「外匯管理解放」，而他對報禁開放的用詞叫做「新聞、言論開放」。〔註 58〕不知是思維異於常人，還是確實不熟悉相關的專門用語。

不能忽視這大大小小的解嚴解禁，它們既是一道道獨特社會風景，也是整體解嚴地圖上的一部分。就拿學者們常說的解嚴分析來說，經濟社會的發展常常被作爲政治解嚴、體制轉換的一個條件或者前奏。豈不知經濟本身也有一個民主化、自由化的問題。從民主化的角度來講，政治民主也對經濟的民主化產生影響，對經濟決策、經濟運行、經濟形態、經濟結構、經濟利益產生推動作用。有話大家說，有事大家來，有錢大家賺，有飯大家吃，這是對經濟民主化最起碼的理解。〔註 59〕

五、歷史解禁：二二八解禁的歷史

二二八事件、二二八新聞、二二八記憶、二二八議題、二二八研究、二二八解禁，這是一條報導線索。

二二八事件再現、二二八新聞再現、二二八記憶再現、二二八議題生命史、二二八研究史、二二八解禁史，這是一條論述路徑。

二二八新聞再現的策略，首先在於說出來，把二二八變成一個可以公開的字眼，一個可以公開談論的話題。1987 年再往前 40 年，國民黨政權的軍隊還在大陸上進行最後的生死決戰，敗象已現，大勢已去。1947 年 2 月 27 日，臺北市發生緝煙案，2 月 28 日發生長官公署「廣場開槍事件」。行政長官陳儀要求調兵支持，副總統白崇禧赴臺處理。這個過程因爲眾多的回憶錄不斷出現，越來越得到更多呈現。最關鍵的是，此後 40 年間，二二八成爲一個敏感的禁忌詞匯，官方不會提、民間不能提、媒體上絕不會出現相關字眼。

禁談的敏感話題，在 40 年後正式打破。1987 年二二八前夕，民間組成「二二八和平日促進會」，推動二二八事件的平反，此後年年都有活動、并升格爲

〔註 57〕楊志弘，解剖媒體——媒體觀察者的筆記〔M〕，臺北：時報文化出版企業有限公司，1990：161。

〔註 58〕李登輝，見證臺灣——蔣經國總統與我〔M〕，臺北：允晨文化公司，2004：234。

〔註 59〕郭承天，有錢大家賺？民主化對臺灣金融體系的影響〔G〕／／朱雲漢，包宗和，民主轉型與經濟衝突，臺北：桂冠圖書公司，2000：75。

官方最高層介入參與，建立檔案館、紀念館、紀念碑、紀念公園、紀念日、基金會，有了處理及補償條例，繼而話題反轉，有了二二八精神說、二二八國家暴力和元兇說，有了二二八歷史和解與轉型正義說，有了藍綠政治中反覆扭轉的二二八記憶與議題。

禁絕的公開報導，也在銷聲匿跡 40 年後再次公開出現。在 1987 年二二八前後，聯合報的新聞版上第一次正式有了二二八的消息。1987 年 2 月 26 日，聯合報上的許倬雲專欄文章《化解二二八的悲劇》，可以看作是一個試探性的信號。到了 2 月 28 日當天，聯合報連發 4 篇二二八的報導，有社論《如何看歷史的疤痕——「二二八事件」？》，有記者戎撫天的特稿《記取四十年前歷史教訓 架構政治公平參與制度》，有純論文的《吹散烏雲 澄清眞相 二二八事件以訛傳訛扭曲史實 學者促開放資料還其本來面目》，有全美臺灣同鄉聯盟會關於二二八事件給同鄉的公開信《二二八舊痛逐漸撫平 何苦揭傷口製造新愁》。

歷史的解禁、歷史議題和公開報導的解禁，40 年後「二二八」重新回到人們的視線，回到社會生活和政治生活中，事件的再現和新聞中的呈現，讓「面對現實、面向未來的歷史」成爲現實和未來的一部分，歷史的記憶與新聞的報導交織成當下的衝突和糾結，每一個人、每一個群體都必須面對和表態，就像每一輪的大選投票一樣。

烏斯懷特在《大轉型的社會理論》談到南斯拉夫的歷史與記憶問題時指出，「隨著聯邦的瓦解，黨失去了對記憶的掌控，關於痛苦經歷和種族仇恨的隱秘歷史遂得以揭開。」「相反地，一個自由開放的市民社會，將會允許痛苦經歷的消去，在非儀式化和離散的言語中與過去眞正達成妥協。」〔註 60〕關於現實合法性、記憶合法性的爭奪，導致對歷史記憶解釋權的爭奪，「圍繞各種景觀和紀念物，人們就各類競爭性歷史的敘事和事關大屠殺的記憶，進行著激烈爭奪。」〔註 61〕爭奪敘述，爭奪記憶，爭奪解釋權，反抗和消解官方記憶，試圖找回被壓制的個人記憶，並在重新書寫歷史記憶的過程中抗拒官方重修歷史的意圖。在臺灣二二八事件的持續搏弈中，有著相似的困擾和挑戰。

〔註 60〕（英）威廉・烏斯懷特，（英）拉里・雷，大轉型的社會理論〔M〕，呂鵬等，譯，北京：北京大學出版社，2011：180。

〔註 61〕（英）威廉・烏斯懷特，（英）拉里・雷，大轉型的社會理論〔M〕，呂鵬等，譯，北京：北京大學出版社，2011：209。

2017年，話題解禁之後又一個30年。二二八事件的圖像似明瞭，但也可能更模糊了，二二八的議題似透澈，但也可能更複雜了。活著的歷史未必服務於當下，受困於當下，但是受困於當下的人們，一定會纏著歷史不放。也許多年以後，二二八的話題會再次成爲更大的新聞，堵在現實的十字路口，要求每一個經過的人必須說「是」還是「不」。

回到1987年，二二八事件40年之際，臺灣社會經過了40年的社會失記期，進入了眾聲喧嘩期，二二八事件從議題沒落期，進入了議題復興期。議題從壓抑、遺忘、沒落中蘇醒、復興的過程中，反對派理直氣壯地呼之爲「國家暴力」、「白色恐怖」，進而把「白色恐怖期」泛指到 1987 年之前的整個國民黨統治時期。歷史論述的禁區，成爲鬥爭的新戰場，歷史的疤痕變成鋒利的刀刃，成爲撕裂新傷口的武器。歷史的眞相與和解，其實是現實的眞相與和解。歷史就是新聞，回憶就是描寫，反思就是展望，表達就是行動，論述就是結論。

在 1987 年之前的這 40 年中，國民黨主政下的「侍從報業」或者說主流媒體，就表面的意義上來說，不管是報導還是不報導，包括新聞禁忌本身，都可以解釋 1947 年至 1987 年間「二二八新聞上展現出特定聲音的情形，不過似乎無法協助我們描寫眾聲喧嘩中二二八新聞的發展，也無法凸顯出此時期報業生態中勢力重整的變遷過程」。這種「結構性遺忘」的歷史現象，新聞媒介是關鍵的環節，可以看到新聞媒介如何在與政治權力的互動過程中被徹底壓制以致於「收編」。「因其『大眾』的性質，所以新聞論述往往可以反映出一個社會的文化能力——如何面對異議，如何處理挑戰，如何看待困難，以致於如何賦予事件意義，以及以何種視野看待事件等。」〔註62〕夏春祥認爲，這些都是新聞媒介的文化作用。今天，站在30年後的又一個歷史轉折點上，新聞媒介的文化作用再次面臨異議和挑戰，包括如何處理「異議和挑戰」的異議和挑戰，不再是無力抗拒，不再是集體失聲，更不會選擇性失憶。這是二二八的新聞史、議題史，也是臺灣社會的心理史、心靈史。不能形成共識的原因，並不完全在於眞相暴露的不夠多、不夠深、不夠全，而是被佔領、被佔用的集體記憶，再次成爲「弱者的武器」、「批判的武器」。

〔註62〕夏春祥，在傳播的迷霧中——二二八事件的媒體印象與社會記憶〔M〕，臺北：韋伯文化，2007：287。

六、宗教解禁：多元宗教市場形成

李登輝事後認爲，1984 年新約教會一事政府處置不當。「當時（1984 年 10 月 10 日）新約教會特別在美國的報紙 New York Times（紐約時報）大規模刊載文章，嚴詞批評我國政府。我在省主席時代曾經去過三民鄉，所以大約聽說那邊的情形，但從這時候我才開始調查這件事情。」「新約教徒所說的錫安山在高雄縣雙連崛，以前那裡有一個進山地的檢查所，本來錫安山在檢查所下面，再上去是高雄縣三民鄉。當時政府把檢查所移到更下面，讓信徒沒辦法自由進入錫安山。」「後來我向蔣經國建議以尊重宗教自由的原則來處理，這種方式比較和緩。」「最後唯一的方法是放這些信徒自由，開放山地管制區成爲山地管制遊覽區，用入山證檢查方式管制，民眾用身份證才可以申請入山，這樣情況才變得自然（1986 年 10 月 21 日內政部實施了這一新的辦法）。」「由於政府雖然對新約教會問題提出一些處理原則，但是並沒有確實執行，因此在 1987 年 5 月時我曾經提議由我上山去看看現場。但是因爲蔣經國認爲副總統地位崇高，要我小心處理，因此我並沒有去成，只到過附近的高雄縣三民鄉。」〔註 63〕

李登輝與蔣介石、蔣經國兩位前總統一樣的地方，就是都有宗教信仰，都信的是基督教。稍有不同的是，李登輝是臺灣長老教會的重要成員，而長老教會在臺灣的「世俗政權」和「世俗事務」中介入極深，並且有公開的支持臺灣自決自主的理論宣言和示威遊行活動。宗教信仰與黨政一體的威權政府理念，是如何共冶一爐的？「耶穌信徒」與「總理信徒」是如何協調於一體的？查兩蔣遺囑，基督與總理並提不悖，亦不覺有違和之處。蔣介石病逝後，蔣宋美齡在他的棺材裏放了四本書：一本孫中山的《三民主義》、一本唐詩、一本《聖經》、一本《荒漠甘泉》。黨義教義，中西各半。

1987 年 3 月 11 日臺南教會公報社人員及各地長老教會代表八十餘人在臺南遊行，抗議警方非法侵入臺南市教會公報社，扣押 2 月 22 日出刊的《臺灣教會公報》第 1825 期，該期內容有關二二八事件四十週年，呼籲政府設定二二八和平日。4 月 11 日「總統召見」時副總統李登輝報告：國家安全局局長宋心濂「來報告長老會遊行一事，該件字案已處理。」「總統指示，命行政院長俞國華核准長老會三個神學院的設立申請。」過去教育部都不承認長老

〔註 63〕李登輝，見證臺灣——蔣經國總統與我〔M〕，臺北：允晨文化公司，2004：76～78。

會設立的神學院是學校，因此在其中就學的學生並沒有學籍，蔣經國要行政院核准它們設立。〔註 64〕由此可以看出，蔣經國策略上的「有張有弛」，「有壓有鬆」、「有收有放」。

到了 1987 年，所有的政策都在鬆動，宗教的政策也突然變得寬鬆。被打壓了幾十年，屢遭取締的一貫道，得到了官方的正式承認。在 1987 年 5 月 21 日，李登輝副總統就職三週年之際，總統召見勉勵，並提出新約教會的事情，『希望本人直接、間接牽入並解決」。李登輝提出兩條處理本問題之原則：⑴不要把國家形象破壞，不要有國際批評壓迫宗教事，⑵溫和處理。〔註 65〕到了 6 月份，政府原則決定從寬處理新約教會問題，內容包括雙連幅土地的承租及使用恢復原狀，徹底解決教徒戶籍問題，海外教徒除列管分子外均得申請出入境。

約略而言，一貫道、新約教會、創價學會、統一教、眞耶穌教會、耶和華見證人會，乃至臺灣基督教長老會等或多或少都曾遭到黨政的迫害，直到解嚴以後，政治干預宗教的種種現象才消失。1987 年春，新約教會被允許返回錫安山，內政部在四十多位立委提出書面質詢後允許一貫道合法化。瞿海源認為，「近代宗教自由之獲得，很諷刺地說，是來自於世俗化。臺灣的解嚴也可以說是世俗化的一種趨勢。」「解嚴本身即在去除黨政的神聖性。」〔註 66〕對一般社會而言，解嚴是一種自由化的過程，對宗教團體或宗教現象，可能就有濃厚的世俗化意涵了。加上 1987 年才終於合法化的一貫道，臺灣四十年間承認的宗教總共十一種：佛教、道教、回教、基督教、天主教、軒轅教、理教、天理教、大同教、天帝教和一貫道。在 1980 年時只有前十種，1970 年時只承認前九種。解嚴以後，臺灣也再未承認任何新的宗教。

而在 1989 年人民團體法出來之前，宗教團體沒有辦法申請許可。宗教團體因為不是寺廟，與「監督寺廟條例」不合，也不能登記為寺廟。人民團體法承認宗教團體是社會團體的一類，可以依社會團體一般成立規範來申請許

〔註 64〕李登輝，見證臺灣——蔣經國總統與我〔M〕，臺北：允晨文化公司，2004：211～212。

〔註 65〕李登輝，見證臺灣——蔣經國總統與我〔M〕，臺北：允晨文化公司，2004：218。

〔註 66〕瞿海源，解嚴、宗教自由與宗教發展〔G〕，中央研究院臺灣推動委員會 主編，威權體制下的變遷：解嚴後的臺灣，臺北：中央研究院臺灣史研究所史籌備處，2001：250。

可了，到了 1998 年的統計，也就是解嚴之後十年，向政府登記的宗教團體達到 242 個，而 1988 年只有 23 個。

臺灣的「宗教市場」規模很大。宗教商品化和相關基金會的成立，以非營利爲表，實則更增加獲利能力，比如給某一個健康商品加持，推出自己的商品上市等等。瞿海源發現，有五類知識的流行與新興的宗教現象有著顯著的關係：另類醫療、生機及有機飲食、EQ 與人際適應、磁場，以及解釋宗教及特異現象之論述。當陳履安（陳誠之子）擔任國家科學委員會主任委員時，由於自身修行的原故，推動對氣功的研究。於是，在新興宗教現象中出現一個重要的情況，就是不但許多新興宗教的信徒是知識分子，更不時有大學教授和研究人員爲其所信仰的宗教靈異現象提出所謂科學的解釋。科學的傳播與普及，成爲與宗教的世俗化並行不悖的兩大趨勢，強化了臺灣特別相信靈魂、緣分、氣、風水和命理這些東西。儒佛道、基督教，陽明心學，再加上臺島的媽祖文化等，信神信教的風氣之盛和寺廟、佛堂、基督堂之多，當屬臺灣一大獨特景觀。

第二節　語言禁區邊界失守

一、「語言壟斷」與「語言迫害」

楊渡認爲：語言的對立正如統治者與被統治者的關係，絕對不是閩南語對國語，或閩南人對外省人的問題，而是少數的壟斷統治者對多數的被統治者的問題。黨外政論雜誌不時攻擊國民黨的「語言迫害」，黨外議員在臺灣省議會用「自己最熟悉的母語」去發言質詢，再度爆發語言問題。「純就社會語言學的角度看，國民黨的的確確是在從事著破壞語言、改造語言、從而奴化人民的工作。」統治的壟斷與臺籍人士長期被統治缺乏政治參與管道，「表現爲語言上的，也正是這樣的『壟斷心態』。即國府擬以少數人共通使用的語言，來改造多數人平日使用的語言，進而控制壟斷其思想。」〔註 67〕

臺語之禁，又包括了用語之禁、名稱之禁。臺語的突破禁忌，或者說再次開放，表現在街頭和立法院兩大戰場。

1987 年 3 月 20 日，朱高正、王義雄在立法院用臺灣話質詢，國民黨籍立

〔註 67〕楊渡，強控制解體〔M〕，臺北：遠流出版公司，1988：113。

委聽了大驚失色，大拍桌子，接下來幾天，國民黨報紙紛紛以社論、專欄大加撻伐。「臺獨理論大師」林濁水立即上陣，用上他最擅長的偷換概念、移花接木之法，指責那麼多人患上了「臺灣恐懼症」，於是乎「禁臺灣」，首先遭殃的是「臺灣話」。林濁水說，「臺灣恐懼症」一旦發作，不只對「臺灣話」、「臺灣人」過敏，甚至對一切的臺灣土產都受不了。於是，簡潔的「臺灣文學」不說，一定要玩繞口令似地說「在臺灣的中國文學」；順口的「臺灣新竹人李遠哲」不說，一定要講古里古怪的「在新竹長大的中國人李遠哲」；看到邱惠月掛著「臺灣小姐」的絲帶，便氣急敗壞地要她馬上改作「中華民國高雄小姐」。退出聯合國以來，臺灣駐外的單位便不能再掛上中華民國的招牌，於是駐外單位有的叫「北美事務協調會」，有的叫「孫逸仙中心」。〔註 68〕

在立法院等正式場合的「臺語之禁」已經是數十年的慣例，一時要改過來或者實行「雙語制度」不光是心態上難以接受，對老國代來說要聽得懂也確實是有困難的。電視臺的臺語節目少，也是國民黨推行國語運動的歷史使然。退一步說，「臺語」作爲一個名詞被官方採納收編，也是解嚴後的事，此前的叫法是相對於作爲國語的北平話，分別叫閩南話、客家話等。爾後臺灣本土意識趨強，民進黨上臺執政後，國語不再單指北平話了，雙語制度中的國語除北平話，也包括了臺灣語（閩南語）。突然間，國語與母語的概念分離了，母語竟然專指所謂的臺語（閩南語）。

「報禁、書禁、方言禁步方如何？」三禁並列的表述，來自日本記者戶張東夫。常駐香港的日本讀賣新聞東京總社香港支局記者戶張東夫，在 1986～1987 年間頻繁進出臺灣，用他的近距離觀察，爲香港的《廣角鏡》、《百姓》等刊物撰寫了大量臺灣政治變化時刻的現場報導，所以他的報導和論述，經常被後來的研究者所引用。但這位日本記者的觀察和分析，明顯帶著自身的成見和偏見。比如朱高正用臺灣話質詢的事，他認爲，「其中一個因素是他本身對國民黨長期推行的重視國語、蔑視臺灣話的政策一直不滿。同時，他也願意成爲許多只懂臺灣話，而不懂國語的臺灣老一輩住民的代言人。」〔註 69〕且不說「臺灣話」的概念是不是準確，故意把臺灣話和國語衝突式並列，而不強調臺灣話是指閩南話的方言，就把語言的差異變成政治的對立，繼而用方言發言變成了政治抗爭的策略。

〔註 68〕林濁水，國民黨的病：「臺灣恐懼症」〔N〕，民進報週刊（臺北），1987-4-16。
〔註 69〕戶張東夫，蔣經國的改革〔M〕，香港：廣角鏡出版社，1988：8～9。

在 1987 年 2 月底開議的臺灣立法院第七十九會期，新一任的民進黨籍立法委員朱高正一炮而紅的原因，一是與國民黨籍立委互毆，二是用臺灣話進行質詢。3 月 20 日他正在質詢時突然改用臺灣話的方言，引起臺下部分委員的不滿，他們大叫「聽不懂，說國語！」，一些人拍桌子要朱下臺，這時朱高正高叫：「你們外省人在這裡吃了四十多年蓬萊米，聽不懂是你家的事！你們寄生蟲應有良知點。」大概情緒太過激動，脫口而出一句粗話「幹你娘！」朱高正的行止立刻受到不少傳媒圍剿，有報導指朱高正損害了立法院的神聖性與莊嚴性，另有報導認爲這不僅是風度問題，也是倫理問題；還有人擔心朱高正的這種行動將嚴重傷害『民主進步黨』的形象。朱高正在一次專訪中毫不隱諱地說，「我來立法院是要搞得立法院天翻地覆、上下震動、左右搖擺、崩潰，來一次政治地殼大變動。」

類似這種偷換概念的手法，不是把個人觀點隱藏起來實錄式「自然引用」，戶張東夫顯然是「刻意使用」。1987 年 5 月一篇談中央民意機構怎樣改的文章，他一開始就用「是否應該繼續保留大陸省籍代表之席位問題」〔註 70〕代替了「國大代表增選、補選、改選問題」，偷換了問題，悄悄地移轉了角度。同一時間對現狀不滿的臺灣反對派人士，包括民進黨抗爭的口號，也不過是「國會全面改選」。文章後面的結論貌似客觀地指出「大陸代表難取消」，實際上是通過討論把他提出的「僞問題」再次強調，弄成了似是而非的眞問題。

二、臺獨言論解禁

「臺獨」言論、「臺獨」口號、「臺獨」話題，一直是臺灣上下的最大禁忌之一，在 1987 年戒嚴解除之後，突然浮出了水面。

1987 年 8 月 30 日，一些在過去幾十年中因政治案件入獄的政治犯，組成了一個名爲「臺灣政治受難者聯誼會」的團體，並通過了含有「臺灣應該獨立」字眼的章程，令臺灣獨立的口號第一次公開出現。〔註 71〕

這是戒嚴大禁解除帶來的連鎖反應，就像一個層層緊封的潘多拉盒子，也像一個環環相扣的孔明鎖，鬆開了一個角，解開了一層封，就可能有更多的禁忌被不斷打破，隱晦的、潛在的、習以爲常的、見怪不怪的，突然都成了令人不舒服的事情，顯現出不合時宜、不合情理的怪異一面。同時，那些

〔註 70〕戶張東夫，蔣經國的改革〔M〕，香港：廣角鏡出版社，1988：11。
〔註 71〕戶張東夫，蔣經國的改革〔M〕，香港：廣角鏡出版社，1988：189。

平日裏看著牢不可破的東西，強大不可侵犯的事物，有違禁忌不能觸碰的話題、不能說出口的話、不能提及的名詞，都突然變得可以觸碰，甚至一碰就碎，似乎「一切堅固的東西都煙消雲散了」，一切的禁忌都被輕而易舉地打破了。

儘管如此，但是「臺獨」一詞是觸及最高層底線的最大禁忌。在配合解嚴同時宣布實施的《動員戡亂時期國家安全法》中明確規定：「人民集會、結社，不得違背憲法或主張共產主義，或主張分裂國土。」國民黨政府立刻採取措施，收押了在該聯誼會成立大會上被推任臨時大會主席的蔡有全和在會中提議將「臺灣應該獨立」字眼寫進章程的許曹德。臺灣基督教長老會組織牧師上街示威聲援蔡、許二人，並且打出標語口號「人人有主張臺灣獨立的自由」。這個口號又在偷換概念，以言論自由、思想自由為由，實則是把「臺獨」的概念顯現出來，「當然不免讓執政黨和政府有關單位感覺是有意藉此抒發『獨立』的主張，而使整個事件更染上高度『政治性』色彩。」（時報新聞週刊，1987-10-27）

一旦禁忌開始被打破，就很難再壓回去，壓制和抗議的糾纏，甚至成了最好的放大傳播，從而導致這一禁忌成為更加公開的話題。可悲的悖論在於，禁忌的傳播和禁止行動結合的結果，成了「合作」、「合謀」，成全了解禁的效果和事實，這本身就是輿論傳播的特徵和輿論管制的大忌。因為蔡、許二人被收押，「臺獨」話題「播及」立法院的辯論臺，這在臺灣的歷史上也是少有的，而且再次印證了輿論傳播的這種魔鬼式反轉的特徵，即強化了話題，坐實了話題，公開了話題。民進黨得寸進尺，乘勢而上，在 1987 年 11 月 9～10 兩日的第二次全國代表大會上通過決議：「人民有主張臺灣獨立的自由」。雖然民進黨這時候還不敢把「臺獨」寫進黨章，換成了次一層的決議案，但這個「臺獨」的口號，作為一種抗議符號、一種政治態度，或者一種情感發洩，已經無所顧忌地公開出現了。

對此，行政院長俞國華 1987 年 10 月 3 日在立法院答詢時，明確指出：所謂「臺灣住民自決」、「人民有主張臺灣獨立的自由」，或者將「主張臺灣獨立」列入某一團體的章程之中，其實質意義就是要背離中華民國或分裂國土，違反了憲法第四條和國家安全法第二條的規定，政府一定要一本大公依法處置，捨此之外，別無他途。〔註 72〕

〔註 72〕户張東夫，蔣經國的改革〔M〕，香港：廣角鏡出版社，1988：192。

新法依舊不准主張「臺獨」，但是這項言論自由上的例外規定，實際上除了招惹批評之外，毫無效用。少數幾次端出來執行，反而傷了國民黨。民進黨繼續正式、大力主張「自決」。政府宣布 1988 年 1 月 1 日開始受理新政黨的註冊、登記。事實上，已經有四個政治團體效法民進黨，未經官方批准就建黨了。其中一個「民主自由黨」是極左路派、外省人的組織。〔註 73〕

臺灣的政戰學校新聞研究所黃徙在其碩士論文中，分析中國時報 12 年間（1979～1990）對「臺獨口號」和「臺獨行動」的評價報導，發現以「反對臺獨」爲最多，12 年間共計有 62 則，占 51.2%；「事實陳述」次之，共計 40 則，占 33.1%；「兩面俱陳」12 則，占 9.9%；「支持臺獨」7 則，占 5.8%。即最少有一半以上是採用「反對」方位、「反對」立場的評價觀點，而且採取以「主事件本身」發生的實況，而刻意忽略先前事件、情境策略與歷史背景的「事實陳述」，以及採用不明確、模棱兩可的「兩面俱陳」等方位、立場之報導文字亦各占三分之一及十分之一分量；這是報紙自以爲最「客觀、眞實」的依據，其實客觀只不過是一種編採人員作業上的策略性儀式罷了。其中提到的四種報導手法，主要部分是以「反對」的名義進行報導，這種「反對」的姿態不影響「報導成爲事實」以及「事實被報導出來」。所以，「臺獨的客觀眞實」——其意識形態、政治主張等，在當時的歷史情境與社會現實中，雖屬於偏差言論或是大眾日常生活中所不認同的「非合法、正當之客觀知識」，但它有可能在經過長期的「眞實之維持」，最後「轉化」爲合乎「制度的定義」，成爲社會日常生活中的「類型化」知識，以及成爲個人「主觀眞實」不再懷疑的認知；而這種「眞實的維持與轉化」乃是藉著語言文字進行，尤其是代表「符號眞實」的大眾傳播媒介，更是社會客觀眞實與個人主觀眞實的最佳橋樑，「客觀與主觀」之間的親疏遠近距離，可說完全取決於媒介的報導方向。因此，「媒介」乃是知識是否具有客觀性的一個重要辯證因素。〔註 74〕

反對黨要爲自身的「臺獨」色彩辯白，就反過來指稱國民黨也是在搞「實質臺獨」、「B 型臺獨」。「B 型臺獨」一詞，最早見諸於臺灣《中華雜誌》1987 年 6 月號的一篇社論，把人們常說的臺獨稱爲「A 型臺獨」，而把國民黨「革新保臺派」所宣揚的「多體制國家、三不政策」等論調稱做「B 型臺獨」，又

〔註 73〕陶涵，蔣經國傳〔M〕，北京：華文出版社，2010：372。

〔註 74〕黃徙，臺獨的社會眞實與新聞眞實〔M〕，臺北：稻鄉出版社，1992：110。

叫「國獨」或「獨臺」。這個提法被臺獨分子所利用，他們說，國民黨讓臺灣獨立了四十年，爲什麼別人不能搞「臺獨」？這個論調也能看出執政黨當局的言行和態度和某種求自保的心態，是如何無形中縱容了臺獨勢力的。〔註 75〕

罵國民黨成爲潮流時尚的時候，各種花樣變著法子來，各種詞組五花八門上，就像民主化自由化的過程，再也難以逆轉了；就像解禁後的言論，再也收不回去了。臺灣大學教授石之瑜出了一本書《小天下》，書名比內容更吸引人，從書中所分八章的題目，就能窺見臺灣抬槓文化的水平和名詞翻新的能力：中華不中，以己爲患；大學不大，以奴爲樂；本體不本，以假爲眞；統派不統，以和爲貴；民主不民，以黨爲國；協議不協，以利爲害；冷戰不冷，以武爲傲；亞洲不亞，以鄰爲敵。〔註 76〕

三、電視方言節目解禁

解嚴以後由警備總部負責的文化審檢業務，全部移交新聞局辦理。1987 年 9 月 23 日，新聞局長邵玉銘邀請三家電視臺主管商討加強電視方言節目服務功能問題，決定同年 11 月 2 日起，三家電視臺增闢閩南語新聞及氣象報告時間。〔註 77〕1987 年 10 月修正公布的」電視節目製作規範」，取消了 1983 年規範中三臺午間方言節目輪播規定。

1983 年修訂的「電視節目製作規範」，對於電視節目的語言規定最爲詳盡。第二節「特定原則」有關新聞及政令宣導節目規定的第一項爲：「新聞報導以國語播報爲原則，遇有重要政令或重大新聞時，經報備後得以其他語言播放」。其他規定包括：電視臺午間戲劇節目至多得有二臺以方言播出，其輪播方式，三臺應自行協調辦理。布袋戲之播出，得利用方言輪播時段隔月播出。每臺每日晚間得播出三十分鐘方言節目。每週得播出三十分鐘方言農漁服務節目。每日午間得播出十分鐘方言新聞或農情報導、農漁氣象。遇有重大慶典或節日，各臺得視需要報經新聞局核准同意製作方言節目播出。國語歌唱節目中得視實際需要安排方言歌曲之演唱，但一日不得超過兩首。戲劇節目除應劇情需要者外，均應使用純正國語，不得任意夾雜方言。新聞及社教節目如受採訪對象之限制時得酌予使用方言，惟亦應限於被訪者之問答，

〔註 75〕封漢章，臺灣四十年紀實〔M〕，石家莊：河北人民出版社，1992：250。
〔註 76〕石之瑜，小天下：國民黨與臺灣的萎縮〔M〕，臺北：海峽學術出版社，2011。
〔註 77〕新聞局，行政院新聞局局史：四十年紀要〔M〕，臺北：新聞局，1989：221。

記者不宜任意使用方言訪問。

而之前語言政策以及法律中的語言條款，最重要的就是廣播電視法及施行細則，1976 年公布的廣播電視法第二十條規定：「電臺對國內廣播播音語言應以國語爲主，方言應逐年減少；其所應占比率，由新聞局視實際需要定之。」施行細則第十九條明文規定：「電臺對國內廣播應用國語播音之比率，調幅廣播電臺不得少於 55%，調頻廣播電臺及電視臺不得少於 70%。使用方言播音應逐年減少，其所佔比率，由新聞局視實際需要檢討訂定。」由此可知，當時規定提到的國語、方言，並沒有規定方言種類。

臺灣雙語人口極多，約在 75%左右。這裡的雙語指任何兩種語言，可能是原住民語言與日語的雙語人口，可能是客語與閩南語的雙語人口，但大多數雙語人口使用國語與閩南語兩種語言。而根據 1990 年人口普查資料統計，臺灣地區四大語言族群，以說閩南語人口最多，占 73%，其次是客家語人口，約爲 12%，再次爲大陸省籍人口（包括各省方言），爲 13%，原住民人口占 1.7%。但因爲政府的教育政策及公共場所使用語言皆以國語爲主，所以國語可視爲官方語言。由於一個社會或國家對語言的看法不同，有些語言可能被提升爲正式語言，如國家語言，有些語言也可能被貶到「方言」的地位。有些國家把民眾的母語做爲國家語言，但有些國家會因歷史發展、政治社會文化因素，特別是受到殖民文化的影響，選擇一種語言作爲國家語言時，不一定是某種方言，甚至不是母語。事實上，在 1983 年底臺灣地區選出增額立法委員，民間社會不斷出現社會運動，挑戰執政黨政府的權威，造成廣播電視語言政策的不斷鬆動。電影方面，新聞局同意業者攝製國語影片時，如爲劇情所必需，得使用若干方言。新聞局並將獎勵優良國語影片辦法報名須知中之「國語發音」修正爲「本國語發音」，表示不排斥國語電影片中之方言發音。〔註 78〕國語、本國語一字之差，從此改變了國語一詞的原有定義。

1987 年 7 月 15 日正式解嚴之後，雖然廣播電視法還未及修訂，各廣播電臺實際上已經默默打破有關播音語言的規定，閩南語節目大幅增加。根據新聞局所作的「七十六年廣播電臺訪問報告」顯示，爲了爭取聽眾和廣告，1987 年間，各電臺常將國語節目與教育文化、公眾服務性質之節目安排於清晨或深夜之無廣告時段中，使得白天時段播音者幾乎全爲閩南語綜藝或戲劇節

〔註 78〕蘇蘅，語言（國／方）政策形態〔M〕／／鄭瑞城等 合著，解構廣電媒體——建立廣電新秩序，臺北：澄社，1993：223。

目，出現各臺爲爭取廣告，在聽眾最多的時間內均以方言節目爲主，或方言國語夾雜使用的情況。「方言節目不僅由市場機能來決定，也牽涉到廣播媒體之線路問題。」線路背後就是路線，線路也會影響路線，有沒有多少市場確實只是一方面，但只講政治正確已不合臺灣媒體競爭中的生存方式。比如說，1988 年底，客家人權益促進會發動大規模「還我母語」街頭抗議活動，成爲「光復以來首次客家人因受到語言文化政策的歧視上街頭抗議的集體行動」。〔註 79〕這句話說明客家人的忠厚老實，這麼多年也沒有發起過大的社會運動，同時也說明語言政策偏差到了嚴重的程度，客家人也已經難以忍受。但是，新聞局經過多次協調，三臺直到近三年後才終於首肯，1991 年 9 月 2 日起每天增播二十分鐘客語新聞。人群規模偏小，市場規模太小，都會直接反映出政治影響上的弱化和邊緣化，影響到政策的協調和執行。

四、臺灣國語與臺語：演化與「獨化」

國語、臺灣國語、臺語，三個詞的含義演變，政治意味明顯。

「臺灣國語」一詞代表了臺灣地區漢語中夾帶閩南方言的普通話，而閩南語和客家語在臺灣一直處於低層語言，也因此「臺灣國語」一段時期內被視爲略帶負面的詞，面對「臺灣國語」的語言客觀現象，臺灣廣電主管部門也一再提醒，並加強推廣標準國語。「臺語」一詞在「臺灣國語」的語境中可視爲表示臺灣特色、經臺灣本土化的國語，也有「閩南語＋國語」複合詞的意思，是區別於「國語」標準音的另一種相對的語音。這裡的「臺語」一詞中還含有閩南方言的意思，因爲閩南方言使用人口眾多外，政治的因素也是閩南方言成爲「臺語」的重要因素。因此，「國語」、「臺灣國語」、「臺語」的相互變化關係能考察臺灣語言、社會與族群意識的相互關係。〔註 80〕

黃裕峰研究兩岸新聞用語發現，臺灣當局新聞部門行政能力的弱化，對於媒體的約束力大不如過去戒嚴時期，因此可以從臺灣媒體的用語中解讀出媒體的政治傾向性。也因此，臺灣媒體對於政治方面的詞匯使用較多地是受到媒體自身規範的影響，而非相關規定。〔註 81〕儘管如此，因爲媒體自身的

〔註 79〕蘇蘅，語言（國／方）政策形態〔M〕／／鄭瑞城等 合著，解構廣電媒體——建立廣電新秩序，臺北：澄社，1993：246。

〔註 80〕黃裕峰，兩岸新聞用語比較研究〔D〕，上海：復旦大學新聞學院，2011：134。

〔註 81〕黃裕峰，兩岸新聞用語比較研究〔D〕，上海：復旦大學新聞學院，2011：125。

立場和所屬的藍綠陣營之分，還是會在其「政治正確」的立場上大作文章、大用引號，其中的脈絡有迹可循，並不是「自由無度」。臺灣不同媒體之間也因此出現新聞用語的差異現象，如民視在新聞中堅持使用「中國」與「臺灣」，而不用「海峽兩岸」，聯合報使用「大陸」、「中共」而不用「中國」。這時候使用「中國」的，恰恰是試圖以自外的、對等式的承認「中國」而認定自主的、分離的「臺灣」，而使用「大陸」、「中共」的恰恰是以反對的、否定「中國」的形式承認「中國」。此前語境中的聯合報喜歡用「中國」，試圖以否定「中共」即「中國」，確定「中國」即確立「民國」，同樣是一種修辭立場。同樣道理，在臺灣，「臺語」一詞的變化，從日據時代被日本人視爲中國語言，成爲等同中國的象徵。隨著時空遷移，「臺語」在臺灣開始成爲一個政治模糊詞，成爲隱含脫離與中國的臍帶關係的「臺獨」意識。〔註82〕

五、綠色史料：反對話語的延續

看臺灣史料，不光是要看直排還是橫排，繁體還是簡體，教材還是彙編，還要看作者的履歷，供職的機構，出版的機構，贊助的機構，期間的傾向性之明顯，藍綠對壘之分明，體現爲材料剪裁之角度，標題主題之色彩，都在貌似中正客觀的包裝下，各懷心思，各有所圖。也許，只有加在一起才能拼出一個相對完整的地圖，只有各信一半各打五折才可能觸及完整的事實。

比如三卷本的《百年追求：臺灣民主運動的故事》，其綠其藍，從三卷各分冊的書名就可略知一二：卷一自治的夢想，卷二自由的挫敗，卷三民主的浪潮。如果還是看不清楚，就繼續翻看前面的序言導言。「贊助者」財團法人亞太文化學術交流基金會的會長吳仁輔說：臺塑企業董事長王永慶提醒他找人寫寫臺灣民主運動發展史，於是他找到了「摯友也是政治評論家陳忠信先生，他曾經擔任過《美麗島》雜誌的主編並實際從政」。透過陳忠信（杭之）的奔走請託，找到了陳翠蓮、吳乃德、胡慧玲三位專家學者擔綱。如果這位贊助者說得比較委婉，那麼導言的作者就緊接著直接挑明了，第二卷的作者吳乃德在爲第三卷《民主的浪潮》所寫的導言中說：戰後出生和成長的一代，成爲第三波民主運動的支持者，不同於上一波的是，「全面性的鎮壓並不能讓民主運動消逝，反而讓獨裁政權失去正當性，」「終於逼迫獨裁者做出民主妥協。」「認爲臺灣民主由蔣

〔註82〕黃裕峰，兩岸新聞用語比較研究〔D〕，上海：復旦大學新聞學院，2011：135。

經國所推動，這位長達三十年白色恐怖期間實際負責情治系統的獨裁者，曾經嚴厲鎮壓民主運動的獨裁者，這是對臺灣歷史的最大誤解、最大扭曲。」〔註 83〕

從作者胡慧玲的幾段評論和敘述中，一望即知，其觀點之愛憎分明，已到直截了當、毫無隱瞞的程度。下面是摘錄的幾段駁斥性論斷：

（不是眞正的解嚴？）「眞正的解嚴，一直要到李登輝執政，一九九一年《動員戡亂時期臨時條款》廢止後才眞正落實，但《國家安全法》仍保留下來，此法最令人詬病之處，是剝奪政治犯在解嚴後的上訴權利，無數冤、錯、假案無法平反，白色恐怖的眞相至今無法究明。」〔註 84〕

（平反二二八？）「一九八六年六月二日，五一九綠色行動結束十幾天，鄭南榕就因違反《選罷法》而入獄。七個月後，一九八七年一月十四日出獄當天，他立刻聯絡同志商討如何紀念二二八事件四十週年。長期以來，二二八是一把插在臺灣人民心頭的刀，是國民黨屠殺鎮壓的血腥印記，長達四十年懸爲厲禁，是臺灣戰報史上最陰森晦暗的角落。」「二月四日，鄭南榕和同志們成立二二八和平日促進會，提出六大訴求：一、定二二八爲和平日，每年舉行追思儀式。二、公布事件眞相，平反冤屈。三、國民黨政府應公開道歉。四、二二八史實編入歷史教科書。五、受難人遺族從優賠償。六、特赦所有政治犯。」「這是臺灣最早的『轉型正義』主張。」

（臺獨言論除罪？）「一九八七年四月十八日，臺北市金華國中操場的演講會，臺下滿滿人潮，臺上麥克風傳來清楚的聲音：『我是鄭南榕，我主張臺灣獨立！』鄭南榕自報姓名，意志堅定，挑戰國民黨的臺獨禁忌。他站在臺上，彷彿獨立於天地之間，嘴角拉成一彎喜樂滿足的弧線。」

（臺獨主張列入政治選項？）「臺獨言論公開了，臺獨主張也要公開列入政治選項。一九八七年八月三日，一百四十二名坐過黑牢的政治犯組成臺灣政治受難者聯誼會。成立大會上，蔡有全當主持人，許曹德提案把『臺灣應該獨立』列入章程。」〔註 85〕

摘錄的這四段情感充沛、立場鮮明，分不清史和論的敘述，從中可以看到，這位綠色背景明顯的專家學者，是如何處理其歷史學著作中的史料。講到解嚴，馬上說「眞正的解嚴」是在幾年後，轉而就控訴國安法的種種詬病。

〔註 83〕胡慧玲，民主的浪潮〔M〕，臺北：衛城出版社，2013：11。
〔註 84〕胡慧玲，民主的浪潮〔M〕，臺北：衛城出版社，2013：268。
〔註 85〕胡慧玲，民主的浪潮〔M〕，臺北：衛城出版社，2013：269。

講到二二八的「平反」，用了「鄭南榕和同志們」這個高大的詞匯。講到臺獨言論「除罪」，更是像在寫小說一樣繪聲繪色。接著講到國民黨以叛亂罪起訴蔡有全、許曹德，作者即稱「這是解嚴之後第一起白色恐怖案件」。

想必閱讀到這幾段文字的讀者，會同樣感受到其中的情緒。從中只能看到片面事實的片斷，褒貶態度的極端偏執，卻看不清是非的思索認知，看不到事實的旁徵印證，因而，不僅在道理上無法以理服人，轉而連其中的基本事實也不免要產生懷疑。對這種史料，必須要與更多材料對比印證，才可能辨別其中的虛實眞僞。當然也可以再跳出來看，這種「有態度、有溫度」的敘說本身，就是一個歷史的標本，它也構成了史實的一部分，成爲後來的研究者必須用學理和邏輯規範甄別使用的一種價值獨特的材料。

藍綠分明、爭執不休的黨爭政爭，讓報禁解除後三十年間的理論研究也染上了斑駁的顏色，所以，如果要看一篇論文，首先得看作者是誰，是什麼樣的經歷背景，他的老師是誰，引用的研究成果出版的背景年代，出版商或者出版的資助贊助方是什麼機構或基金會。比如，手頭這本楊秀菁的專著《臺灣戒嚴時期的新聞管制制度》，乍一看題目，完全符合嚴謹的研究課題。先看作者，1999 年政治大學新聞系本科畢業、2002 年政治大學歷史系碩士畢業，現就讀政大歷史系博士班，名校名專業，本科、碩士、博士連讀。看本書出版年代，是在 2005 年 4 月，博士還沒有畢業，這本專著應當是其碩士論文的改寫版。其博士論文《新聞自由論述在臺灣（1945～1987）》，延續著一貫的邏輯，並且與他的碩士論文指導老師薛化元的專著《戰後臺灣新聞自由的歷史考察（1945～1988）》如出一轍。

查看所附簡歷，作者楊秀菁在碩士畢業後曾先後參與國史館《戰後臺灣民主運動史料彙編》「新聞自由」與「言論自由」兩個主題的編纂工作，以及國家人權紀念館籌備處「白色恐怖」、「教育文化與勞動權」與「戰後臺灣人權史」的研究工作。這時候民進黨已經從在野黨變成執政黨，新晉國史館館長張炎憲號稱是代表民進黨上臺執政的陳水扁總統的軍師，他不但爲這套「史料彙編」寫了緒論，後來還親自擔任李登輝口述史項目小組負責人。不出意外，這套史料彙編鄭重地收入了《亞洲人》雜誌上《痛話報禁》一文（1982 年 5 月第二卷第六期，署名金吾）。〔註 86〕

〔註 86〕楊秀菁，薛化元，李福鍾 編注，戰後臺灣民主運動史料彙編（八）新聞自由（1961～1987）〔G〕，臺北：國史館印行，2002：245。

更奇的是，楊秀菁在其書自序中，不光感謝出版商稻鄉出版社，還要感謝國立編譯館。版權頁上的作者之後、出版社之前，特別注明「主編者：國立編譯館」、「著作財產權人：國立編譯館」，可見並非常見的版權交易，而是讓度了作者的某種權益。

這時候再翻開書中章節目錄，觀點立意清晰呈現：行政長官公署時期的新聞管制、非常時期新聞政策的設立、中國國民黨的新聞政策、黨外運動時期的新聞管制。從這個標題已不難看出，論文的立意就是在於羅列展示「管制政策」。

最後再看內容部分。為了說明黨外力量和黨外雜誌的抗爭努力，楊秀菁大量引用《八十年代》和《亞洲人》雜誌的議論作為例證（所謂《亞洲人》雜誌，本身就是《八十年代》雜誌的備用刊號）。比如，書中論及「報禁」時說：「對於報禁的討論，主要見於一九八一年五月三十一日，行政院答覆立法委員許榮淑對報禁問題所做的質詢後，在《亞洲人》所發表的《痛話報禁》一文。」〔註 87〕該文質疑了報禁的幾項理由：「節約紙張說」、「避免惡性競爭說」、「報紙家數已達飽和點」、「報紙只是大眾傳播媒介的一種，除報紙以外，雜誌書刊等均為言論表達的方式，政府對其申請並未加以限制」。這幾條理由和對其的質疑，在後來 1987 年報禁解除前夕的爭論中也曾被再次拿出來評點過，都已不成為新奇的事，學者和報業更多的關注點是在如何開放報禁的措施上。更有意思的是，論者把對報禁的討論時間前推到了 1981 年，並引用黨外雜誌《亞洲人》的文章作為一個時間節點。如果按照這一邏輯，應當推前到 1950 年代雷震、李萬居，或者 1960 年代成舍我、王惕吾對於報禁問題發表的公開聲明，豈不是更能說明先驅者的抗爭？這些發聲者的身份角色和所刊發的報刊不像這本「地下雜誌」那樣小眾，事實上的影響力反而更大。中間數十年時間裏，陸續也有反對和質疑的聲音出現，包括自立晚報上陶百川的呼吁，該書作者隻字未提。

有一本綠版的書，書名就叫《綠色年代》，但絕不是像蕭新煌、何明修那樣講環保生態運動，而是專門講述「臺灣民主運動 25 年」，在提到 1987 年時是這樣表述的：「在臺灣民主運動進程中，1987 年是一個分水嶺。延續著 1986 年黨外人士突破國民黨的黨禁，臺灣第一個真正有實力的反對黨——「民主進步黨」創黨成功之後，不管在政治運動或是社會運動上，人民

〔註 87〕楊秀菁，臺灣戒嚴時期的新聞管制政策〔M〕，臺北：稻鄉出版社，2005：245。

要求改革的呼聲與抗爭，日益增加」。緊跟著有一句話，講明了這個反對黨當年的一個意圖：「在這一年，民進黨開始發起『返鄉省親運動」，一來為臺灣人海外黑名單爭取返鄉權利，二來也為外省籍同胞爭取大地陸探親權利。」〔註 88〕這一話題爭端，後文再敘。

六、藍營防守：趨同反對語言

黎明文化事業公司是軍方下屬的文化機構，所以，黎明版的報禁論集，必然帶有官方宣導的成份。對報禁政策的解釋，主題集中於談新聞責任與自律，對此政策的表述也用官方的正式用語「新聞開放」，而不是隨眾說成「報禁開放」。所選摘的報刊文章，也是以官方的中央日報、臺灣日報為主，民營報紙中只錄入聯合報、中國時報的部分文章。在正向選擇媒體和文章中，再次加以過濾，無疑會使得正面宣導的主題更加突顯。比如 1987 年 2 月 5 日行政院長俞國華指示新聞局研究「報紙的登記與張數問題」，聯合報、中國時報、自立晚報、自由日報等都在報導之時發表社論、評論和專家文章，參與討論和表明態度立場，這本黎明版的「報禁」文集，在這一節點上偏偏只選用了臺灣日報、中央日報各一篇社論文章。

選擇即態度，選裁即角度，這種觀察的方法既可以用在新聞分析上，也可以用在對學術專著和文集的史實評判和價值評估上。當然，從事後考察的另一個角度來看，這也是一種特別的史料價值。因為自由派和開明派自許的專家學者和新聞從業者，事後的總結回顧、回憶文字，往往多慷慨激昂之描畫，卻少反省自身的猶疑遲鈍，會不會也是一種事後的掩飾甚至選擇性記憶呢。既便從自由開明的角度，也應該允許有另一種意見的存在，反對的意見，反對反對意見的意見，反動的意見和對反動意見的反動。這些意見，在當時的聲音可能也並不大，在事後在史事中，也最容易被有意的輕視和忽視，或者僅僅在需要證明自己的先進和正確時，當作被批判的靶子和對象拿出來，斷章取義駁斥一番。這比鞭屍還輕鬆容易的正確選擇，比在當時去辯駁、回應還要輕鬆容易多了。

所以，在爭取更全面地復原歷史現場的時候，除了多方搜求民間的行動和聲音的記錄，官方材料、半官方材料的再次打撈和展開，也是解決另一種

〔註 88〕張富忠，邱萬興編著，綠色年代——臺灣民主運動 25 年（上冊）（1975～1987）〔M〕，臺北：INK 印刻出版，2005：242。

不平衡的問題：當年強勢主導的執政系統包括宣傳子系統，在政治變遷後的歷史長河中，面臨著另一種被淡化、被湮沒的結局。這種被改變的歷史敘述甚至不需要人爲的刻意扭曲，只需要輕描淡寫，或者視而不見，忽略不計，就可以達到歷史事實改變的效果。治人者治於人，被後人被時間被歷史收拾了，而且用的是與當時相近的管制手法，這肯定是當時的統治者料想不到的結局。

回到歷史現場，還原歷史現場，需要重新拼接歷史地圖。最原始最完整的地圖，就是把散落的碎片，細心地鋪平、對接。比如說，把2月6、7兩日臺灣各報的社論評論全部找出來，放在一起分類分析，察看探究它們的異和同。但從史學的研究來看，還有一種辦法，就是不去刻意的拼接復原，而是察看撕成碎片的撕痕、紋路，體會背後的力量搏弈和你來我往的較量攻防。那就是，在看了許許多多自許自誇、自說自話、自問自答的報禁反思回顧文章後，檢視一下這本黎明版主題顯明、中心突出的文集中的觀點看法，既便在報禁解除五年、十年、二十年、三十年之際，在反思媒體社會責任最熾烈的時候，也可能不會被提及和引用。肯定會有學者仍然覺得不屑一顧，不值得花時間去翻檢回顧。那些在後來各個階段反省檢討報禁解除政策得失的學者，看到了也會覺得似是而非、貌合神離，雖然措詞行文和語重心長的態度都差不多，一個是「總有理」，一個是「馬後炮」，但後來者一定會撇清，說那與他們的做法不一樣，完全不是一回事，當年那是在爲政府的政策辯護，是爲管理者說話，是提醒和教訓從業者要注意社會責任和自律的要求，前後兩者的出發點和目的完全不同。但是不能否認、不能忽視的關鍵點，也是讓後來的學者可能感到尷尬的關鍵點，就是觀點趨同、思路趨同，甚至連表達用的詞都是相同的。只不過後來者是反思者和新秩序的建設者，當年說這些話的人是在教訓人，是爲當局辯護的保守派。

話語的趨同，表現在轉型前的防守和辯護，轉型後的攻擊和批判，在話語邏輯、表達方式、遣詞造句上，出現驚人的相似。似乎在抄襲對方來襲擊對方，搶對方的話頭來堵對方的嘴。

這是一種奇怪的趨同。特別是「媒體要善盡社會責任」這一主題下的各種理論文章，在不核對發表時間和作者名字的情況下，粗看標題和主題，有相當部分一時難以分辨是當年黎明版的保守派，還是爲當下憂心忡忡的學術良知派。

這是一種話語的趨同，但絕不是簡單的回歸。轉型前的防守和辯護，轉型後的攻擊和批判，在話語邏輯、表達方式、遣詞造句上，出現驚人的相似，儘管可能只是表面現象相近。只不過，當年是打右燈左轉，現在是打左燈右轉，當年是阻力，現在是動力，當年是討人嫌，現在是招人愛，當年是教訓人，現在是馬後炮。可歎的是效果上的也有著驚人的相似之處，那就是，似乎都沒有什麼效果，都說得很正確，然而都沒有什麼用。

回到 1987 年的現場，回到這本「黎明版」文集中所展示的觀點。我們順著編印者的意圖，重讀文集中挑選出來的這兩篇回應俞國華 2 月 5 日指示新聞局研究「報紙的登記與張數問題」的報紙社論，看看它說的這些觀點是不是很有道理：當年的報禁政策合情合理，當下開放報禁的同時強調社會責任入情入理。排在第一篇的是臺灣日報 2 月 7 日社論《促進報業發展、善盡社會責任》，社論開宗明義就指出：「報紙是全民的精神食糧，亦爲國家文明、社會進步的重要標誌，民主自由國家莫不多方促進其發展，俾能提供迅捷完備而正確的信息，來適應大眾需求，同時發揮輿論力量，以作人民的喉舌，爲政府的諍友，擴大溝通管道，克盡社會責任。」社論把報禁政策前溯到上一輪報業的「蓬勃發展」以及隨之而來的「惡性競爭」：「在報紙數量方面雖不斷增加，在品質方面卻因出現惡性競爭而未能相對的提升。政府爲改進此項缺點，謀求量與質的均衡進步，遂採取停止接受新報紙出版登記，並協調各報發行張數的辦法，以期從充實內容著力，爲讀者提供更健康的信息和更良好的服務。」改進缺點，改善服務，這是爲報禁政策辯護的一大理由。

第二個理由是，報業並未受到限制：「這一段期間，對已出版的報紙，仍任其變更登記或轉移，每逢重要慶典或紀念日，亦可增刊加張，上述辦法的採行，並未使報業受到限制，且有助其健全發展。目前全國共有 31 家日、晚報，總發行量達 370 多萬份，在總人口平均每五個人就有一份報紙，此一比例，和一般民主國家相較已毫無遜色。其中絕大部分是由民間經營，又顯示各界對文化新聞事業的熱忱參與，適合時代潮流，更體現了言論出版自由的憲法規定。」講到俞國華院長聽取新聞局長張京育在院會所作的例行輿情報告，特別指出俞國華「作了如下的提示：爲適應我們復興基地教育文化進步，經濟繁榮，國際交往頻繁，以及社會上對信息需求程度的更提高，對上述兩項問題，應作積極的考慮與規劃，尤須兼顧新聞自由與報紙善盡社會責任的原則，訂定適合的規範與辦法。」而同時刊登這則消息的其他報紙，大部分都沒有提及這一段，而只是把新聞關注點放在前面一段：「行政院長俞國華，2 月 5 日在院會中指示新聞局，對報紙的登記與張數問題，以積極的態度，重新加以考慮，盡速訂定合適的規範或辦法，以促進我們今後報業的發展，邁向一個信息健全的新時代。」這篇社論還有兩段正確、正面、冷靜、理性的話，也是其他民營媒體所不及的「政治高度」：其一說，「這是政府由銳意推展政治革新以帶動全面革新的一項決策，更爲了促進報業健全發展，以落實文化建設。」其二說，「加強公共監督（新聞評議會）與政府責任（新聞法規），以補偏救弊，這也是世界報業的新趨勢。」〔註 89〕

事實證明，在解除報禁的歡呼和喧嘩聲中，這些居正居中的說理文字，沒有幾個人聽得見，沒有人聽得進去了。大多數的報紙，尤其是民營報紙中的聯合、中時兩大報團，摩拳擦掌，蠢蠢欲動，小一點的地方性報紙心慌意亂，繃緊神經，準備應對自由競爭的激烈搏殺。不像這些報業同行的各懷心思，中央日報 2 月 5 日的社論《報業的社會責任——對政府重新考慮報紙登記問題應有的認知》，在高度肯定這一開明政策的同時，體現了超越自身利益的大局觀和認識的高度：「俞院長此一明決而具有前瞻性的看法與認知，必然獲得國內國際一致的熱烈響應與支持。我報業界全體同業，在俞院長此一開明決策之下，一面深感今後報業在此突破性發展中對社會所負道德責任的加重，一面也以興奮心情歡迎我國此一報業新紀元的來臨，相信此一決策所開拓出來的新境界，必可使我國社會及報業，得到更穩健、更積極的進步與發展。」呼籲報界同業「珍惜數十年來的職業尊嚴與成就」，「深切體會政府此一開明舉措的良苦用心及德意」。接下來，爲之前的報禁政策辯護的兩大理由，中央日報與臺灣日報在敘述和論證上如出一轍，顯然是統一過的口徑，連社論的主題、標題也難分彼此，擺脫不掉「善用新聞自由」、「善盡社會責任」之類勸導式教訓式的陳詞濫調。〔註 90〕

在這本黎明版的「新聞開放」（也不叫「報禁開放」）文集第五章，是一篇長達 11 頁的文章「言論自由與社會責任」，文末注明的文章來源是 1987 年 5 月的「中央青年工作會編印單行本」。隱約透露出一個事實，爲了引導對新聞自由、言論自由和社會責任的正確認識，除了軍方和警總，除了文工會和

〔註 89〕黎明文化事業公司編印，新聞開放與社會導正——談新聞開放及新聞責任與自律〔M〕，臺北，1988：129。

〔註 90〕黎明文化事業公司編印，新聞開放與社會導正——談新聞開放及新聞責任與自律〔M〕，臺北，1988：133～134。

新聞局，還有許多黨政軍的部門在做著同類性質的工作。而青工會的這一單行本，不同於在媒體行業內遵守和達成默契的「規矩」、「禁忌」，它是面向大眾和青年學生的。其中有一段講到「不在憲法保障之下的言論自由」，雖然沒有標明出處，但很有意思，茲錄如下：

「根據學者研究，在承平時期，至少有十八種言論，不受美國憲法所保障的自由範圍內：1.沒有褻瀆國旗或焚燒徵兵卡的象徵性言論自由。2.危及安全之玩笑不能開。3.沒有引發危害公共秩序導致暴亂的言論自由。4.沒有擾亂學校安靜上課的言論自由。5.沒有造謠生非的言論自由。6.沒有妨害他人權利之言論自由。7.不能以言論自由或集會自由來妨害城市交通規則。8.監犯的言論自由因獄政安全而受限制。9.軍人言論自由之限制。10.軍事基地並非候選人行使言論自由之場所。11.招惹衝突的言論不受保障。12.說下流髒話不受言論自由的保障。13.咆哮法庭的言論不受保障。14.憲法上議員言論免責權所不包括的言論。15.沒有違約洩露國家機密的言論自由。16.詐欺不實的商業廣告不受保障。17.黃色書刊不在憲法上言論自由的保障之列。18.譭謗性言論不受保障。」〔註91〕

這個單行本的結語提到必須謹守的四項規範，條文的描述很有意思，或者說對進入1987年的臺灣的社會情緒，很有針對性。摘錄如下：

> 在政治發展進入轉型期，民主自由風氣大開的今天，國家與民眾更需要善盡責任的言論。在享受言論自由權利的同時，至少必須謹守以下幾項規範，才符合言論自由的眞精神，而無虧於社會責任：
>
> （一）尊重憲法體制。憲法國體是國家的根本基礎，人人必須遵守憲法，維護國體，不容有任何傷害國體的言論。
>
> （二）尊重國家元首。元首代表國家，尤爲國人意志集中的核心，尊重元首即尊重國家，此爲文明國家之通則。
>
> （三）促進和諧與團結。不蓄意挑撥政府和民眾間的感情，製造衝突與對立，更不能任意做人身攻擊，甚至鼓吹暴力與分離意識。
>
> （四）遵守法律與道德規範。……發表言論必須本乎法律與道德精神，在責任的基本發揮，不可存僥倖之心。而民眾對各種不法

〔註91〕黎明文化事業公司編印，新聞開放與社會導正——談新聞開放及新聞責任與自律〔M〕，臺北，1988：143～144。

言論，更應挺身而出，辨明是非，釐清善惡，發揮道德勇氣，以維護言論自由的秩序。〔註 92〕

第三節　報業鬆綁變態失態

一、雜誌解禁在前，政論雜誌成黨外組黨工具

雜誌解禁，在報禁解除之前；廣電解禁，遠在報禁解除之後。從某種角度印證了南方朔的觀點：越是影響大的，政府控制越嚴。因爲報禁與黨禁同一時期相繼解除，經常被並列提及，尤顯突破性意義。而之前的雜誌解禁，規模上相當於一個小型的「報禁」，行業由此帶來的開放、繁榮、混亂到衰落，也是一次小週期的報禁開放的政策預演、效果預測和結果預判。

（一）雜誌解禁早於報紙

1978 年國民黨政府禁止登記新雜誌一年，1979 年 1 月中美正式建交，3 月解除禁令，頓時黨外異議雜誌風起雲湧。「因爲政治反對路線的分歧，造成異議言論市場各生產單位無法互相協調，於是異議雜誌的發展開始走進市場機能的管制，生產過程陷入無政府狀態：一方面儘量縮短生產週期，期望藉此刺激讀者求新求速的口味，以便推廣銷路；另一方面卻又因爲讀者偏好原本就不容易掌握，每當市場上出現暢銷口味或內容，無論是因爲策劃成功或純粹是意外，短時間就引起雜誌間競相角逐、模仿的熱潮，造成言論內容及表現手法的同質現象。」月刊變週刊，產量影響質量，經營成本增加，編採評論人員不足，「更糟糕的是各雜誌在追求『流行』之下，內容多爲各種相近的或相同的消息、無法查證或沒有查證的評論、內幕新聞或聳動新聞，而雜誌水準的下降、形象不佳以及不具公信力更影響到讀者對雜誌的評價，進一步造成閱讀黨外政論雜誌人口逐漸流失。另外，主流媒體的派生雜誌（如《中國論壇》、《聯合月刊》、《時報雜誌》、《時報新聞》等）與「旁支異議媒體」（如《夏潮》、《人間》、《南方》、《臺灣春秋》等），在黨外政論雜誌產銷失序的同時加入市場競爭，也影響到它在完成其階段性任務後逐漸沒落。〔註 93〕

〔註 92〕黎明文化事業公司編印，新聞開放與社會導正——談新聞開放及新聞責任與自律〔M〕，臺北，1988：146～147。

〔註 93〕馮建三，廣電資本運動的政經分析〔M〕，臺北：唐山出版社，1995：132。

從這次雜誌解禁的小預演，可以看出幾個規律性的特點，一、解禁之後容易失禁，特別是成本低、門檻低的雜誌，報紙相對門檻較高，但一樣會在市場全面開放後有較多新的進入者。二、繁榮之後容易混亂，無序競爭造成整個行業的墮落和衰落，加速地做爛做砸整個行業。三、政府不查禁了，報導事實也不查證了，產品質量也不管控了，而不是更加自律地提高品質和口碑，進而達到提升行業整體水平的良好預期，說明任何寄希望於行業自律的善良願望都是一廂情願。

辦一份雜誌的技術條件很簡單，大多數都是用新聞紙印刷的黑白刊物，有一張兩色或三色的有光紙封面，裝訂成四開本，所以眾多的小型印刷廠就可以接單完成。就像用「白報紙」盜印翻印大陸香港的武俠小說一樣便捷。〔註94〕

眾多的分析集中在一個話題：為什麼國民黨當局會率先對雜誌解禁，後來才有報禁解除，而電視的解禁還要更晚些？分析的理由也五花八門。從管控的技術角度看，政府官員可能認為雜誌的威脅性最小，傷害政府的能量最小，善後處理上也容易得多。不會尾大不掉，像報紙電視那樣難以處理。南方朔指出：「全世界各國控制媒體的時候，傳播力越大的越控制的緊。控制電視為什麼最緊，因為傳播力最大嘛。控制報紙，控制廣播，控制電視，這些傳播力大，傳播力小的比如雜誌就馬馬虎虎。」〔註95〕

雜誌早於報紙解禁，但解禁後雜誌仍有許多的不滿意、不如意。最大的問題是，在官方規定中，雜誌只有編輯，不能採訪，所以不許設記者，所以不發放記者證；既然不是記者，也就不能參加官方主辦的記者會，不能任意進出衙門採訪，或者接受新聞評論、採訪報導等名目的獎勵。最初的理由來自於內政部一道命令，後來雖然劃歸新聞局管理，仍在用這個理由推託。1973年以前，雜誌都是由內政部管的，內政部曾在1952年7月4日內社字1699號致臺灣省社會處代電中有這麼一句：「參照新聞記者法令規定，新聞紙社應有記者，雜誌社不得有記者。」新聞局的推託還有實務上的考慮：一是辦雜誌較容易，如讓雜誌設記者，人數一多，難免良莠不齊，恐有人藉記者證圖利，招搖撞騙；二是雜誌家數多，而主管單位的人手不足，無法遍發新聞稿，這麼多雜誌的編輯，也不可能讓他們參加記者會。「雜誌界別流傳一種說法，即政府新聞單位限制雜誌編輯的採訪權，是恐黨外雜誌的編輯，如能自由進

〔註94〕李筱峰，臺灣民主運動40年〔M〕，臺北：自立晚報出版部，1987：271。
〔註95〕筆者2012年12月12日在臺北與南方朔、陳曉林進行訪談，詳見附錄。

出各政府機關或參加官方記者會，可能會惹出一些問題。」〔註 96〕鄭瑞城認爲，如果因此限制雜誌工作者知的權利及採訪權，那就不啻以偏概全，因噎廢食了。

（二）政論雜誌不全是「黨外」

臺灣的雜誌在 1979 年解禁後，黨外反對人士辦的政論雜誌風起雲湧，蔚爲大觀。也有人認爲，把這些非國民黨人士所辦、批評國民黨的雜誌全歸爲「黨外」雜誌並不是十分正確的，林嘉誠教授認爲臺灣政論、八十年代系統的刊物，內容較爲溫和理性，對推展民主理論、批評現行政策都有某種程度的功能。自立晚報總主筆陳國祥認爲，黨外雜誌是扮演「對外動員、對內鬥爭」的工具，所以在「報禁」解除之前，「民進黨」會有自己的「機關性刊物」，同時由於「民進黨」並不能完全組合黨外人士，所以還會有一些「周邊性」的刊物存在。〔註 97〕

到康寧祥的《八十年代》當總編輯，使得司馬文武成爲「第一個有記者經驗的黨外雜誌工作者」。司馬文武說：「我們最主要的使命感，並不是來自外界的肯定；而是來自於，我們知道，在報紙上看不到眞正發生的新聞。要看眞的新聞，就要看我們的雜誌，我們才是臺灣眞正的聲音。」爲此，司馬文武在黨外陣營，堅持只辦雜誌，不搞政治活動。不少體制內的記者、教授，甚至國民黨內的人，主動投稿到黨外雜誌，想要說出事實，以伸張正義 。他們想透過黨外雜誌，給他們的政黨或報社更大的改革壓力。「不過，當時我已發現，有些國民黨內的人，來投稿黨外雜誌，並不是爲了公平正義，而是利用黨外雜誌放話，進行黨內的內部鬥爭。因此，當時在黨外雜誌工作，必須掌握歷史背景和情境脈絡，才有判斷依據，否則容易受騙。」〔註 98〕

雖然要和警總的查禁人員玩捉迷藏的遊戲，太太在海員工會的工作也受到影響，司馬文武堅持認爲：「在美麗島事件和林宅血案之後，臺灣新聞工作者就沒有眞正的危險了。除了鄭南榕自焚以外，沒有幾個人因爲政治而死亡的。戒嚴時期其實是有驚無險，很多人愈講愈可怕、愈講愈勇敢；其實，沒

〔註 96〕鄭瑞城，傳播的獨白〔M〕，臺北：久大文化公司，1987：119。

〔註 97〕風雲論壇編輯委員會，蔣經國變法維新（風雲論壇 30）〔M〕，臺北：風雲論壇，1987：66。

〔註 98〕司馬文武，只想當「眞正的記者」〔G〕／／何榮幸 策劃，黑夜中尋找星星——走過戒嚴的資深記者生命史，臺北：時報文化出版企業有限公司，2008：70。

有那麼可怕。也許是當時不知道害怕，只覺得驚險刺激，要發揮自己的冒險精神和實現理想的使命感。」〔註 99〕

1987 年之際，比較有發言地位的刊物，除了雷渝齊的「雷聲」、鄭南榕的「時代」系列、耿榮水（徐策）的「薪火」等，還有一個很火的「民進週刊」，這份由「黨外小子」吳祥輝所辦的「非民進黨機關刊物」，先聲奪人，遠遠領先於民進黨的機關刊物「民進報週刊」，令民進黨中央大員「愛恨交加」，有關單位似乎也樂見「魚龍混雜」，有意看市場的熱鬧，從來沒有去「照顧」過。〔註 100〕

（三）先有黨外運動，還是先有黨外雜誌？

李筱峰認爲，臺灣幾個時期的黨外運動都與雜誌有關，但是雜誌在運動中的角色，並非一致。《自由中國》雜誌是先「中國民主黨」而存在的。有了《自由中國》雜誌的知識分子的論政，提出對民主憲政、政黨政治的呼吁，而後再結合地方選舉人物的勢力，形成運動的全部。這兩股力量可說是平行獨立，而不相隸屬的；至於《大學》雜誌與知識分子集團的政治革新運動，則是一體的兩面。幾次的座談、演講會或辯論會，都是以《大學》雜誌社爲主體，或是由雜誌衍生出來的；而黨外運動與雜誌的關係，就顯然與前述兩者不同，黨外運動是先雜誌而存在的。經由選舉活動而醞釀出黨外的氣勢，而後再創辦雜誌以作爲運動的文宣工具。因此，黨外雜誌是黨外運動的客體。〔註 101〕也就是說，在這三波運動中，雜誌與運動的關係出現三種形態：有過並行，有過先行，也有過隨行。

用辦雜誌的形式組黨，也是民進黨的一個創造發明：找到同道——擴大同志——形成同黨——放大同意。

在「民進黨」成立之後，黨外雜誌先期是靜觀其變，紛紛停刊。經過 1986 年底的選舉之後，「民進黨」小勝，給予在野黨雜誌相當的鼓勵，於是在 1987 年初在野政治雜誌紛紛上市。〔註 102〕

〔註 99〕司馬文武，只想當「眞正的記者」〔G〕／／何榮幸 策劃，黑夜中尋找星星——走過戒嚴的資深記者生命史，臺北：時報文化出版企業有限公司，2008：77。

〔註 100〕風雲論壇編輯委員會，蔣經國變法維新（風雲論壇 30）〔M〕，臺北：風雲論壇，1987：69～70。

〔註 101〕李筱峰，臺灣民主運動 40 年〔M〕，臺北：自立晚報出版部，1987：271。

〔註 102〕風雲論壇編輯委員會，蔣經國變法維新（風雲論壇 30）〔M〕，臺北：風雲論壇，1987：69。

首先，雜誌是可以消耗的溝通品，是聯結用的中介物，是可以犧牲的中間地帶。包滬寧認爲，以合法面目出現的黨外政論雜誌，「在批評者與政府之間起了重要的緩衝作用，當政府不能容忍嚴厲的批評甚至威脅時，唯一的犧牲品是雜誌」。這種傷害甚至不一定是致命的，因爲立刻就可以在其他名義下復活。反對派不斷放出試探氣球，政府也不斷地作出反應。雜誌代替了比較直接的、面對面的衝突。換句話說，「雜誌媒介用出版家的油墨代替了流血」。

其次，雜誌是媒介，是信號，是狀態。「要使反對運動卓有成效，政治異議者必須知道他們不是孤立無援的，知道他們有志同道合者。從獲得信息的角度看，在出版物上讀到自己已經相信的東西，也許算不上有多大收益。很多突破了行銷記錄的黨外雜誌確是如此。但是，在出版物上看到自己私下的甚至被禁止的思想，能極大地鼓舞一個人的鬥志。在出版物上看到自己的信念可以賦予自己私下的想法一種社會現實感，這種感覺是令人欣慰和振奮的。〔註 103〕這種中介、媒介的溝通和暗示作用，不是信息本身帶來的。信息和語言一樣，再次充當了溝通的中介和載體，作用等同於一個家族的信物、一個上古的符號。這位美國學者的分析角度自然有其理想化的想像成分，他歸納說，支持書報審查的法律和法令有五種：國家總動員法、戒嚴法、出版法、出版法施行細則、懲治叛亂條例，執行書報審查的黨政機關有五個：臺灣警備總部（警總）、國民黨中央文化工作委員會（文工會）、行政院新聞局、總政戰部（與臺灣警備總部一樣，隸屬國防部）、法務部調查局。對報禁法規和執行機關的這一概括，雖然全面卻顯然分辨不清其中事實上的主次關係和利害關係。

二、版面增多，報紙開始塊狀編排

（一）解禁前的狼狽相：換版、縮版、分版

到了報禁前一年，1987 年 2 月 9 日，王惕吾在聯合報系常務董事會議上以數據說明，廣告容量需有 15 張以上純廣告篇幅始能全部刊出。使用多年的換版、縮版、分版招數，已經無法滿足洶湧而來的商業廣告需求。

早在 1981 年開始廣告「換版」時，王惕吾表示「應撰寫專文爭取大眾

〔註 103〕（美）包滬寧（Daniel K. Berman），筆桿裏出民主——論新聞媒介對臺灣民主化的貢獻〔M〕，李連江，譯，臺北：時報文化出版企業有限公司，1995：319～320。

之諒解及支持」。實際上，是受三大張版面限制，廣告實在放不下，就想出了「換版」的變通辦法。1984 年開始採取「分版」的辦法，仍不能滿足分類廣告的需求。王惕吾認爲「廣告滿版滿收、多版分版」的經營做法，是在三張篇幅限制的情況下，爲擴大服務社會大眾而採取的一種不得已的作業方式，但終究不是常態的經營手法，不能因爲廣告換版增加了收入而沾沾自喜，要求將每一分類廣告的發展趨勢加以分析，爲未來正常的廣告作業方式做好準備。〔註 104〕

鉛字排版時代，臺灣中文報紙版面編排都以「一欄」或「一條」爲計算單位。所謂「一欄」指每欄一英寸高、一條直行可以排 9 個六號字。左右排滿算「一批」，橫算約 110 字。報紙每一版由上至下約 20 批，大約可以容納兩萬個六號字。編輯以「走行」方式編排新聞，即從一行轉到下一行，如何走行準確、避免頂題和通線斷版，又能營造美觀版面，就看編輯的技術。〔註 105〕縮版指將分類廣告所用字體照相縮小，如原先每一版由上而下有 20 批，自右至左有 110 行，採縮版方式後，由上至下可增至 26～29 批，由右至左可增至 180～195 行，總計下來的分類廣告可加多 70～80%。換版是指只在某個地區刊登對該地區有用的廣告，如以臺北市民爲對象的廣告只在北部版刊登，這樣在 4 個地區版（北部版、桃竹苗版、中部版、南部版）的同一版面，分別刊登只對當地有用的廣告，使廣告量可增 3 倍。分版則是將每天發行的報紙分成 A、B 版，每一版占發行數一半，在該版刊登廣告的費用以全價 65%折扣優待，使廣告費用收入又增加了 30%。1978 年 9 月，中時、聯合又將北部版一分爲二（臺北市版與市郊版），形成「一報五版」。既便這樣，廣告信息仍無法容納，於是假雜誌等其他媒介散播，使得各式雜誌紛紛問世。〔註 106〕

事實上分版、縮版的時間還要早。由於 70 年代臺灣經濟起飛，廣告量激增，限印三張根本無法消化。1974 年聯合報「領先開創廣告分版制度」，加大胃納，並依分版採差別刊價，使廣告發揮更大邊際效益。1975 年聯合報再實行縮版，利用照相製版技術，將分類廣告 20 批增加至 21 批，一度更增

〔註 104〕彭明輝因係聯合報記者出身，寫作此書時得到王惕吾許可，拿到了歷年的「聯合報、經濟日報、民生報常務董事會會議記錄」。出自 彭明輝，中文報業王國的興起：王惕吾與聯合報〔M〕，臺北：稻鄉出版社，2001：27。

〔註 105〕蘇蘅，競爭時代的報紙：理論與實務〔M〕，臺北：時英出版，2002：115。

〔註 106〕彭明輝，中文報業王國的興起：王惕吾與聯合報〔M〕，臺北：稻鄉出版社，2001：86。

加為 30 批。〔註 107〕

由於縮版嚴重，有論者則藉此推論，臺灣近視人口居世界之冠與報紙字體過小有密切關聯，而此事亦曾引起立法委員向行政院提出質詢。1987 年 12 月 1 日由新聞局長邵玉銘宣布開放報紙登記。同日，臺北市報業公會、臺灣省報紙事業協會及高雄市報紙事業協會，發表《邁向一個信息健全的新時代》聯合聲明，提出的「八項協議」中有就一條：新聞用字，不得小於 6 號、新 6 號，分類廣告字體放大 15%（即分類廣告自解禁前的每版 23～32 批，減少為 20～29 批）。聯廣廣告公司總經理賴東明在解禁半年後的一場座談會上表示，讀者滿意度調查顯示，讀者對報紙版面大大增加倒並不怎麼領情，反而認為張數太多，滿意度最大的就是字體放大，此項滿意度達到百分之五十幾。〔註 108〕

「限印」雖未明限，但規定「同一新聞紙」「另在他地出版發行」，「應先行核准登記」，實際上卻從未核准過一份，所以在北部的報紙要想在南部發行，只能靠運輸。從經濟帳上算，限地限印而形成的資源浪費相當可觀。以聯合報為例，1981 年有運報車 26 輛，平均每月耗油 6000 公升、柴油 70000 公升，合計支出達 1400 萬元。且不說發行時效，光是這筆開銷，就值得異地建廠印刷。〔註 109〕

從換版、縮版、分版以及縮小字號的各種招數來看，經濟發達之後，商業廣告之多，已經到了難以承載的「超負荷」狀態，版面之窘迫、吃相之難看，已經到了報紙、讀者、客戶三方都難以忍受的程度。反過來也可以說，報禁的種種理由已經不存在了。按美國學者包滬寧的總結，報禁理由有七種說法：報社家數已達飽和說、節約用紙說、戰時需要說、避免惡性競爭說、他種印刷媒介代替說、歷史背景說、憲法說或不等價說。最後一種說法從題目上看似乎不知所云，這種說法主張：新聞自由是言論自由的一個子集，大多數國家憲法允許的不是新聞自由，而是廣義的言論自由；新聞自由必須有限制，因為必須平衡它與其他利益的關係，它們之間有時是相互競爭的。如

〔註 107〕黃年　主編，聯合報四十年〔M〕，臺北：聯經出版事務公司，1991：196。

〔註 108〕出自《報禁開放後，報業的現況與展望》（臺北師範大學楊淑珍整理而成），係 1988 年大眾傳播教育協會慶祝中國新聞教育七十年學術研討會成果。

〔註 109〕彭明輝，中文報業王國的興起：王惕吾與聯合報〔M〕，臺北：稻鄉出版社，2001：87。

果我們承認這種說法的前提，那麼我們就得承認它有說服力。〔註 110〕

（二）報紙塊狀橫排早於公文改革

塊狀版面的背後，是採訪指揮上相應改變的條塊組織設計。王惕吾評估解禁的形勢，日後報紙張數可能將無限制，而在報業競爭上固可以「無限競爭」，但要「有限責任」，希望分層授權負責，打破成規，重新規劃設計。〔註 111〕採編組織架構的調整，也因應解禁後報紙的競爭態勢，必須變得扁平高效。

黃年談到橫排的變化，提到當時他向王惕吾先生談過一個說法：報紙橫排，只是在形式上「橫過來」；進一步我們必須在心理和思維上，也把這報紙「橫過來」。這意思是說，過去政治當局和新聞媒體是「垂直的關係」。政治是主，媒體是從；政治是上，媒體是下。如今解嚴，報紙與政治的關係應當「橫過來」，變成「平行的關係」，也就是將「主從關係」變爲「制衡關係」。既然從戒嚴到了解嚴，遊戲規則變了，就當照新的遊戲規則來扮演報紙的角色。〔註 112〕

聯合晚報首啓文字橫排的形態，王惕吾是接納了的。他認爲，中文直排由右至左，是數千年的傳統文化形態，讀者已經習慣，而且對橫排有意識形態的排拒，好像這樣是夷化或洋化。但是固不論這養成習慣或意識，中文橫排由左至右，已是中西文化交流的必然趨勢，新的習慣可以養成。況且，隨著電腦自動化運用在新聞信息的編排上，中文橫排可說是事所必至，理有固然了。〔註 113〕

雖說行政系統 1972 年有過一次大規模的公文改革，但公文改用橫排的形式，比報紙更晚。在講述蔣經國如何「親民」、「便民」時，張祖詒舉了一個蔣經國當行政院長時的例子，「他覺得政府的公文書，無論程序、文字、用語都讓人有『不知所云』之感，人民收到政府的文書或公告，往往不清楚政府

〔註 110〕（美）包澹寧（Daniel K. Berman），筆桿裏出民主——論新聞媒介對臺灣民主化的貢獻〔M〕，李連江，譯，臺北：時報文化出版企業有限公司，1995：236。

〔註 111〕彭明輝，中文報業王國的興起：王惕吾與聯合報〔M〕，臺北：稻鄉出版社，2001：34。

〔註 112〕黃年，黑金政治的命名者與批判者〔G〕／／何榮幸 策劃，夜中尋找星星——走過戒嚴的資深記者生命史，臺北：時報文化出版企業有限公司，2008：479。

〔註 113〕王惕吾，我與新聞事業〔M〕，臺北：聯經出版事務公司，1991：141。

要他們做什麼，或是政府要爲他們做什麼，這是提高行政效率的一大障礙，必須改革。所以他指示幕僚研擬公文改革方案，目的是「政府的公文書一定要達到淺顯、簡明、扼要三個條件」，完全廢除舊有的陳套格調，讓民眾對政府公文可以一目了然，大大縮短政府與民眾之間的距離。〔註 114〕

張祖詒說的「幕僚」其實是他本人，1972 年 6 月 3 日蔣經國就任行政院長，發布的第一件人事命令，就是任命素昧平生的張祖詒爲行政院秘書室主任，張祖詒此後追隨蔣經國十五六年，從行政院副秘書長到總統府副秘書長。他提交的「公文程序改革方案」經由行政院會通過，送請立法院完成《公文程序條例》的法律修改程序。「在付諸實施之前，經國先生還要我分至中央各部會和臺灣省政府作專題報告，講解新公文程序的精神與內涵，給行政同仁做實例說明，因之公文改革推動極爲順利，其程序一直沿用到現在（除了直式改爲橫式），把舊有公文中的陳腔濫調一掃而空，公務人員和民眾無不稱便，也無形中縮短了人民和政府間的距離。」〔註 115〕

公文格式此後一直沒有再改變。直到 2005 年才改爲橫題橫文，從左往右讀。比報紙的版面閱讀順序調整，晚了好些年。

三、「自由報業宣言」是想像的自由

（一）「宣言」救不了新新聞自己

1987 年 3 月 16 日創立的《新新聞週刊》，踏出了「更有意義的一步」。「在報禁解除聲中，各家報社需才孔急，紛紛以高薪要職網羅兵源的情況下，《新新聞》由四名資深新聞從業人員聯手宣布創辦，並非易事。這不僅是從業人員對於自身理應的重申，對優勢媒體的挑戰，也是對臺灣民間力量的考驗：讀者追求合理信息的意願，是不是已經足夠強大，足以使這份刊物掙脫 alternative media（注：獨立媒體、另類媒介）壽命不永的宿運，誕生成爲一份『自由報紙』？」〔註 116〕

解嚴之後司馬文武（江春男）還是辦雜誌，他與周天瑞、王健壯、王杏慶（南方朔）四個資深的報人，剛好都是「在中國時報出問題的人」，湊在一

〔註 114〕張祖詒，蔣經國晚年身影〔M〕，臺北：天下遠見出版公司，2009：75。
〔註 115〕張祖詒，蔣經國晚年身影〔M〕，臺北：天下遠見出版公司，2009：290。
〔註 116〕敦誠，報禁解除聲中的臺灣信息環境〔G〕／／圓神年度評論編輯小組，反叛的年代——1987 臺灣年度評論，圓神出版社，1988：76。

起創辦了《新新聞週刊》，靠的就是新聞專業打下基礎。司馬文武在二十年後回憶說：辦雜誌，是爲了想要辦報；當時我們聲稱：「要爲自由報業做先鋒，第一步辦週刊，第二步辦報紙。」我們自認是臺灣最好的新聞人才，媒體界裏，我們應該算是最資深、最有經驗的，認爲既然財團可以辦報，沒道理我們辦不到。當然，後來才發現，辦報不是那麼簡單，有很多營運和通路的問題要處理，不是寫好文章、印出來，就可以辦報了。〔註 117〕

《新新聞週刊》創刊號上的「自由報業宣言」成了同行時常引用的話，可惜與它本身的關係已經不大：「新聞自由的目的在於追求眞相。新聞自由不止是報業經營者的自由，也是新聞專業工作者的自由，更是社會全民的自由。全民有知道眞相的權利，全民有不被歪曲形象的權利，全民有免於恐懼、暢所欲言的權利。自由報業接受公共信託，必須全力以赴，追求眞相。自由報業以公正是非爲依歸，要永遠站在人民的立場講話。自由報業必須接受社會力量的監督。」

（二）報禁不同叫法：顯示禁忌仍在

報禁解除、報禁開放、報紙開放、新聞開放，實際說的是同一件事，但因爲當事人的角度和態度不同，在表達用語上會刻意選擇不同的詞匯。1987 年報紙上公開評論這件事，有年頭年底兩個節點，一是 2 月初俞國華指示新聞局研究開放和增張政策，二是 12 月初行政院新聞局宣布報禁開放的決定。大部分報紙的報導、評論、專家訪談和專欄文字，都集中在這兩個時間節點。前倨而後恭者有之，如中央日報，前恭而後倨者有之，如聯合報。前緊而後鬆者有之，如自立晚報，前鬆而後緊者有之，如自由時報。

對俞國華 1987 年 2 月 5 日在行政院談到「報紙登記及張數限制」問題，第二天的中國時報、聯合報、自立晚報、中央日報都發表社論肯定這一舉措，但在表述中只有自立晚報一家直呼爲「報禁開放」、「解除報禁」。中國時報稱之爲「報紙開放」；聯合報稱之爲「取消（解除）對報紙登記與張數的限制」，以及所謂「報禁」；中央日報稱爲「政府重新考慮報紙登記問題」。

在學界喋喋不休的爭論聲中，業界的聲音也因從業者在報社所處的位置，以及從業者所屬報紙在讀者心目中所處位置，發出不同的聲音。聯合報

〔註 117〕司馬文武，只想當「眞正的記者」〔G〕／／何榮幸 策劃，黑夜中尋找星星——走過戒嚴的資深記者生命史，臺北：時報文化出版企業有限公司，2008：78。

老闆王惕吾的兒子女兒都在這個龐大的報業王國裏分兵把守。王麗美以聯合報記者名義發在聯合報的長文《充分的競爭、最少的干預》，可謂言爲心聲：「所謂解除報禁的適當時機，就是即刻行動。」「不宜再有任何形式的限制，任何干預都只會造成扭曲，凡是限制都不是現代的觀念，更不是現代的做法。」「有人主張在『報禁』取消後繼續採取若干限制，實在是昧於現實，未能明辨因果的緣故。」文中求快放、求全放的心態一覽無遺，完全不同於政府、不同於官媒、不同於地方同行。她可能忘記了，當年「聯合報」這個名稱的來歷，何以要三家「聯合」出版，就是因爲市場不夠大，只能發明這一辦法，自聯自救、自限自禁。享受了報禁這種封閉帶來的保護和好處，如今的聯合報已成龐大王國，開始指責「對若干缺乏效率的報業形成變相保護」，顯得迫不及待，並且用連嚇帶逼的口吻說，「象限張限印的解禁，應即著手實施，以免因有意無意的延宕，削弱了社會對這一變革的好評。尤其在此禁制將解未解之際，如果有人故意乘機遊走法規邊緣，更將造成行政上的難堪。」文章毫不避諱地爲廣告版面辯護說，「報紙提供版面刊登廣告，具有工商服務的功能，絕對不能純以商品交易視之。就此觀點出發，限制報紙版面，無異扼殺工商服務的成長，這種過時的政策，非但與現代社會的走向相違背，更不符整體社會的利益。」對於政府研擬報業規範的做法，毫不客氣地提出了嚴重警告：「未來所謂報業『規範』的研擬，應該嚴謹守住行政權限的分界：①尊重報業的自主，減少干預；②儘量在現有的法令架構上，以現行一般法律作爲規範，不要再作擴充；③最重要的，是任何規範的制定，要在尊重人民『知』的權利的前提下進行，避免妨礙訊息的流通。」〔註 118〕

利益驅動之下，沒有說不通的道理，更沒有編不出的理由。同樣的現象，可以對應不同的理由；同樣的理由，可以推出不同的結論，甚至截然相反的結論。比如報紙的品質和新聞從業人員的素質，就是經常被拿來說事的由頭。如果是新聞評議會說，那就是代表行業的自我監督，代表一定讀者用戶的訴求；如果是政府當局說，那就是代表行政管理上的規範要求；如果是一個報紙同行來說，那就是業務的探討和內部培訓要求。但是，如果一個報老闆來談報紙的品質，談對報紙從業人員專業精神和素質的要求，眞實的意圖會是什麼呢？王惕吾當年在陽明山會議上對「先總統蔣介石先生」談起自律和社

〔註 118〕王麗美，充分的競爭、最少的干預——報紙由「量報」邁向「質報」的轉機〔N〕，聯合報（臺北），1987-2-9（2）。

會責任，包括主動要求建立新聞評議會的約束機制，明顯的是不希望政府有更嚴厲的管制措施出臺，主動以守爲攻，以退爲進，並非眞覺得聯合報的社會新聞出現了過度的「黃、黑、灰」。在報禁解除的討論中，聯合報王家子女再次談到新聞工作的專業素養和專業精神，指向的顯然也不是記者本身，而是由此推論出「整個報業市場的封閉與競爭不足的影響」，「至於政府的責任，則是放棄多年來汲汲輔導卻不見效的干預，將報紙言論品質提高的責任交還給報業本身」。說得似乎很好聽，「交還給報業本身」也是一個未置可否、模棱兩可的詞，是交給報老闆、報業行會、記者協會，還是編輯部？每一個層面都是完全不同的角度，儘管許多人都很關心報紙的品質、記者的素質，比如民眾與專家、政府與報業自身，都可以用確保品質、不能太濫太爛爲理由，推出另一種方向完全相反的結論：必須實施嚴格的管理，報禁不能完全開放。所以，不能光看理由本身，不能光看推論過程，還要看清利益相關方是誰，是誰在推在導，誰在找理論理。

被追問是否會在報禁解除後投資辦報的企業家，顯示出商人的智慧，在對政治環境和經營環境的理解上，顯然比報人高明一大截。許多知名企業家在談到報業時都說，這是一個特殊的、陌生的「行業」，是「公營事業」。臺塑老闆王永慶否認會參與辦報：「要辦報，當年早就把聯合報買下來了，何必等到現在。臺塑絕不打沒有把握的仗，何況報業是一個陌生行業。」中國信託董事長辜濂松表示不會介入報業，因爲財團的介入，反而可能「把整個臺灣報業水準給拉下來了」，他認爲報業的開放，只是一個開始，政府應將更多的公營事業，開放給民間經營。〔註 119〕

「過去到底有無報禁？」的問題僅僅半年後也被重新提了出來。臺北市報業公會理事長羊汝德在報禁解除當年 6 月的一個專題研討會上說：這是個值得重新檢討的問題。他認爲，原來說的報禁除了限證、限張、限印，報禁還有第四禁即「限價」，多年來報紙價格雖有過幾度調整，但還是協調並核准過的。但也有人認爲並沒有報禁，如政府就一直不承認有報禁這一回事。所以，公文上凡有報禁字眼，一律以引號括起來，或用「所謂報禁」的字眼。也有的學者認爲，這是一種對報業發展有計劃的輔導，因爲，當時國家的環境如此，社會環境、報業環境也如此。如果沒有有計劃地輔導，報業漫無目

〔註 119〕時代話題編輯委員會，報風圈：報禁開放震盪〔M〕，臺北：久大文化股份有限公司，1987：24，30。

標漫無限制地開放，結果將不堪設想的。有人認為是政府在保護31家原有報紙的既得利益，也有人指稱這是妨害新聞自由，是不公平的。但是，所謂保護31家報紙的既得利益，在報禁開放前，31家報紙眞正能賺錢的，似乎沒有幾家。而報業成敗消長有很多原因，一些強勢報紙今昔不同，所以，此一觀點是值得檢討、考慮的。〔註120〕

（三）搶奪公費訂閱市場：村里鄰長報壟斷打破

在報禁期間，黨營、軍營與官營報紙依賴國民黨的政治勢力與統治版圖而在報業發行上得到了保障，村里鄰長報與軍中訂報是這些報紙的發行命脈之一。所謂的「村里鄰長報」是由省政府、直轄市政府或是省政府下的各縣市政府，運用政府資源編列預算補助各個村、裏、鄰長每個月一定數額款項用以訂閱報紙。因為村長、里長、鄰長是最基層的民意代表，所以，村里鄰長報是政令倡導的一部分，政府對此預算的編列因而被合理化。然而，這些村里鄰長報，卻完全被國民黨的黨營報紙、國防部總政戰部經營的軍營報紙，以及部分股份由臺灣省政府投資的官營報紙所壟斷，並非開放給各個報社，民營報紙絕對是在排除之列。村長、里長、鄰長或是調解委員，只能從這些特定的報紙之中選擇其一來訂閱，並沒有任意訂閱的自由。瓜分這些村里鄰長報的報紙，原來主要包括中央日報、中華日報、臺灣新生報、臺灣新聞報、青年日報（原青年戰士報）等五家報紙。〔註121〕

臺灣新生報蔡宗哲表示，報禁開放前，中央日報約可分得約三萬份、中華日報南北兩版共分得三萬份、臺灣新生報三萬份、臺灣新聞報五千份、青年日報（原青年戰士報）五千份。以上五報在報禁開放前，共吸納了十萬到十三萬的村里鄰長報報份。

在報禁開放之前，這部分訂報費是由省政府、省政府下的各地方政府，以及兩個直轄市政府在編列預算後，直接撥交給各個公營的報社。而在報禁開放後，如臺北市政府漸漸將訂報的權利下放到各區公所，最後再下放給各個村里鄰長個人。臺北縣政府甚至從1995年起，不論各補助對象訂報與否，以及訂閱何種報紙，都直接撥款給各區公所，讓補助對象自行領款。補助的

〔註120〕出自《報禁開放後，報業的現況與展望》（臺北師範大學楊淑珍整理而成），係1988年大眾傳播教育協會慶祝中國新聞教育七十年學術研討會成果。

〔註121〕郭良文，陶芳芳，臺灣報禁政策對發行與送報之影響：一個時空辯證觀點的思考〔J〕，新聞學研究（臺北），2009（50）：57～94。

閱報款項也因爲報紙定價的增加而增加。臺北縣政府 1996 年將三百元的補助款調至四百五十元。臺北市政府由報禁開放初期的三百元，1996 年增爲平均四百零二元，1997 年則一律改爲四百五十元。而省政府補助鄰長的訂報費用爲兩百五十元。

以政治力控制經濟物資分配的方式，除了由政府編列預算訂閱某特定黨營、軍營與官營報紙之外，還包括對報社各式各樣的財務支持，如⑴由政府編列預算，固定分配政府的法院或是招標廣告給某些特定黨營、軍營與官營報紙；⑵由政府編列預算購買黨營、軍營與官營報紙版面作政治宣傳；以及⑶以財務支持那些符合黨、軍、官利益與目標的民營報紙。

四、佈陣換將：同題新聞各有「適當處理」

自由時報換將、中央日報調職：一個是商業行爲，一個是行政行爲。都與新聞管理與報業競爭有關，而不僅僅是報禁政策的問題。

（一）「適當」處理，自立晚報一戰成名

搶在 1988 年元旦報禁解除第一天，歷經八次改組、六度易名的自由時報「奉准」在臺北新莊出版發行。如果沒有文工會主任宋楚瑜的支持首肯，1986 年 9 月之前，它還是臺中的一張地方小報。該報由曾任臺北市議員和國民黨省部委員的吳阿明擔任董事長，國民黨籍監察委員林榮三家族占股三分之一，遷往臺北前更名爲自由日報（之前叫過臺東新報、自強日報等），聘請到老資格的報人歐陽醇爲社長、王洪鈞爲總主筆。1987 年 8 月 15 日改聘顏文門爲社長時，引起了歐陽醇與顏文門這對師生失和，歐陽醇對顏文門事先不告知，又不願先擔任副社長三個月，再由他主動宣布「眞除」（辭職）相當不滿，在日記裏直接罵顏文門「欺師滅祖」，令從事教育的他十分心寒。〔註 122〕當然這位顏文門也並非等閒之輩，之前擔任自立晚報總編輯六年，在「中正機場衝突事件」一炮而紅。

1986 年 12 月 2 日，人在美國的許信良再度闖關要回臺灣，接機群眾在前往機場的路上，就遭到軍警毆打，連部分路過的民眾也遭了殃。當時有數十位記者在場目擊，但第二天沒有任何一家早報報導。自立晚報總編輯顏文門與記者、採訪主任開會後，決定對這個事件作「適當」的報導。

〔註 122〕續伯雄 輯注，臺灣媒體變遷見證——歐陽醇信函日記（1967～1996）〔G〕，臺北：時英出版，1999：1034～1037。

所謂「適當」的報導，據顏文閂說，12 月 3 日的新聞處理，他保留了30%，「警察施暴的照片，也決定不用。全部的稿子送來，我仔細過濾感情、色彩過濃的詞句，和對暴力恐怖細節的描寫」。「在臺灣新聞界幹久了，人人都學會了『自抑』的新聞處理法」，「雖然經過充分自抑，但我們始終堅持我們報導的眞實性。這是新聞工作者最低的、無法讓渡的原則了」。顏文閂接受《人間》雜誌專訪時指出：他決定報導，是因爲深信機場上少數軍警的脫法行爲，絕非執政的國民黨和政府決策者所授意，而是部分執法人員沒有充分瞭解國民黨民主與改革的最高政策，「反而阻撓和破壞了好政策」；儘管事件見報後，有關方面不免有一時之痛，但是從整個社會、國家和國民黨的長遠利益來看，可免去千秋的悔痛；因此，他作爲一個國民黨員、一個報人、一個國民的責任，考量整個社會、國家和國民黨的長期利益，還是覺得非報導不可。〔註 123〕

翻開 12 月 3 日自立晚報的二版，只見警方以拒馬隔離群眾、黨外大佬余登發被「請」出抗議現場兩張照片，所有警察施暴的照片都被「自抑」掉了；頭條標題「軍警戒備機場、値勤態度強硬；卅餘民眾被饗以警棍拳腳；雖經指揮官制止仍難平息」，白話敘述中，以「指揮官制止」一語將事件定位爲基層軍警失控，而非長官授意，避開與黨政決策者的正面衝突，這可能是他對事實的認知，也可能是他兼顧記實理想與避禍現實的智謀。

這種「諍臣」風格與獨立監督政府的「第四權」概念還相距甚遠，卻是那個時代最能兼顧理想與現實、甚至是最勇敢的做法。負責《人間》雜誌的陳映眞特別佩服顏文閂這一點，選顏文閂爲封面人物，讚揚他在戒嚴體制下敢於報導執政者負面新聞的勇氣。

顏文閂闡述自己報導要領說：「第一是瞭解整個政權發展及內部運作，第二，需要講究文字的用字，不能直來直往，還有，能夠報導的要儘量報導。」「你知道整個政權的背景是什麼，就知道你的底線在哪裏；如果不知道的話，當然是越退越安全，因爲怕不小心掉下去。」「我或者比較知道我自己的位置和那懸崖間的距離實際上有多寬。也許別人不但不知道還有一個安全空間，還拼命往後退縮，搞得自己步步驚心、舉步艱難」。〔註 124〕

〔註 123〕陳映眞，石破天驚〔J〕，人間雜誌（臺北），1988-1：139～157。
〔註 124〕陳順孝，臺灣報紙版面政治學初探——1945～2004 重大事件的新聞建構〔J〕，臺灣史研究（臺北），2005（24）：148～174。

（二）「處理不適當」，中央日報被處理

這次所謂「中正機場衝突事件」，成就了顏文閂和自立晚報，卻衝擊了中央日報，從社長姚朋以下十七人一同受過。「中央日報調職事件」是報禁解除之前，媒體從業人員因處理新聞遭國民黨集體整肅的最大一起事件。1986 年 12 月 2 日，發生被列入海外黑名單的許信良闖關中正機場事件，中央日報事先即奉文工會主任宋楚瑜指示，新聞要淡化處理，不料翌日中央日報處理這一新聞時，卻因過於平淡，也無社論抨擊，讓國民黨主席蔣經國閱報後大爲震怒，社長姚朋得悉後，立即請辭本兼各職，文工會先准其辭總主筆兼職，改派黃天才暫代；結果不到一個月，又因處理中國大陸學生遊行示威事件估算錯誤，姚朋終於下臺，由黃天才暫代，而姚朋帶來報社的十七人，也一同受過。〔註 125〕

桃園機場接機事件，又稱中正機場流血衝突事件，只是衝突源頭之一，國民黨不滿中央日報的表現已有明顯徵兆。

事件發生後，執政黨的大眾傳播媒體一致譴責民進黨走暴力路線，攻擊憲警。民進黨的聲望，因此頓然下降，對選局頗爲不利。幸而由於康寧祥、蔡式淵等人立即舉辦機場事件說明會，於會上播放由民進黨人自己拍攝的機場事件的現場錄影帶，供民眾瞭解衝突現場實況。此外，又由於標榜中立的《自立晚報》刊出事件發生時記者的目擊實況，對憲警打人的現象直述不諱，才挽回民進黨的形象。〔註 126〕

郝柏村 1986 年 12 月 24 日的日記中記載：「總統批示：（中央日報）必須整頓，應由《青年戰士報》（青年日報前身）派員接辦，以發揮鬥志。總統命余與秦孝儀（中央黨史委員會主任委員）及宋楚瑜（文工會主任）商辦。」「今日常會後，我和他們商量均贊成。宋楚瑜尤覺刻不容緩，他早有意調整人事，但礙於曹聖芬（中央日報董事長）支持現在負責階層。今既主席批示，自然好辦。余強調並非爲《青年戰士報》安插人員，而是爲徹底革新《中央日報》，故不調整則已，要調整必須《中央日報》整個決策階層全部改組，始能達成革新目標。」「下午總統召見，余報告《青年戰士報》派員整頓《中央日報》與秦、宋二人商談結果。總統指示應快辦，應於一兩個月內完成。」在所附與王力行的問答中，郝柏村又說：「最後沒有下文，他沒有再追問我，我也不

〔註 125〕呂東熹，政媒角力下的臺灣報業〔M〕，臺北：玉山社，2010：143。
〔註 126〕李筱峰，臺灣民主運動 40 年〔M〕，臺北：自立晚報出版部，1987：249～250。

會再去問，因爲那確實不是我的事。」〔註 127〕

其實有下文，駁回郝總長動議的理由，正是外界對「軍人干政」的非議。「宋楚瑜向經國先生說明，若由軍報社長接掌《中央日報》，可能對國家整體推動改革的形象，在外界觀感上造成誤會，而且後遺症大，經國先生聽了之後沒講半句話，也就是代表黃天才接任社長的事情 OK 了。黃天才於 1987 年 1 月接任《中央日報》社長，其後又擔任中央通訊社社長、董事長。」〔註 128〕

解嚴解禁之際，軍方的《掃蕩報》改名《和平日報》、《青年戰士報》改名《青年日報》，不僅對軍內發行，也在報紙所在地區向社會發行。而《中央日報》也在相應調整、整頓後，增加了副刊內容，但新聞部分的「時效」改進不大。宋楚瑜在處理完中央日報之後，隨即調升中央黨部副秘書長，並推薦新聞局副局長戴瑞明接文工會主任，續掌文宣實權。並安排曾在代理中央日報總編輯期間，因出了重大錯誤而被降職離開中央日報的朱宗軻接任黃順德的文工會副主任。〔註 129〕

第四節　自立失利黨報失勢

一、出乎意料：自立出師不利

（一）衝破禁忌首訪大陸

自立晚報記者不顧禁令圍堵，四十年來首次獨家訪問大陸，是一個驚人的突破，還是一個瘋狂的策劃？是一次違規的行動，還是一次歷史的破冰？總之，這第一次是一大步還是一小步，方方面面的不同角度不同態度，起碼有下面七八種：自立晚報社長吳豐山、總編輯陳國祥有他們如何策劃運籌的說法，主管機構新聞局有政策法規和他們的看法，臺灣官方機構包括外交部門也有不同的想法，大陸的接待處理也有一套特別的章法，被搶了先機的臺灣媒體同行自然會有不同的看法，記者本人在現場的報導與作爲新聞事件當

〔註 127〕郝柏村，郝總長日記中的經國先生晚年〔M〕，臺北：天下文化出版公司，1995：333。

〔註 128〕宋楚瑜　口述歷史，從威權邁向開放民主：臺灣民主化關鍵歷程（1988～1993），方鵬程　採訪整理，臺北：商周出版，2019：52～53。

〔註 129〕續伯雄　輯注，臺灣媒體變遷見證——歐陽醇信函日記（1967～1996）〔G〕，臺北：時英出版，1999：1023～1026。

事人的說法前後也不太一樣，事後的追憶與自我評價隨著時空轉換也在轉變，甚至同行的兩名記者之間，感受和自我評價也有明顯差異。更不要說事後的局外人，研究歷史的學者史家們，給出的敘述與論述，都各有不同。一次特別的大陸行，許許多多不同時間段的再進入，相當於一次次不斷進入的新路線，一次又一次考察的新探險。

第一時間拿到的第一手的材料，肯定是最有價值的，因爲還來不及做更多的修飾和斟酌。但也可能只是新鮮的原材料，來不及清洗梳理，等待著後來者擺放在整個環境中重新打量，或者在時空遷移、情境改變後被重新定位。

基本的事實是，自立晚報記者李永得、徐璐，1987 年 9 月 11 日離臺赴日，並於 15 日凌晨抵達北京。在爲期十三天的探親、採訪、旅行中，從北京到了杭州、廣州、廈門，9 月 27 日安然返抵臺北。

10 月 13 日戶張東夫的對話，是相對最早的一批報導記錄。李永得眼見的大陸與心中想像的大陸多少有些不一樣，「也許我們這邊的訊息對這些消息特別過濾，因此在我們印象中大陸是非常落後的」，「但事實上我們看到的卻是比我們想像中開放的更多」。〔註 130〕李永得對大陸同胞感到很親切，「因爲我們講話都可以通，都有共同的語言，也有共同的歷史」；徐璐卻覺得兩邊差別不大，「至於特別新鮮或特別失望的感覺卻沒有」，「如果不跟他們聊天，只是過過他們身邊的話，你會覺得他們很親切，覺得他們很可愛，很純樸，但聊起天來，慢慢就會覺得很有差距，而且差距很大，尤其對事情的看法或是生活習慣、思考的方式等等，一聊天就感到有差距了。」兩位記者共同採訪、共同發稿，但在職務作品、職務行爲之外，個人的感受與想法並不一樣。提前不夠瞭解的反而覺得親切，因爲沒有想像的差距那麼大；提前瞭解狀況的反而覺得差距很大，因爲同樣都講普通話，對生活的看法卻不一樣。這是更高層面的「語法」問題，徐璐分析認爲「可能在意識形態方面，對黨、對國家、對民主、對政治、對經濟的看法都和我們很不一樣，屬於兩個完全不同的教育體系下長大的階層」。〔註 131〕

李永得和徐璐返臺後刊發的訪問文章，大部分都是在批評大陸，是不是有另一種擔心和顧慮，怕說了大陸好話會刺激國民黨？對於這個問題的回答，李永得承認「顧慮多少有一點，我想這是一種潛意識」，徐璐則表示「完

〔註 130〕户張東夫，蔣經國的改革〔M〕，香港：廣角鏡出版社，1988：158。
〔註 131〕户張東夫，蔣經國的改革〔M〕，香港：廣角鏡出版社，1988：168。

全沒有」，「在這裡寫的是大陸之行，這不可能去批評國民黨」。更有意思的差別是在統一問題看法上的微妙調整，李永得作爲臺灣籍的客家人，主張中國應該統一，只是速度上的快慢問題，特別是臺灣的變化因素要考慮，「臺灣過去也是政治力量主導一切，國民黨要怎麼做就怎麼做，現在不行了，國民黨必須聽社會的意見。社會的力量目前很充沛，也有很多自主性。社會結構發展到這種地步，就變成了社會力量成了主導力量，而不是過去那樣由政治力量來控制社會力量了。」徐璐也覺得，「臺灣目前的民間力量太蓬勃了，蓬勃到你不可能用政府的力量去壓制它」。而徐璐作爲「外省人的第二代」，認爲「包括大陸學術界，他們對臺灣的瞭解，普遍都不夠全面，不很深入」，反而「產生了一種反統戰的情緒，甚至產生了一種抗拒感」。這種微妙複雜的情緒，在許多人的心理上都會有某種反映，因爲陌生帶來的吸引和認同，因爲瞭解帶來的隔膜和排斥，都不是三言兩語說得清的。

對於這種「違法的新聞競爭」，明知國民黨即將公布解除大陸探親的禁令，卻偏偏要搶跑、偷跑，作爲行動者執行者的記者，李永得坦承，「這裡有新聞的競爭」，「首先考慮到的是商業的競爭」；其次是評估了輿論環境、新聞政策和法律風險，認爲爭取言論自由就要「突破政治上不能探討的框框」，在戒嚴解除、大陸探親欲放未放之際、似禁難禁之時，「沒有一個法律禁止臺灣人從臺灣到大陸採訪或探親」。解嚴的同時制定的「安全法」，沒有禁止出境，但等你回來之後，卻可以限制你再出境，「這個行政處分我們是可以接受的」。〔註132〕李永得很坦白，徐璐的說法就更直白，「我們的行動是對國民黨帶來一些衝擊力，這股衝擊對他們有好處。」「你要瞭解國民黨的性格。有個笑話是說國民黨像個拿槍的裁判，所有的選手等著準備起跑，可是這個裁判犯的錯誤是永遠太慢了，永遠比選手慢一步。結果選手已經準備得太久了，裁判卻老不開槍，所以選手一定要偷跑，不然永遠不可能開槍。」

徐璐的自我辯護，透露出體制形態轉換期一種典型的非暴力、不合作的非常態溝通模式：用互相的衝擊和制衡來調節衝突關係。這給了徐璐們乃至反對人士一個愈發自信的形勢判斷：「國民黨不會判我們，因爲他判我們，他付出的代價就太大了。國民黨目前學會了權衡利害，在權衡之後，他應該不會做出判刑的舉動，因爲我們站得住腳。」〔註133〕

〔註132〕户張東夫，蔣經國的改革〔M〕，香港：廣角鏡出版社，1988：165。
〔註133〕户張東夫，蔣經國的改革〔M〕，香港：廣角鏡出版社，1988：175～176。

同一天接受戶張東夫採訪的自立晚報總編輯陳國祥說得更輕鬆：「(國民黨)他的整個政策還是朝這個方向走的，只是我們搶先一步，他覺得沒面子。不但沒面子，還破壞了他開放政策的步調。」「臺灣的民眾，過去幾十年來都是被政府控制的，政府在政治上相當的強暴，所有的事政府說可以做大家就做，說不能做大家就不敢做。但現在整個社會已經被改變過來了。現在是自下而上施壓力推動政府、帶領政府前進。」「我們自立晚報這樣一個行動，本身是整個社會動態中的一個表現，是其中的一環而已。」陳國祥承認這對政策有干擾：「我們有帶動風氣，有示範作用，這可以說是一個干擾。這是執行層面的干擾，不是制定層面的干擾。」〔註134〕

此事發生後，王惕吾批評了自立晚報的做法，面對躍躍欲試的聯合報屬下，並表示：報紙爲社會公器，必須守法，不能以身試法，更不能目無法紀。決不能做任何違法、抗法、脫法的事。〔註135〕

熟悉臺灣媒體運作的復旦大學博士黃裕峰認爲，臺灣解嚴後、開放大陸探親前，自立晚報記者突破禁令前往大陸採訪的原因之一是：「當時的臺灣新聞事業與黨政關係已經較疏遠了，主要是受到經濟結構的改變，臺灣經濟起飛以後，隨著社會需求，報業的廣告量大增，有別於過去依賴政府公告爲重要財務收入的情況，在財務較爲自主的情況下，也因此新聞媒體有較大的言論空間，不再只有一種聲音。反觀在報業日益競爭的新聞市場中，黨、政、軍媒體反而受到較大的約束力，相形之下對於赴大陸採訪顯得被動」。同樣道理，大陸媒體至今從未有記者私自赴臺採訪的行爲，也與新聞媒體的屬性有關。「臺灣新聞媒體在經過社會環境與政治制度變遷後，幾度演變成爲現今的媒介生態，無論是哪個政黨成爲當局，保障新聞自由已經成爲臺灣地區人民的共識，雖然還有爲數不多的公營或公營色彩的媒體，但大多數媒體以民營爲主。」〔註136〕

（二）誤判形勢，未聽臺南幫「行業見解」

1987年10月10日是自立晚報創辦四十週年，吳三連爲所編報史作序中稱之爲「苦鬥四十年」：「四十年來，本報雖經數度改組，報頭下『無黨無派、獨立經營』之標示迄未變動。這八個字，一方面揭示了我們辦報不偏倚不私

〔註134〕戶張東夫，蔣經國的改革〔M〕，香港：廣角鏡出版社，1988：178。

〔註135〕彭明輝，中文報業王國的興起：王惕吾與聯合報〔M〕，臺北：稻鄉出版社，2001：26。

〔註136〕黃裕峰，兩岸新聞用語比較研究〔D〕，上海：復旦大學新聞學院，2011：120～122。

心的自我期許，一方面闡明，我們對於獨立報格的堅持。落實於具體新聞和評論方針的，便是我們追求政治民主、經濟繁榮、社會公道之一貫立場。本人願意在這裡指出一個事實，那就是，自立晚報的股東，沒有一個人以投資自立晚報，企望回收，作爲生活之根本；本人認爲這種對社會公器的正確理念，殊爲難得，並衷心感到無比欣慰。〔註 137〕

臺灣的晚報最早是在傍晚時分出版，後來各晚報爲了搶先上市，同時縮短作業時間，出報時間不斷提前，競相演變爲中午出報。新聞截稿時間挪前，只能刊登上午 11 時前的新聞。自立晚報採取的辦法是增印二次、三次版，分送不同渠道、區域和訂戶。1983 年社慶日開始的增印第三次版，成爲臺灣晚報經營上的一大創舉，成功帶動廣告的大幅突破。

獨立、自由、自主、敢言，民間文化人與輿論彙集的大本營、政治新聞言論急先鋒，反對聲音的陣頭地、新聞自由的橋頭堡，政治協商過程中的參與者、協商者和諍言者，「唯一不受國民黨控制的報紙」。這是各類學者、文人和同行以及眾多後來的研究者，加諸自立晚報身上的種種美譽。在開放黨禁、開放報禁的過程中，自立晚報一馬當先，一往直前地積極呼籲、參與推動，1987 年的發行量也是大幅增加的。特別是派記者李永得和徐璐首訪大陸，轟動一時。然而就在 1987 年當年的四十週年紀念專輯中，自立晚報自己也不得不承認，「其企業體質之老化，財務基礎之薄弱，經營管理之落伍，以及整體品質之粗糙，與高度發展的報紙相較，顯得極其明顯，非求脫胎換骨的更新，不足以振衰起敝，從沉屙中脫困而起。」〔註 138〕

儘管自稱「體弱質糙」，報禁解除時自立晚報仍氣盛一時，迫不及待創辦自立早報，號稱與中時、聯合併立的第三大報系，卻在 2001 年 10 月 2 日宣告停刊，比中央日報「暫時停辦」還早了近五年。倒是遷到臺北不久的自由時報，在聯邦集團林榮三大力投資下，後來逐漸與中時、聯合形成三大報局面。

自立晚報解嚴前夕佔有晚報市場 70%份額（當然，晚報市場本身總份額也不大），虧損也逐年減少，1987 年度甚至出現有史以來最大的盈餘 719 萬元。社長吳豐山提出創辦早報之前，也試圖交涉過，讓《自立晚報》改爲早報，未獲同意。

〔註 137〕自立晚報報史編纂小組，自立晚報四十年〔M〕，臺北：自立晚報：1987：6。
〔註 138〕自立晚報報史編纂小組，自立晚報四十年〔M〕，臺北：自立晚報：1987：259。

在報禁開放之際，爲了早報的創刊及因應未來發展，1987 年 4 月股東會完成增資額 3.65 億。自立晚報過去長年虧損時，每次增資，臺南幫的持股比例從未減少，這次大幅增資，因爲許多投資者看好，臺南幫中的法人和吳三連家族的持股比例反而從 56.08%降爲 42.73%。有了這筆錢，自立晚報馬上將幾十年來的檢字排版系統，改爲電腦打字排版系統，優退一批檢字工人，接著在新營新建第二家印刷廠，稍後又在五股建第三家印刷廠。「此外，爲因應本報事業規模擴張之需，本報於六月間引進五十餘位新血，並於六月十五日進行改版，增開『消費與生活版』，並充實影藝版內容，皆以彩色印刷。」〔註 139〕

有了信心，有了人，又有了錢，也不再提晚報更名的事，而是早報、晚報同時辦。經過數月籌備，1988 年 1 月 1 日宣布解除報禁，同一天自由日報更名爲自由時報。1 月 4 日，自立早報由自立晚報政治組召集人胡元輝，正式前往臺北市政府，申請登記成爲第一家新報。1988 年 1 月 13 日，蔣經國總統去世，國喪一週，各報相約不套紅。一週過後，恢復套紅。1 月 23 日，自立早報「堂堂出刊」。並在創刊不到半年時間，創下十三萬份的銷量。隊伍也擴充得很快，報系員工一下子膨脹到一千多人，單是地方版就擴充到十六個，地方記者將近三百人。

吳豐山談起當年的情形，發現自己過於樂觀了：基於報禁解除前幾個月，自立晚報每月盈餘五百多萬元，原估算以晚報的盈餘來補自立早報的虧損，然而聯合、中時相繼創立晚報後，晚報市場已是另一種新局。「創刊的喜悅只有短短不到幾月，廣告業績拉不上來，造成每月千萬元虧損。」〔註 140〕聯合、中時不斷擴版增張，早已超出約定的對開六大張（即 24 版）上限，發行量、廣告量不斷增加，拉開了你死我活的大廝殺，「自立報系」陷入長期虧損的惡劣狀況，直到停刊再也沒有過贏利的可能。

吳豐山坦承，決定辦早報時犯了兩個重大錯誤。第一是誤以爲臺南幫會盡全力擴大投資，「我以前一直很納悶，三老（吳三連）與許先生（許金德）在自立晚報雖無個人資金，但兩人背後的企業集團都相當具有規模，但爲什麼自立晚報在 1981 年以前一直都是『小本經營』？自立晚報在三老在世時，難道不想辦成大報？」吳豐山發現，吳三連當然不是不想把自立晚報辦成大

〔註 139〕自立晚報報史編纂小組，自立晚報四十年〔M〕，臺北：自立晚報：1987：342。
〔註 140〕呂東熹，政媒角力下的臺灣報業〔M〕，臺北：玉山社，2010：454。

報，而是他「算得很準」：自立晚報每年虧損個幾百萬，對臺南幫而言並沒有多大關係，但若虧得太多，恐怕就很難長久持續投資。〔註 141〕

曾任自立早報、自立晚報總編輯的胡元輝，回憶自立晚報董事會在一次討論自立早報的投資策略時，管理階層幹部都認爲，依當時報業競爭狀況，自立報系應該採取擴張性投資，但董事會認爲：「報禁開放後，競爭會很激烈，各報都會用極大成本投資，因此自立早報應先鞏固陣地，不用太大投資」。而早報剛創辦時，自立晚報股份有限公司增資的二億元，單單購買臺南新營印刷廠以及第一年八千萬元的促銷，已所剩無幾。第二年再次增資時，股東會興趣缺缺，董事會討論結果，採取了最少的增資案。〔註 142〕

吳豐山、胡元輝分別說出這番經過時，已是報禁解除 15 年後。恐怕他們也不得不承認，在行業競爭的判斷上，新聞人不如報人，報人不如報老闆，報老闆不如投資人。因爲這時候的競爭格局基本上不僅是新聞報導競爭，而是資金高投入的行業競爭，甚至就是資本的競爭。臺南幫這些企業家作爲投資人，在董事會上的建議，才是有預見性的專業判斷，轉換一個角度，不是談新聞業而是談報業產業時，臺南幫不但不是外行，還是眞正的行家裏手。如果按照這些臺南幫企業家的意見，不要急於擴張太快，或者不要再辦一張新報紙兩線作戰，在晚報市場上擴充實力鞏固陣地，或許會有不同的結果。

吳豐山講的第二個重大錯誤，或者說自立晚報對解禁後競爭形勢的嚴重誤判，表現在不滿足於晚報市場，並且認爲光靠守是守不住的，必須晚報、早報一起上，收事半功倍之效。這個誤判的詳細過程，從下面這段話中可以看得一清二楚：「我們深知，報業進入嚴酷競爭時期後，欲保持現狀而不求突破者，將經不起考驗，恐連現狀也保不住，只有勇往直前，大力突破，才可能在新局面中占一席之地。由於臺灣地區晚報生存發展的空間較小，而且可能會有新的競爭者加入，既有的優勢報紙也可能增出多次版，所以在『報禁』解除後，晚報將逐漸失去單獨存在的條件，不太可能仍爲單一存在的主體。」「以自立晚報奮鬥四十年建立的基礎，以本報在臺灣社會擁有的聲譽，於『報禁』解除後，善加運用既有的條件，並大力加強競爭的能力，在晚報之外，創辦一份早報，必可收事半功倍之效。在前期以晚報既有的基礎扶植早報，

〔註 141〕呂東熹，政媒角力下的臺灣報業〔M〕，臺北：玉山社，2010：474。
〔註 142〕呂東熹，政媒角力下的臺灣報業〔M〕，臺北：玉山社，2010：476。

其後再以早報開展的基業扶植晚報，彼此相輔相成，必能立於不敗之地，且能形成一個新的報系。」〔註143〕

當年自立晚報的分析判斷和決策選擇，聽起來確實頭頭是道，但這個分析中隱藏的一個可怕邏輯是：光靠晚報單打獨鬥不行，晚報難以單獨存在，必須晚報加早報「互相呼應扶植」。問題恰恰就出在這裡：單打獨鬥難以存活，但雙線作戰更加首尾難顧；晚報市場較小，還會有新的競爭者加入，但早報市場那麼大，當然會有更多的競爭者加入；雙線作戰的好處是互相呼應，但前提是各自都足夠強大，否則兩邊都自顧不暇；事半功倍的理由在於印刷、發行、人力、新聞資源等可以共享分擔，但分兵作戰也可能顧此失彼，兩面作戰，兩線皆失。對一個報業集團來說，也許在印刷、發行等配套資源上可以共享，但對兩張定位和讀者市場不同的報紙來說，它們是兩個產品，很難簡單地用同一批記者編輯來編完晚版編早版、寫完早報寫晚報，這是想當然的一廂情願的想法，聽起來簡單，實際做起來很難行得通。也就是說，自立晚報的誤判在於，明知晚報市場即將成爲紅海，中時、聯合已經虎視眈眈，卻抽出大量骨幹去籌辦早報，造成原有優勢市場兵力空虛；明知早報市場已經有中時、聯合兩大強手嚴陣以待，各路人馬正在趕過來廝殺混戰，卻把所有的老本新本都賭了進去。

（三）廣告不如人意：抱怨商人「自我戒嚴」

吳豐山抱怨那些怕事的企業和企業家，這麼喜歡自立晚報，偏偏不來投放廣告。事隔多年後，他還在對此耿耿於懷：「我聽說，某些『大報』老闆在民國60年到76年報禁開放的十餘年間，常常對朋友說：『印報紙像印鈔票一樣。』衡之實際，絕非誇口。不過，《自立晚報》即使在那個年代，也只過苦哈哈的日子。即使在《自立晚報》的晚報市場佔有率已高達百分之八十的年月，很多企業家仍顧忌《自立晚報》對當權者不馴順，不情願把商業廣告刊登到《自立晚報》上。」〔註144〕

這是臺灣報業中一個奇特的現象，有人稱之爲「自我戒嚴」，包括商人和媒體人。「目前臺灣的資深媒體人都是在戒嚴環境中培養出來的，臺灣現在雖然已經解嚴了，但是這些媒體人尚未從戒嚴的箝制中解脫出來。在已經沒有

〔註143〕自立晚報報史編纂小組，自立晚報四十年〔M〕，臺北：自立晚報：1987：341。
〔註144〕呂東熹，政媒角力下的臺灣報業〔M〕，臺北：玉山社，2010：序言3。

媒體檢查的狀況下，仍然繼續在內心作自我檢查，導致媒體報導仍然存在戒嚴時期的意識形態。」臺北英文報 Taipei Times 前副總編輯勞倫斯艾頓（Laurence Eyton）認爲臺灣的媒體人仍在「自我戒嚴」的心態中走不出來。〔註 145〕「艾頓也納悶臺灣媒體與歐美國家不相同的另一個奇特現象：歐美的讀者會以媒體的選購行爲，來表達對該媒體立場的支持或反對，但在臺灣則不然，反而許多臺獨立場鮮明的人，其所訂閱的報紙卻是強烈的親共媒體。」「何止訂閱報紙有如此奇特現象，不少立場傾向獨派的企業商家，也寧可將大筆廣告預算刊登在親共媒體，而吝惜於支持與其立場相同的媒體，這或許是基於本土媒體因先天不良，在編輯品質、發行量或收視率不如統派媒體的現實因素，但這何嘗不是因爲本土企業或獨立立場的人士，也習慣於接受戒嚴時期的思想教育與媒體閱讀文化的惡性循環所致。」〔註 146〕

呂東熹在其所謂的首個「臺灣民營報業史」專著中，既回應了吳豐山在序文中提出的抱怨和不解，又借機發揮了典型的臺獨式反對派的霸道邏輯：不投廣告給自立晚報，就是給了「統派媒體」、「親共媒體」；在他的邏輯裏，其他媒體就是「統派媒體」，「統派媒體」就是「親共媒體」；這些企業商家也順便就打上了「統派」、「親共」標簽。指責這些企業商家之後，轉而又坦承「報紙就像商人一樣，跟隨著當權派總是有利基的。」呂東熹承認，「民間的政治氛圍對於反對派報紙的發展也是不利的」，不管在戒嚴時期還是解嚴後。「《自立》的興衰，原因很多，報禁解除後其編輯方針雖仍堅持新聞理想，但某種程度的言論立場拉扯，卻讓讀者定位不清，加上社會開放程度似乎仍跟不上新聞專業理念，受到國民黨黨國體制馴化的媒介閱讀習慣，以及政治意識形態逐漸鮮明，《自立》的言論立場不一定兩面不討好，然而比較起來卻沒有明鮮特色」。〔註 147〕既然要做「反對派」，那就是政治的概念，而不是商業的概念。轉回頭來再講編輯方針、新聞理想和專業理念上的問題，又忘記了這與「報紙就像一個商人」的邏輯衝突，或者說忽略了報業作爲一個行業、一個產業、一個現代服務業的概念，再次轉換了論述的邏輯。

〔註 145〕呂東熹，政媒角力下的臺灣報業〔M〕，臺北：玉山社，2010：619。
〔註 146〕呂東熹，政媒角力下的臺灣報業〔M〕，臺北：玉山社，2010：621。
〔註 147〕呂東熹，政媒角力下的臺灣報業〔M〕，臺北：玉山社，2010：489。

隔業如隔山，「新聞出界」尚可補救，「產業越界」必死無疑。就算世界報業大亨默多克來考察過臺灣的報業市場，也未敢輕易出手。〔註 148〕推而及之，從角色和職能上看，記者不同於編輯，主筆不同於總編輯，社長不同於發行人，發行人不等於是老闆，老闆不等於投資人。偶而的跨界越界行動和人才升遷流動，不足爲奇，但從人才的升遷之道來看，記者成爲編輯，編輯成爲副總編輯、成爲總編輯、成爲總經理，也可能爬到金字塔的頂端，成爲社長、成爲發行人，但絕對成不了報老闆，成不了投資人，成不了合夥人。這些晉升的渠道理論上一直存在，但要跨界的提升，未必人人都可勝任，特別是達到後半段，除了機緣、運氣和能力，每過一個門檻，就是一道大坎。解嚴後解禁前創辦《新新聞週刊》的王健壯、南方朔幾位，解禁後到首都早報的戎撫天、司馬文武等，都經歷了這種痛苦，終不能適應新的角色而退卻回來，繼續做文字匠、編輯匠的老本行。

二、意料之中：黨報尷尬求生

（一）黨在，黨報已失勢

2006 年 6 月 1 日，中國國民黨中央機關報《中央日報》黯然熄燈，紙質版停刊。三個月後的 9 月 13 日，以「中央日報網路報」的名義復出，也就是只出網絡版的數字報（www.CDNews.com.tw）。這時候，已經是黨禁報禁解除 20 年之際，臺灣已歷經一輪政黨輪替，國民黨從執政黨變成在野黨，正在適應在野的身份，學習如何做一個「忠誠的反對黨」，爭取通過大選再度上臺執政。

在《關於我們——中央日報轉型再出發》的告讀者書中的說法，顯然是自說自話：「中央日報的暫時停止印刷，固然是一個重大挫折，但也未嘗不是一項轉機。只要完成體質轉換，成爲民營媒體，並以網路版型態再出發，中央日報仍有機會重新奮起，在新聞市場上再創新猷。」即便 2008 年馬英九代表國民黨贏得大選就任總統後，也沒有打算恢復紙質版的《中央日報》。「最

〔註 148〕集印刷與電子媒體於一身，事業橫跨澳洲、歐洲與北美洲的媒介財閥馬道克（即默多克，Rupert Murdock），突然於 1987 年 9 月間組團率員，搭乘專機造訪臺灣三天。所爲何來？評估以臺灣作爲其全球霸權之第四支點的可行性，或是什麼？後來沒有任何下文，可見默多克並未參與到解禁後的臺灣報業市場。出自 敦誠，報禁解除聲中的臺灣信息環境〔G〕／／圓神年度評論編輯小組，反叛的年代——1987 臺灣年度評論，圓神出版社，1988：71。

後一任」中央日報董事長兼社長邵玉銘坦率地說，黨產永遠是國民黨的累贅，黨營媒體卸下包袱，中央日報得自謀生路。〔註 149〕

（二）黨報、本黨報、準黨報

國民黨把黨報分成黨報、本黨報、準黨報。早在 1927 年 4 月，南京國民政府成立後，國民黨蔣介石集團利用全國執政黨的優越地位，很快建立起一個以《中央日報》爲核心，以各中央直屬黨報爲骨幹，包括各地方黨報和軍隊黨報在內的龐大的黨報體系。1928 年 2 月 10 日《中央日報》發表由何應欽撰寫的發刊詞《本報的責任》，公開表示「本報爲代表本黨之言論機關，一切言論，自以本黨之主義政策爲依歸。」並號召「同志之愛黨者，固應愛護本報，國人之愛護中國國民黨者，亦應愛護本報也。」1932 年 3 月，蔣介石委任上海《時事新報》總編輯程滄波出任《中央日報》社長。程滄波主張將《中央日報》和中央宣傳部在名義上脫離關係，並仿照美國《紐約時報》成例實行社長負責制，開創了黨報「新聞事業單位管理」的先河。在編輯方針上，加強採訪力量，充實新聞內容。1932 年 5 月 8 日，該報刊發程滄波社長親自撰寫的《敬告讀者》的改組社論，社論指出：「依吾人之見，黨之利益與人民之利益，若合符節。換言之，人民利益即黨之利益，爲人民利益而言，即爲黨之利益而言。故本報爲黨之喉舌，即爲人民之喉舌。」國民黨黨報研究專家蔡銘澤教授點評說：固然，在國民黨黨報那裡，所謂「黨性」與「人民性」是無法統一起來的。但是，《中央日報》以「人民之喉舌」自詡，確實能新人耳目，也能夠在揭露那些貪官污吏方面發揮一定的作用，因而具有一定的誘惑性。〔註 150〕不過，他們主要不是把這種新聞傳播體系作爲謀求國家和平、統一、富強的，而主要是把它當作維護個人專制獨裁的手段。這樣，就決定了中國國民黨黨報在客觀使命和其所有者的主觀意願之間存在著不可調和的深刻的矛盾。這種矛盾發展的結果，不是「報」亡於「黨」，就是「報」促黨「亡」。〔註 151〕

〔註 149〕黃東烈，臺灣民主化對黨營媒體經營影響之研究——以中央日報爲例〔D〕，臺北：世新大學傳播研究所，2002：155。

〔註 150〕蔡銘澤，中國國民黨黨報歷史研究（1927～1949）〔M〕，北京：團結出版社，1998：56。

〔註 151〕蔡銘澤，中國國民黨黨報歷史研究（1927～1949）〔M〕，北京：團結出版社，1998：42。

（三）「先日報、後中央」此路不通

在中央日報遷臺之前的改革和自由化階段，新任社長馬星野立志將中央日報辦成一份報紙而非傳單，當時的總主筆陶希聖（1947 年兼任國民黨宣傳部副部長）並不認同。據陸鏗回憶，陶希聖當時提出「先中央、後日報」的主張，馬星野不願得罪陶，採取「一分爲二」的辦法來對付，即「在報紙的言論上完全尊重陶，而新聞上則對學生放手」。後來，陸鏗也向時任中央日報董事長楚崧秋提供了「先日報、後中央」的南京經驗，實際上無法實行。〔註 152〕

1948 底年國民黨戰敗退守臺灣之際，南京《中央日報》社長馬星野「冒著不可避免之誹謗與譏諷」，著手策劃遷臺出版事宜。1949 年 3 月 12 日中央日報在臺灣出版，當日刊出《我們的信念》一文表示：「過去讓它過去，該毀棄的讓它毀棄。沒有破壞，不會有建設；沒有挫折，不會有新生。譬如今日植樹節的造林，必在一片乾淨的土地上播種插苗，才能希望將來綠葉成蔭。」〔註 153〕想不到的是，六十年後，成蔭成林之後，再次荒蕪消散。「再出發」成了末路的囈語。而 1987 年再度執掌中央日報的楚崧秋，也未敢公然採用陸鏗的建議。

1972 年 9 月起任職第十九屆中央日報社長的前總統府秘書楚崧秋，1987 年 8 月 17 日「復奉徵召」，從中國電視公司董事長任上，轉回到中央日報擔任董事長。上任伊始，提出辦好《央報》的三個新方向：有黨性而無官氣，守原則而重內容，求利潤而貴報格。在當年 9 月 1 日臺灣記者節之際，又在中央日報撰文做詳細解釋。文中除了不斷地爲黨報正名、打氣、辯解之外，其中多處談到黨報、官報的困難和弊端。摘其要點，有以下幾點：其一，「無人不知中央日報是中國國民黨的機關報，由於它是執政黨，因而大家每視本報爲政府報，亦即是所謂官報。由於社會大眾對於黨報或官報，抱有若干成見，因此這一類的報紙，早在十五、二十年前即已難辦，遑論今日？！」其二，「本報的新聞與言論儘管各方要求至爲嚴格，也就是絕對不享有『錯』的權利，無疑的這多少形成爲工作上的一種精神壓力，要完全解除，容或不易」，「本報在爭新聞、搶鏡頭、論時政、探問題各方面，不免受到若干局限，但絕不可因此作爲憚於採訪、怯於論事的藉口」，「日前走訪一位一向謹言慎行

〔註 152〕陸鏗，陸鏗回憶與懺悔錄〔M〕，臺北：時報文化出版企業有限公司，1997：100。

〔註 153〕蔡銘澤，中國國民黨黨報歷史研究（1927～1949）〔M〕，臺北：花木蘭文化出版社，2013：242。

的政府負責首長，他亦認爲本報過去有許多地方實在太保守、太矜持了。」其三，「本報自三十九年在臺發行，除近年略有虧損外，一直是一家合理賺錢的報紙」，「本報近年略有虧損，自應檢討經營是否有懈怠疏失之處，而必須急起改正。然其造成虧損的另一個重要原因，乃爲建造新廈、添增設備，爲資本投資向銀行借貸而必須負擔的利息年約三千萬元」，「某等雜誌說本報月虧七八百萬元之說，乃係完全昧於事實的無稽之談」。他給員工打氣說，「我們雖然是辦黨報，但絕不八股，更不教條，所有報導與論列，無不有血有肉，直指人心，與國計民生息息相關。所謂官樣文章從此減至最低限度，甚至一掃而空。今天我們的政府以及各級領導者越來越開明，對於善意的批評與建設性的不同意見，亦越來越有優容和尊重的雅量，因此目前亦正是本報脫除一切官氣的最佳時會。」〔註 154〕

（四）同類黨報轉手民營

1987 年 2 月 17 日，一份新報紙《現代日報》在嘉義市正式出版，用的刊號是 1986 年底停刊的《商工日報》。在新聞史上當一家報社經營不善時，休刊、改組、更名而重新出發，往往是正常的事。

這次有所不同的是，民營報紙《商工日報》在 70 年代瀕臨倒閉時，一度傳出有「政治神父」之稱的于斌與天主教團，有意接手，改爲益世報出刊，後來卻因價碼談不攏而作罷。隨後由於黨外人士收購的傳言滿街跑，促使國民黨文工會先下手爲強，在 1982 年正式以六千多萬購買所有權。再加上購買機器設備，整修報社設施，以及日後陸續的補助，據內部員工自行的估計，文工會最少也投資了一億五千萬左右。在文工會主任周應龍手上買下的這份新黨報，接任的文工會主任宋楚瑜卻不看好，1985 年 2 月間有意關掉它，因爲員工陳情，要求以八成薪、裁員等開源節流條件繼續營運，要死不活的拖了一年多，終於在 1986 年 4 月底停刊。現代日報的出刊，等於正式宣告商工日報的壽終正寢，不少老報人聽到這個消息都感到悲嘘不已，但也期望新報不是借屍還魂，而是另一番脫胎換骨的新表現，因爲其標榜「年輕人爲年輕人創辦的報紙」，顯示文工會已不只把報紙當作是宣傳工具，已能提升其多元功能，走向多角化的經營。〔註 155〕

〔註 154〕楚崧秋，新聞與我〔M〕，臺北：東大圖書公司，1995：177～180。

〔註 155〕時代話題編輯委員會，報風圈：報禁開放震盪〔M〕，臺北：久大文化股份有限公司，1987：143～147。

1987 年初宣布要研究開放報禁政策僅僅十幾天，現代日報就再次以民營報紙的面目出現，反映出國民黨文工會對報業形勢的判斷和新的布局意向，就是力保中央日報並促其改革應對變化，同時把不太主要的報紙脫手減負。

（五）黨報求變乏力

在 1988 年 2 月 1 日《中央日報》創刊六十年之際，楚崧秋在中央日報發表紀念文章，提出《中央日報》雖爲黨報，但要使它善盡言責，它必須是：「本黨政策的前驅和後衛，而不僅是信徒；政府施政的諫士和諍友，而不僅是護使；社會大眾的良師和益伴，而不僅是工匠。」其中也提到黨報存在的敝端和當務之急：「時代不斷在變，潮流和環境也在變，因此它所受社會的評估以及讀者對它的要求，自然也會隨之而不同。如果不能面對現實，迎頭趕上，焉得不落伍而不爲社會大眾所輕忽或背棄？！然公家事業有一通病，即一般從業者每每缺乏求新求變的精神，尤其不願大事更張，力圖改革，因爲這是要冒風險，而且不一定成功的！」〔註 156〕

楚崧秋在 1988 年 4 月與文化大學三研所博士班同學對談時，詳說了他對「報禁」問題方方面面的看法。他說，「報禁」形成的原因，部分由於時代背景；它的存在，對我政治與社會影響深遠。「黨禁」解除，「報禁」自然開放，開放之後帶來報紙的戰國局面。影響所及絕不限於政治層面。〔註 157〕

他爲「報禁」的政策辯護說：「四十三年（1954 年），我就任老總統蔣先生新聞方面的秘書。所以，跟新聞界的接觸就因而增加。我想我應該毫不諱言地跟各位說，當時的『報禁』，並非政府有意要阻止新聞自由，採取愚民政策，讓大家沒有知的權利，原意絕非如此。但無可否認的，是在那個期間，不希望言論太雜。」他的辯護因爲前後矛盾，顯得有氣無力。上一段剛說：「因爲這是戒嚴下的一個問題，說來是有法律上依據的。」下一段就又說：「當然，政府採取這樣一個政策，法律上的基礎比較薄弱。」〔註 158〕

對於現在爲什麼報紙要開放，他就講得更加輕描淡寫：「這道理一句話就講完了——「『黨禁』解除，人民都可以組黨了，則報紙那還有不可以辦的道理？」對於行政院決定開放「報禁」的舉措，他又爲之辯護說：「行政院俞院長在三個月間，搶先把它宣布，我個人覺得這一步不錯，甚至於是很好的一

〔註 156〕楚崧秋，新聞與我〔M〕，臺北：東大圖書公司，1995：174。
〔註 157〕楚崧秋，新聞與我〔M〕，臺北：東大圖書公司，1995：103。
〔註 158〕楚崧秋，新聞與我〔M〕，臺北：東大圖書公司，1995：105。

步。因爲如此一來，免得大家聚訟紛紜，又造成一種對政府不利的結果，而認爲國民黨非要加壓力，它不開放，好像什麼都是某些人把它打開的。」

對「報禁」解除後報界可能出現的亂象，他在1988年4月的提醒更像是警告：「希望新聞界的自律，乃至於大眾消費的壓力，讓傳播界不敢太放肆，或者採取某種抑制的態度。這些都有力量可以讓報紙收斂一點。」〔註159〕而之前他在1987年11月7日《青年週刊》上發表的《報業開放後的輿論界》一文，「不免樂觀地預估：激烈的競爭與有限的廣告市場，加上報業開放的壓力，必將使全體傳播界爲求生存而全力提升品質與內容，此對全體讀者、觀眾、聽眾而言，實爲一大福音」。〔註160〕

就在《青年週刊》的這篇文章裏，楚崧秋對自己長期擔任過成員的新聞評議會之類行業自律組織，顯然並沒有抱持多大希望：「目前幾乎缺乏任何拘束力的新聞評議組織，亟待改弦更張。」〔註161〕

對學生顯得輕鬆而且「無話不說」的這位新聞界資深前輩，一年多之後似乎後悔了。他以「余也直」筆名發表在1989年《報學》第八卷二期（中央日報隨後於9月13日轉載）的《報業開放後的省思》一文，口氣幾近咬牙切齒，痛心疾首了：「由於這一年多以來報業的表現，有令朝野莫可奈何之感，每認爲是四十年來有點亂得離譜的階段，幾乎被視爲一種『報紙公害』或『新聞暴力』。」「當一個人到了恬不知恥、無法無天的時候，還有法律可以制裁，但是當一個傳播媒體到了這種地步的時候，誰去制裁它？『新聞自由』是它的護身符；有關方面一旦引用法規略加警惕或限制，『妨礙自由』便成爲它的火箭炮，而先進國家多年體驗，我們自己也喊得很凶的社會責任理論，與學者專家苦口婆心提倡的道德勇氣，統統拋諸腦後。目中所見的和心中所想的，只有名利與激情，這樣發展下去，對整個社會、整個國家，究竟有何益處？」「如此是非不明、正邪不分、善惡不計的『新聞自由』，眞是多少罪惡假汝之名以行。」〔註162〕

（六）化妝師轉學「卸妝」

報禁解除15年後，少有的以中央日報爲例研究媒體轉型的文章，是橫跨政治學和新聞學研究的彭懷恩教授在世新大學傳播研究所指導的一篇碩士論

〔註159〕楚崧秋，新聞與我〔M〕，臺北：東大圖書公司，1995：107～108。
〔註160〕楚崧秋，新聞與我〔M〕，臺北：東大圖書公司，1995：116。
〔註161〕楚崧秋，新聞與我〔M〕，臺北：東大圖書公司，1995：119。
〔註162〕楚崧秋，新聞與我〔M〕，臺北：東大圖書公司，1995：120～121。

文。在這篇名爲《臺灣民主化對黨營媒體經營影響之研究——以中央日報爲例》的論文中，黃東烈提到臺灣一直亦步亦趨跟隨的美國新聞業，並將媒體與政治的關係提升到一個很高的理想化階段：「美國從 1970 到 1990 年代，報紙由於財政獨立以及專業地位的確立，它已經從政府組織與政治領袖的代言人角色，轉型爲政治過程的獨立參與者，而且有影響整個過程的實力。轉型後報紙變成選舉的組織者、政策制定過程的觸媒劑，以及公眾意見的表達管道。媒體與其工作者本身就是重要的政治行爲者，他們不只將政治組織的信息傳送給大眾，而且透過新聞報導、詮釋等過程轉化政治信息，而政治人物所想傳達的，不一定是媒體所報導的。此外，媒體會以評論、社論和專訪等新聞體例表達他們自己對政治的看法，這些看法會對政治環境產生顯著影響。媒體和政治過程的關係，是一種作用與反作用的過程。媒體報導、分析政治活動，而其本身也是政治活動的一環。」〔註 163〕

在分析政府對媒介的影響時，黃東烈定義了政府的四重角色：國家機關是新聞媒介的管理者、擁有者、檢查者、信息提供者。並且引用西方專家的觀點說，國家機關介入報業的性質、範圍和程度，介入報業經濟的類型、方式和程度，或者說國家的報業政策，與國家對於其他產業的經濟政策及國家的一般經濟政策，可以說是一致。這種說法和引用，顯然是泛泛而談，沒有任何實質性的意義和任何具體的指向性。

具體分析中央日報前後定位的變化時，1996 年擔任中央日報總編輯、1999 年後兼任副社長的江偉碩認爲，政黨輪替政策後，中央日報言論尺度放寬不少，過去是國民黨的化妝師，現在跟著國民黨成了在野媒體，於是轉換成政府的卸妝師，反映民眾不同的意見，言論空間加大，但對國民黨的理念、政策還是有一定的立場與堅持。

1987 年中央日報八德新廈落成，並引進電腦新設備，成立電腦中心，廢除手工檢排，成爲臺灣第一家全頁電腦組版的報紙。技術上的改進甚至領先一步，也不能解決報紙本身的定位問題。

1988 年 11 月，在報禁開放快一年之際，中央日報社長石永貴於香港世界中文報業協會第 21 屆年會上以《臺灣地區報業現況報告》爲題演講時說：「人人皆知報紙是社會的公器，擔負崇高的社會責任。不過開放後的報紙，在以

〔註 163〕黃東烈，臺灣民主化對黨營媒體經營影響之研究——以中央日報爲例〔D〕，臺北：世新大學傳播研究所，2002：30。

市場爲取向的經營政策下，走向高度商業化，無形中影響了新聞的品質和輿論的公正。我國近代新聞教育與新聞事業來自美國，報業經營承受了資本主義社會的模式，更不幸的，也受到美國在二十世紀初黃色新聞氾濫，及五十年代資本主義商業氾濫的影響，這是以三民主義爲立國精神的社會，值得深思與引以爲鑒的。」〔註 164〕

（七）維持、維護不可兼得

唐海江分析中央日報「黨報組織的文化維持功能」以及在與社會的互動、與黨外勢力的「積累對抗」中，形成的政治化和激進化的心態。指出在民主轉型期間，中央日報的論述陷入看似奇怪而又「合理」的景觀中：一方面是意識形態的僵化和虛僞，缺乏以一種更有意義和充盈的內容來填補，以適應社會的發展，遂使新（增量）的社會成員對其難以產生政治認同；另一方面其意識形態的轉移，是以與原有意識形態的價值根基爲牴觸爲內涵出現的，造成與舊的社會成員（存量）的思維模式之間急劇的張力。特別是其以最爲基本的民主價值的工具性運用爲代價，不能不說是對臺灣「民主」轉型的一個反諷。〔註 165〕

具體來說，這一核心游移、自我背離的悖論式困境體現在兩個方面：一是民主化認同上的游移和背離。在關於民主化與臺灣的關係上，民主價值本是中央日報反對臺獨反對本土化的訴求依據，轉而又成爲支持臺灣認同的理由。在意識形態的轉換中，民主這一原本在轉型中最爲重要的價值追求，幾成被操弄的說辭，成爲各種論述的工具。

二是文化認同上的游移和背離。中央日報不斷悄然拋棄原本反臺獨論述的民族歷史文化傳統這一價值基點，轉而以現實需要、現實生活場所等事實依據作爲訴求重心，突出臺灣認同方面意識形態的營造，在文化上突出的是臺灣的本土文化的意義，「臺灣與中國傳統歷史文化之間的聯繫被淡化甚至被刻意磨損」。

黨報論述的狹窄化、空洞化以及上述這種背離趨勢，必然造成黨報陷入「二元對立」的悖論和困境，走不出「二者擇一」的失範和怪圈。維持在對

〔註 164〕石永貴，中國臺灣地區報業現況報告〔J〕，新聞學研究（臺北），1989（41）：5。

〔註 165〕唐海江，黨報「轉型困境」的政治文化分析：以中央日報爲中心〔J〕，新聞學研究（臺北），2008（97）：148。

抗與衝突語境中近乎前後對立的合法性論述，並試圖繼續強化黨報組織的權威心態，結果往往事與願違，初衷與結果之間，演變成政黨、黨報、社會三者關係的惡性循環。

比如說，中央日報主政者向來強調的報紙的社會責任，其實與西方的社會責任論有著本質上的不同，而更多的是現實的、政治的「安全」、「穩定」、「是非」、「順逆」的含義，特別是在轉型時期原有的合法性基礎不斷瓦解，立論的基礎需要重新建立的時候，這種尷尬就變得特別明顯。為此，唐海江特別指出：當我們體會中央日報在批判 1980 至 1990 年代中期臺灣社會運動的價值時，不能不將其對於社會責任的認知和判斷（報格）置於激進民主文化的環境之下進行分析。就是說，責任意識已經定勢成為絕對化的思維習性。這看似頗為弔詭，同時又是何其合理！

（八）反感、反對天然注定

或者說，黨報與民主化就是天然對立的嗎？既便經過了話語的改造和論述的轉向，也難以延續固有的權威地位並獲得新的認同？曾任中央日報副總編輯、主管採訪領域的馬西屏直言：「轉型時期，一般民眾都喜歡聽反對的聲音，對於中央日報維護舊有的權力和意識，他們非常反感。」〔註 166〕只能說，被拋棄被邊緣化，不僅僅是黨報本身，而是整個體系的重大轉換和重新調整。這種宿命論的觀點和消極態度，是中央日報本身不願面對的，很多專家的觀點也是含糊其辭。

報禁開放之後，國庫不再通黨庫，黨國媒介砍斷了津貼，迅趨式微，國民黨黨報《中華日報》和《中央日報》先後被迫關閉；省政府控制的《臺灣新生報》和《臺灣新聞報》，以及軍方轉讓民營的《臺灣日報》都紛紛成為歷史的陳跡。李金銓說，讓那些只靠特權領津貼過活的媒介壽終正寢乃應有之義，毫不足惜。但戒嚴時期言論比較持平的《自立晚報》，在解嚴以後創辦早報，也都在失序的市場競爭下成為祭品，更加怕的，整個媒介的市場秩序和文化品味進一步惡化。〔註 167〕

〔註 166〕唐海江，黨報「轉型困境」的政治文化分析：以中央日報為中心〔J〕，新聞學研究（臺北），2008（97）：143。

〔註 167〕李金銓，臺灣傳媒與民主變革的交光互影：媒介政治經濟學的悖論〔G〕／／卓越新聞獎基金會 主編，臺灣傳媒再解構，臺北：巨流圖書公司，2009：11。

對中央日報等黨公營報紙衰敗的原因，鄭貞銘做過這樣的分析：在激烈的競爭聲中，民營報力求創新，黨公營報則漸趨保守，尤其對於若干黨政要人的言論及政府的公告必須全文刊載，既造成黨公營報從業人員莫大的壓力，復漸爲讀者所不耐。言論保守，新聞落後，人事制度僵硬，缺乏新陳代謝與競爭力；這些都造成黨公營報的困境。同時，黨公營報雖有公家之名，卻並無接近有關新聞來源的特權。他們比起其他民營的報紙在政策政令等範圍內不僅沒有獲得更多權威消息的特權，甚至有時獲有獨家新聞而不能刊登。另一方面，黨公營報在言論上常受限制，較少反映時代變遷中的民眾心聲，因此優勢漸失。〔註 168〕

（九）黨報不在，黨仍在

談到黨報對黨的態度、與黨的關係，恩格斯同馬克思一樣，認爲應當是既「熱烈支持」，又不「粉飾所遭到的失敗」，無產階級政黨報刊是「黨的旗幟」，但不是黨的「簡單傳聲筒」。黨需要「形式上獨立的黨的刊物」，黨對黨的報刊「保持相當大的道義上的影響」，「應該而且可以以此爲滿足」。恩格斯還說，「做隸屬於一個黨的報紙的編輯，對任何一個有首倡精神的人來說，都是一樁費力不討好的差事。馬克思和我向來有一個共同的看法：我們永遠不擔任這種職務，而只能辦一種在金錢方面也不依賴於黨的報紙。」〔註 169〕郝柏村日記中多處記載了蔣經國對「黨的出版物」的不滿。比如：（1987 年 2 月 4 日，星期三）「中常會主席指示：黨的出版物太長太深，沒有人看，宣傳成爲形式，而國劇唱詞優美且寓理易懂，相比較，容易深入人心。」〔註 170〕

對於中央日報的困境與敗相，陳國祥的評價角度又有不同：「中央日報的氣勢與業績自民國七十年後跌至谷底，報紙乏人問津，每年巨額虧損。該報在爲政府宣傳、爲黨宣傳的言論編採政策之下，陷入僵化的格局中，身手施展不開，滿紙官腔黨調，無法滿足讀者需求。爲了挽救頹勢，該報曾大幅改版，調整其重視國際新聞的傳統，將第二版國際新聞版改爲國內新聞版，其他新聞亦求多元化發展，然畢竟因爲自我設限太過，迴旋餘地

〔註 168〕鄭貞銘，黨公營報業之過去、現在與未來〔G〕／／王洪鈞 主編，新聞理論的中國歷史觀，臺北：遠流出版公司，1998：495。

〔註 169〕孫旭培，論社會主義新聞自由〔G〕／／中國新聞學會編，新聞自由論集，上海：文匯出版社，1988：46，50。

〔註 170〕郝柏村，郝總長日記中的經國先生晚年〔M〕，臺北：天下文化出版公司，1995：344。

太小，而鮮有起色。民國七十六年一月，在執政黨中央黨部的主導下，該報進行全面大換血，自上而下大幅更新人事，此後內容略有改善，卻仍無脫胎換骨之跡。」〔註 171〕

轉眼到了 2000 年 3 月 18 日總統選舉，陳水扁代表民進黨當選總統，轉眼之間國民黨由執政黨變成了在野黨、反對黨，國民黨的機關報中央日報角色定位，也因政黨輪替，「由執政黨的喉舌，變成在野黨的文宣報」。時任社長詹天性在內部會議上表示：「中央日報定位明確，扮演反對黨監督政府的一份報紙，在當前政經環境下，自有其一定的功能」。顯然，反對黨的角色也不是那麼好扮演的，不是誰來都能扮演好的。國民黨有八年的時間學習做一個反對黨，但中央日報卻沒有辦法熬下去，等不到國民黨再次上臺執政，已經「有報無紙」，美其名曰是只出「網路版」，實際上就是報紙停辦。

三、強者愈強：兩大報霸主格局不變

解禁前，中國時報、聯合報的市場份額占到了七八成，解禁後借助雄厚財力，保持了競爭的優勢。同時分別創辦了中時晚報、聯合晚報，搶佔晚報市場。一方面擠佔了自立晚報的生存空間，一方面爭奪中央日報等黨政軍報紙的市場空間，牢牢佔據著報業霸主地位。

對兩大報「黨報民營」到「民營黨報」的譏評，來自解嚴十年後的學者，很容易被視爲「後見之明」。在解嚴、解禁過程中，兩大報的現場參與價值，後來者、旁觀者、研究者、第三者難以全面理解和認同，恰恰是一種價值多元的體現。

兩大報成爲影響力超過中央日報的主流媒體，尤其是兩位報老闆進入中常委之後，兩報也逐漸由民營報紙轉變爲「民營黨報」，甚至被稱爲「黨國媒體」。這幾句簡單介紹看似沒有錯，但細究之下就會發現：這是後來人的概括，這是後來學者的概括，這是後來所謂獨立學者的概括，起碼是在報禁結束十年後才出現的反思話語。在當年的報界，解禁之前，甚至解禁之後的五年十年間，這兩大報依然是風頭勁猛，勢不可當。能夠進入這兩大報的新聞系畢業生，就像進大學時考入政大新聞系一樣，一定是周圍人羡慕的對象。

聯合報的特殊地位和處境表現在，它的雙重角色、雙重表現、雙重處境，

〔註 171〕陳國祥，祝萍，臺灣報業演進四十年〔M〕，臺北：自立晚報出版部，1987：192。

使它面臨著衝擊以及被衝擊、抗爭以及被抗爭、推動以及被推動。一方面它對臺灣的意見表達自由有所抗爭，另一方面它也是報禁政策下的受益者；一方面對政治發展過程中部分課題有討論和主張，另一方面因爲其負責人也是黨國體制中的成員，本身也成爲反對人士抗爭的對象；一方面它作爲輿論公器而反映了民意，另一方面則在民主浪潮下成爲衝擊的對象。〔註 172〕這一理解角度，也同樣適用於經常被並列看待和同時談論到的中國時報。

王惕吾、余紀忠於 1979 年 12 月 24 日，當選國民黨中央常務委員。在蔣經國去世的當年，王余二人先後於 1988 年 4 月、7 月辭去這一國民黨高層要職。對此現象，後來的學者多有非議，認爲這是侍從報業的典型象徵，是收買、收編和保護、利用的懷柔政策。聯合報社長張作錦 2001 年接受南京大學左成慈訪問，談到當初王惕吾和余紀忠擔任國民黨中常委的事：當初蔣經國先生主政之後，較爲開明（現在當然還是把他劃在威權時代），那個時代的新聞言論自由看法，有點與大陸的官方相像，新聞言論要爲政府服務，政府是爲老百姓服務的，你與政府政策相配合，也就是爲老百姓服務。國民黨認爲要請兩個主要報紙的負責人進入中常會，讓他們充分瞭解黨的決策，這樣對政府的政策的報導就比較容易掌握。這種想法從黨和政府來看，是沒什麼關係。但從新聞界的角度來看，言論自由、對政府的制衡、第四權、人民的權利等等，與我們所理解的原則都不符合。那時政治體制如此，一個黨員，黨給你在黨看來很重要的職務，甚至包括一種榮譽在內，你不接受恐怕不大好，說不出口，所以王惕吾和余紀忠兩位先生也只好去做。解嚴了，體制一切都在變，王先生要求恢復正常的新聞界與政府的關係，把個人的身份恢復到辦報人的身份，於是辭職。余先生也跟進。」〔註 173〕

兩個報老闆屬於「不同的軍人」：王惕吾先生的出身、背景和理念，確實對聯合報作了很多限制。他是職業軍人，野戰部隊、警衛部隊的，跟官邸的關係非常深。中國時報的余紀忠先生雖然也是軍人，可是他受過大學正統教育而且到英國留學，基本上他是文人；文人性格使他不喜歡接觸類似王昇等政戰系統人士。跟王惕吾先生是純軍人、比較容易受政治立場非常保守的政

〔註 172〕彭明輝，中文報業王國的興起：王惕吾與聯合報〔M〕，臺北：稻鄉出版社，2001：1。

〔註 173〕左成慈， 余紀忠辦報思想與實踐研究（1988～2001）〔M〕， 南京：南京大學出版社，2003：254。

戰人士影響，余紀忠先生就比較堅持民主的理念。都是軍人出身，後來的經歷不同，辦報的經營理念有所不同。〔註 174〕簡而言之，王惕吾是政治家辦報＋商人辦報，余紀忠是文人辦報＋政治家辦報。

在 1987 年 1 月 5 日的聯合報董事會議上，王惕吾指示成立「編務企劃團」，為報禁開放早做準備，可見他是早一步知道消息。〔註 175〕

對報禁政策少見的正面評價，來自研究聯合報系的彭明輝，他直接把解禁前的這一階段稱為「有限競爭、新聞管制的民營報紙時期」。〔註 176〕談到「新聞政策對報業發展的正面作用」，彭明輝認為，正面助益包括出版法中基於對新聞事業的尊重及社會大眾知的權利，列出各項優惠待遇的規定（獎勵或補助、免徵營業稅、交通費率優待、給予採訪便利、受侵害時政府應迅速保障等），還有交通部「新聞電報規則」中對新聞電報、傳真新聞與新聞電話之優待，「郵政規則」中有報紙郵資優待與郵局代訂報刊等辦法，臺灣省交通處另訂有「鐵公路優待新聞記者乘車辦法，優惠新聞從業人員及開駛運報專車等辦法。「在威權體制下的報業，固受國家部門的制約，但亦為部分報業集團及傳播事業塑造了有利的空間。戰後臺灣的報業發展，基本上係在執政者有技巧的控制下有所成長，政府的新聞政策正顯示出此類意義。」〔註 177〕這與林麗雲教授批評報禁下的控制與「侍從報業」，使用的完全是相同的材料，出發點不同，看待的角度不同，得出的結論便南轅北轍。關於有學者給予聯合報「較負面的評價」問題，彭明輝顯然也注意到了，並堅持認為：聯合報的立論固然在一定程度上與執政當局相唱和，惟其所處時代背景似應列入考量。聯合報對重大政治事件的報導可謂相當多樣，其立場與觀點，以後見之明加以分析固有可議，亦難免出現以不適切的字辭報導事件，因而距離以媒體為公共領域論壇之觀點稍遠。然則，戰後臺灣報業媒體在國家機器制約下發展的脈絡亦不容忽視。總之，「負面評價」中有「後見之明」，

〔註 174〕戎撫天，曲筆奮進迎向新時代〔G〕，／／何榮幸 策劃，黑夜中尋找星星——走過戒嚴的資深記者生命史，臺北：時報文化，2008：138。

〔註 175〕彭明輝，中文報業王國的興起：王惕吾與聯合報〔M〕，臺北：稻鄉出版社，2001：33。

〔註 176〕彭明輝，中文報業王國的興起：王惕吾與聯合報〔M〕，臺北：稻鄉出版社，2001：204。

〔註 177〕彭明輝，中文報業王國的興起：王惕吾與聯合報〔M〕，臺北：稻鄉出版社，2001：98。

並非「持平之論」。〔註 178〕

在 1991 年聯合報四十年之際，王惕吾志得意滿地說，聯合報系的七家報紙在全世界十一處發行，具有「環繞地球轉，環繞時鐘轉」的意義，美韓兩國三所高校授予他名譽博士學位，1988 年辭去國民黨中常委之後，1990 年 6 月受總統李登輝之邀參與國是會議，同年 10 月受聘爲國家統一委員會委員，這些都是「創辦聯合報從事輿論報國的延伸」。王惕吾認爲臺灣的「經濟奇蹟」擺脫了「動亂循環」、「貧窮循環」的阻滯和歷史困境，新聞事業的「臺灣經驗」有望在「中國經驗」中扮演角色。〔註 179〕彭明輝看到「報禁對聯合報系反而成了護身符，王惕吾亦藉此建立其報業王國」。但通讀深研了聯合報史後，發現對其類型、模式的建構卻並無信心，彭明輝十分客氣地指出，在「臺灣經驗」中巡視臺灣報業發展的特質，無論理論模式驗證、經驗特質建構，還是變遷軌跡中的類型意義，都僅能做描述性的闡述。或者說，臺灣的經驗太特殊，不足以稱爲一種類型和模式；臺灣的變化太快速，來不及變成一種定型的類型和模式。〔註 180〕

1984 年聯合、中時的版面安排上看，社會新聞並不包括「犯罪災禍」新聞，因爲在這兩家的版面上，社會新聞、犯罪災禍新聞是並列的兩個版塊，都在重點處理的新聞賣點前列。唯一不同的是在版面排序上有點區別，聯合報主打的是：社會新聞、犯罪災禍新聞、藝術影劇新聞、財經新聞；中國時報主打的是：財經新聞、犯罪災禍新聞、社會新聞、科學文教新聞。〔註 181〕

王惕吾解釋說，社會新聞就是「社會需要的新聞」、「社會進步的新聞」，由社會到民生、由民生到公民，聯合報進行的是「社會新聞的革命」。〔註 182〕這些說法和做法很巧妙，也一路都行得通、接得上、走得下去。「社會新聞」的內涵、外延不時深化、擴展，竟然一路都被賦予了革命、革新的意義。

對於有人議論聯合報「保守」，王惕吾也有自己的堅持和見解。在總結出「正派辦報」的經驗時，他是這麼解釋「正派」二字的：「我們不是官報，而

〔註 178〕彭明輝，中文報業王國的興起：王惕吾與聯合報〔M〕，臺北：稻鄉出版社，2001：191。

〔註 179〕王惕吾，我與新聞事業〔M〕，臺北：聯經出版，1991：230。

〔註 180〕彭明輝，中文報業王國的興起：王惕吾與聯合報〔M〕，臺北：稻鄉出版社，2001：100。

〔註 181〕李瞻，當前我國三大日報內容之統計分析〔J〕，臺北：新聞學研究，1985（36）：21。

〔註 182〕王惕吾，我與新聞事業〔M〕，臺北：聯經出版，1991：67～68。

是民營報紙，但是我們不是左派，不是右派，也不是中立派，而是正派的民營報紙。正派的報紙也無所謂前進或保守。我們是正道的、正直的、正確的、正當的、正義的、正中的、正誼的報紙。」〔註 183〕

有所不為，有所不避。這是王惕吾在 1993 年宣布退休時，在聯合報 42 週年社慶典禮上的表白。特別是「有所不避」上，「報老闆」身上的壓力不是常人能夠想像的：「像雷震案那年的退報運動，和八十一年的那一次退報風潮，你躲得過去嗎？你又應該躲嗎？」「對於一個正派的報人來說，有些屈辱橫逆，如果力求苟免則有損報格，也只有迎上前去，打脫牙齒和血吞。」〔註 184〕

聯合報的企業化經營，或者作為一個民營報業、「新聞企業」，王惕吾也有自己的創造性解釋：「新聞企業的意義，也就是要促使新聞事業的現代化」，即科技化、科學管理和人文精神，是把新聞事業「升高為新聞企業」，而作現代化的經營。王惕吾不客氣地指出傳統的「文人辦報」有兩大缺失：一是把報紙只當作發表個人或少數知識分子言論主張的園地，而未能顧及社會大眾的需要。這種只顧辦報者意願而忽略讀者取向的經營，使早期的中國新聞事業不能深入民間，便好像大樹缺乏盤根錯節的基礎，也就繁榮不起來。另一項大缺失，是文人缺乏經營的觀念，甚至根本缺乏把報業當作一種企業的價值觀。一直囿於「君子不言利」的傳統觀念裏，這種缺乏成本與利潤觀念的經營，當然不利於報業的企業化，也就限於辦報者的人力財力，無法發展開來。〔註 185〕

當然，除了兩個報老闆性格、風格上的不同，兩大報之間也有個性差異和不同的新聞表現、政治表現和市場表現。在宣布「正派辦報」原則之前，王惕吾宣稱聯合報辦報的中心思想是「反共、民主、團結、進步」。與此同時，余紀忠在親撰的社論中宣示中國時報的辦報立場是「開明理性求進步，自由民主愛國家」。王惕吾說「輿論報國」，余紀忠講「言論報國」。王惕吾的《美洲世界日報》受到蔣經國的讚揚，余紀忠的《美洲中國時報》被迫停辦。在 1987 年解嚴以後、開放大陸探親之前，自立晚報派兩名記者赴大陸採訪，中常會上王惕吾持指責態度，余紀忠認為沒有必要處分。

〔註 183〕王惕吾，我與新聞事業〔M〕，臺北：聯經出版，1991：14。

〔註 184〕王惕吾，心中有自由，筆下有責任，／／黃年　等編，在新聞的河，淘歷史的金——聯合報 60 年紀實（1951～2011）〔M〕，臺北：聯合報，2011：序言 18。

〔註 185〕王惕吾，我與新聞事業〔M〕，臺北：聯經出版，1991：56。

來自習賢德教授的經典評論是：針對員工待遇高低和升遷管道的寬狹，臺北報界盛傳的一種說法是：「四十歲以前，去《中國時報》打天下，四十歲以後，到《聯合報》領退休金。」這透露了兩家大報領導人在對待員工和人事異動之作風迥然不同，和各自標榜的企業文化的重大差異。〔註 186〕

在獨家報導民進黨成立這一消息時，中國時報再次顯示出與聯合報的不同處理手法。1986 年 9 月 28 日民進黨成立當晚，國民黨當局全力封鎖各報刊登此一新聞，黨政有關部門的電話漏夜通知到各報負責人，唯獨中國時報表示無法接受。余紀忠在電話裏親自向黨政決策人士表示，民進黨強行宣布組黨，中國時報站在新聞媒體的角色上，理應對此一重大新聞據實報導，才對得起讀者，對得起歷史。翌日，中國時報在二版右上端社論旁，刊登了一則 9 欄高、文約 900 字的新聞，顯著的標題爲《黨外宣布組織民主進步黨，昨提出黨綱黨章草案及組織構想》。而臺灣其他報紙這一天要麼隻字不提，要麼語焉不詳地帶過。9 月 30 日，中國時報又發表社論《「憲政」體制必須完整，國土不容分裂——我們對黨外人士組黨一事的看法》，進一步表明「必須在體制內改革」的立場。〔註 187〕

編輯方針的變化，更體現在解嚴後關鍵節點上的處變不驚、及時應變。在 1987 年 7 月解嚴後這段關鍵時期，中國時報的立場開始與「黨國體制」一樣，有了更靈活、更積極、更主動的表現。1987 年 10 月 27 日，中國時報發表了一篇重要社論，主張全面改造「中央民意代表」，直接提出了資深民代（「萬年國代」）的退職問題。就在當天，余紀忠召集編輯會議，針對當時的政治形勢，提示具體的編輯方針。余紀忠強調：「我們希望社會愈來愈自由民主，但是自由民主必須建築在安和與穩定之上。我們策勵執政黨的改革，是要掃除老舊陳腐的觀念與做法，使其在面對日後的挑戰，更強大茁壯。而我們反映在野人士的意見，是寄望其以溫和理性的態度，共同尋求國家的進步。」「今後，報紙刊載新聞的原則也是如此。只要値得登的新聞，我們就登，無論是屬於前進的，或是保守的，都讓所有的讀者去論斷是非曲直；同時也把各界的反應回饋給新聞當事人，讓他們瞭解社會上的眞實狀況。至

〔註 186〕習賢德，《聯合報》企業文化的形成與傳承（1963～2005）〔M〕，臺北：秀威信息科技，2006：298。

〔註 187〕左成慈，余紀忠辦報思想與實踐研究（1988～2001）〔M〕，南京：南京大學出版社，2003：96。

於評論，則是依據各方新聞，本諸創報時揭櫫的精神執筆爲文，以超然客觀的態度表達我們的看法，由讀者去衡量究竟我們的裁判是否公道。」〔註188〕處變不驚，是有了實力；及時應變，也是因爲有底氣。解禁前很多專家預料到了這一「不變的結局」，解禁後報業洗牌的結果，印證了這一「不變的格局」。

「原有的強勢媒體仍然能夠穩定地運作，那麼也可能顯示這個社會的整合沒有多大問題。」出身於聯合報系的民主報社社長黃年卻從這個現象看到了積極的社會意義：「第一，原有的強勢報紙在社會轉型的變局裏能夠持續穩定發展，顯示著整個社會的變局也是一種比較平緩的、延續性的變化，而不是一種風險比較高的破折性的變化，也就是說不是一種破裂折斷性的變化，這顯示了臺灣社會的整合基本上沒有多大問題。第二，原有的強勢報紙的持續發展，顯示臺灣社會的重要信息管道及溝通管道並沒有因爲急遽的政治變遷而崩解，這個情況有利於社會的整合。」〔註189〕

第五節　傳播論述失去權威

一、李金銓：全程有理無解

（一）報禁現場連續發聲

解除報禁的目的在於百家爭鳴，不在弱肉強食；在於追求眞相，不在蒙蔽眞相。報禁是爲社會全民的福祉，不是爲了少數政治或商業利益而開的，唯有讓「不求權、不求財、不求名」的言論空檔有天寬地闊的生存空間，公是公非才能伸張，社會正義才會落實。〔註190〕李金銓1987年6月出了一本書叫《新聞的政治，政治的新聞》，大談報禁的準備工作，算是先知先聲之作，他在序文裏引用張季鸞在《大公報》1941年獲得美國密蘇里大學榮譽獎章後寫的一篇社論《本社同仁的聲明》中的「新三不」（不求權、不求財、不求名），緬懷《大公報》當年的「四不原則」（不黨、不賣、不私、不盲），從而提出

〔註188〕中國時報，《中國時報》五十年〔M〕，臺北：中國時報社，2000：134。
〔註189〕黃年，政治轉型與報紙的角色——解嚴前後的臺灣報紙，北京：亞太地區報刊與科技和社會展研討會論文，1992～10（26～29）。
〔註190〕李金銓，新聞的政治，政治的新聞〔M〕，臺北：圓神出版社，1987：序言。

對報禁開放的種種期望。〔註 191〕雖然在他的《新聞的政治，政治的新聞》一書出版的時候，解嚴令還沒有正式實施，報禁的正式開放還要等半年之後，新聞局還在忙著繼續調研和協調，業界還在一邊招兵買馬一邊爭執不休。

李金銓在臺灣報禁解除前後特別活躍，「1986～1987 學年，明尼蘇達大學放了我一年長假，我回來與這塊土地上的人與事同喜共悲，呼吸與共。」「這一年躬逢臺灣政治發展四十年來未有之變局。黨禁開了，報禁快開了，社會力的解放如在弦之箭，我不再在數千里外觀望，我在新聞實踐中參與了這場變局。」從爲《遠見》雜誌 1987 年 1 月 1 號寫了一篇《報禁的回顧與展望》，同一天在中央日報發了一篇《開創新聞自由的新局》，之後一發不可收拾，對此頻頻發聲。甚至在報禁解除五年、十年、十五年、二十年、二十年、二十五年之際，都可以聽到他不斷發出的聲音。當然，能在十年二十年之後還有話說，可見其關注之深。而能在十年二十年之後還敢說話而不怕前後衝突、自相矛盾，把當時的話不否掉，把後來的話也說圓，可見其工夫之深。這本《新聞的政治，政治的新聞》甚至等不及報禁正式開放，在 1987 年 6 月就出版印行。可見「變局」當前，沉不住氣的學者不止是余英時等人。更何況新聞這門學科，也就是個現場的、現實的工夫，如果沒有關注新聞實踐的豐富變化，新聞理論的研究也會停滯不前。這一年的報禁大討論，把新聞與傳播學理論的討論，也推向了一個空間的高度，成爲一時顯學。

搜羅到一本 1987 年版的《臺灣報禁解除》（風雲政治 17），如獲至寶，細看內文，才知道就是李金銓這本書的翻版，沒有署名，不知道是否作者授權。轉而又找到一本《臺灣報業今昔》（風雲政治 102），一看之下發現就是陳國祥、祝萍夫婦同一年的《臺灣報業演進四十年》，也沒有署名，只是刪掉了李鴻禧、陳國祥的序，用了祝萍的短序，也沒有署名，不知道是否有作者的私下授權，還是別人盜版。不管怎麼說，新聞報刊類的書不算大眾圖書，還有人立即翻版印行，可見當年的話題之熱度。

〔註 191〕張季鸞同時受到官方和民營媒體的尊重。1987 年 3 月 20 日，適逢張季鸞百年冥壽，《中央日報》第一次以張季鸞爲題發表社論《發揚張季鸞先生的辦報精神》，讚譽張「終其一生是國民黨最誠摯的朋友」，「堅守文人論政的理想」，「堅持『四不』理想」。同一天，臺灣的中國新聞學會在臺北的中央圖書館舉行專門的紀念會，黃少谷、易勁秋、戴瑞明、李瞻、徐佳士、楚崧秋等六百餘人參加，蔣介石的「文膽」秦孝儀在主題演講中特別指出張「對於中共匪黨的罪惡本質，認識最爲透澈」，是「國民報國」的典型。（中央月刊，1987-4）

「2 月 23 日，新聞局曾召開二十多位專家學者開座談會，發言者盈庭，惜因時間短促，難以暢所欲言。」〔註 192〕可見當天是請了李金銓教授的。所以他又為 3 月 1 日《遠見》雜誌寫了一篇文章《建立報業的遊戲規則》，請政府提出一張時間表，提醒政府關於反壟斷的立法，提出未來新聞言論的規範原則是「伸張公權、維護私權」，又提出修訂《出版法》及《出版法施行細則》，提了新聞自律問題和新聞評議會的建立，提出成立新聞工會和《新聞記者法》的修訂。2 月 20 日，在《民生報》撰文，提出《新聞記者法》應及時檢討，3 月 3 日在《時報新聞週刊》撰文，提醒「新聞局面臨角色困境」，呼籲新聞局「當發言人溝通者，不當管制者」。3 月 23 日在《新新聞週刊》提出「誰監督報紙？」的問題。4 月 1 日在《文星》雜誌撰文《沒有公平環境，怎麼自由競爭？》，探討解禁後報業壟斷的規範問題。早前在 1986 年 12 月 25 日的《中國時報》就曾撰文《是重建媒介公信的時候了》，頃讀《中國論壇》刊出潘家慶教授寫的《加強媒介信度，奠定參與式民主》（1987 年 1 月 10 日）及林東泰教授寫的《媒介公信何在？》（《中國論壇》2 月 10 日），又打鐵趁熱，在 4 月 25 日《中國論壇》撰文對「媒介公信」問題提出質疑探討。甚至在 3 月 20 日《民主報》刊出關於李金銓「報禁解除後預測」的報導，也被他拿來又做了一篇文章，說明新聞報導「字裏行間，有弦外之音」。

（二）「解除魅障」難解心結

大約到了 1983 年，臺灣民間社會經歷韋伯所說「解除魅障」（disenchantment）的過程，民不再怕官了，入獄反而是黨外政客選舉致勝的基本「切結書」。至此，「民不畏死，奈何以死懼之？」1986 年菲律賓和南韓的民主運動推翻了獨裁政權，國民黨黨德敗壞，發生「十信案」和「江南案」，它只能走兩條路：不是「壓」，就是順應民主潮流。這是報禁解除五年時李金銓的論斷。

儘管臺灣解除戒嚴已經五年了，學界仍未對新聞自由與報業結構等癥結問題提出詳實而深刻的分析。長期以來思想禁錮的遺毒之深，由此可見一斑。但一些粗線條的輪廓卻似乎判然可見：經過四十年前仆後繼的爭取奮鬥以及複雜的歷史轉折，政治威權的箝制力在解嚴後已逐漸從言論的陣線上撤退，臺灣的新聞自由終於獲得相當程度的解放。重建新聞秩序顯然是一樁艱辛而

〔註 192〕李金銓，新聞的政治，政治的新聞〔M〕，臺北：圓神出版社，1987：129。

浩大的工程，不可能一蹴可幾，尤其擺在眼前的正是以往政策所造成的壟斷結構，新的多元社會的聲音即使無政治干預也難於在市場立足。

「侍從關係」一直是李金銓批評的重要立足點。侍從關係中保護主（國民黨政府）與侍從（報業）的權力不平等、關係非完全合法，保護主破壞侍從的橫向組織與聯繫，禁止進行跨報聯盟；侍從關係可能因為內部危機（如繼承問題）或利益分配而中止或消弱。自從解嚴後，國民黨權威日漸式微，黨風政爭洶湧，報紙各為其主（例如中央日報屢批非主流派人物，而軍報則又屢批中央日報），兩大報系的意理色彩更是愈來愈不同。

「臺灣的新聞自由與整個社會的民主運動唇齒相依，但大部分報紙只是國家意理機器，黨政軍報固不論矣，即使民間報紙也都站國民黨的立場。其中若干自詡開明的報紙積極在體制內鼓吹自由民主的思想，對於啓迪民智和扭轉政治僵局甚有貢獻，但對黨外民主運動所受的迫害大抵諱默如深。」根據國民黨當局所頒布的命令，不但可以限制報紙也可以限制雜誌的登記，然事實上只禁「報」而不禁「誌」，以致言論有少許出氣口；而雜誌成本低，機動性強，即使屢遭情治機關的騷擾或查禁，仍可採取游擊戰術生存。不像報紙牽涉的既得利益大，受制於國民黨的侍從結構，幾乎動彈不得。〔註 193〕

李金銓對傳播與政治的關注，特別是對「臺灣侍從報業」的關注，明顯超過了一般的傳播學研究者。在解嚴和報禁解除五年之際，以廣電媒體為主題的論文裏，還是耿耿不忘報業的衰榮：「報紙的管制嚴則嚴，但大體上仍有黨報、黨員報和黨友報的內外之分，廣電系統則悉交黨政軍三結合直接操縱。難怪報紙內容已跟著解嚴的情勢而活絡，而廣電則原地踏步，跟不上整個社會民主化、自由化的潮流。」〔註 194〕

在臺灣，「官營」或「國營」常被稱為「公營」，李金銓認為這是觀念上的誤解。有鑒於臺灣官資商營的廣電結構屢為社會所詬病，政府正擬議成立「公共」電視，卻又和「國營」混淆不清，可見文化定義的轉變尤乎其難。

政府的角色和政府的管理機制是分不開的。臺灣政府對廣電的管理和對待報業大致差不多，但在資本控制、人員掌控和頻率頻道資源的控制上更為

〔註 193〕李金銓，從權威控制下解放出來——臺灣報業的政經觀察〔C〕／／朱立，陳韜文 編，傳播與社會發展，香港中文大學新聞與傳播學系成立廿五週年紀念學術研討會論文集，1992，81～94。

〔註 194〕李金銓，臺灣的廣播電視藍圖〔M〕／／鄭瑞城等 合著，解構廣電媒體——建立廣電新秩序，臺北：澄社，1993：526。

直接和嚴厲，李金銓概括爲五個特點：（一）黨政不分，以黨領政。（二）文武不分，軍方干預行政，箝制民間生活。（三）法律往往淪爲政治的工具，立法粗糙，執法不公。（四）政府的規範偏向內容管制，而非結構取向。（五）黨（文工會）政（交通部、新聞局）軍（國防部）三駕馬車的管理機制混亂。凡此，皆與政府應扮演的角色大相逕庭。

凡此種種，關於報禁解除的話題，基本上都被李金銓教授在大大小小的文章裏一網打盡，全部談到了，基本說盡了。也許，這是唯一一次報業本身成爲報導對象的時候，也許，這是新聞學研究者唯一成爲新聞主角的時候。不知道當普通民眾忙於舞禁歌禁的解除，忙於「大家樂」開獎的時候，在民進黨忙於從反對黨成爲有執政野心的在野黨的時候，在國民黨忙於開放外匯管制、開放大陸探親的時候，關於報禁的新聞和話題，有多少人在關心。最起碼，在當年度出版的《臺灣民主運動四十年》、《臺灣議會政治四十年》裏，根本沒有討論到報禁開放的話題。甚至在國民黨「政治革新」的六項基本議題裏，報禁問題也沒有成爲一個子項。曾任行政院新聞局長、國民黨文工會主任的宋楚瑜，談論臺灣政治發展的文章裏，提到了雜誌報紙在解嚴前後數量的增加，卻隻字未提報禁開放政策字樣。在李登輝、郝柏村、李煥回憶蔣經國晚年的專著裏，也沒有一次專門談到報禁問題。李金銓教授在 1987 年 8 月還出版了一本《傳播帝國主義》，按他本人的說法，是 1978 年至 1982 年間在香港中文大學任教時成稿，1983 年由臺北的時報文化出版，今收回版權，增加新文兩篇，清理脈絡，重編爲《傳播帝國主義》。可能是因爲有了《新聞的政治，政治的新聞》這本以臺灣報禁問題爲主的書，所以《傳播帝國主義》沒有一篇講到臺灣報禁問題，但也有可能，之前報禁問題的研究如同報禁政策一樣，都是少有觸及的學術禁忌、研究禁區。

報禁的話題不夠熱，還是不夠重要？不同的人關注的角度差異爲什麼如此之大？報紙媒體與政治的關係，是媒體人一廂情願的探討，還是政治家秘而不宣的政治智慧？推而廣之，媒體人在戒嚴時期、報禁時期的複雜感受和曲折抗爭，只是「茶壺裏的風波」，甚至只是自以爲是的是是非非？生命中不可承受之輕，是因爲過去的狂妄，還是因爲今天的自負？做新聞的人，以及研究新聞的人，憑什麼要如此鄭重其事，對待這個工具的角色鍥而不捨、耿耿於懷？從來沒有一個行業，包括現代服務業的從業人員，有過這麼多的感慨文字、理論說道，就像沒有一家餐館從老闆到廚師、跑堂的收錢的，寫過這麼多的工作總結和業務論文。這肯定不是因爲報人只會寫文章、記者只會嘴上工夫，恐怕也不能說是「秀才遇著兵，有理說不清」，更不能說這屬於「秀才造反，十年不成」。因爲如果眞的是飯館的廚師，天天看著各種美食，反而吃不下多少東西，更不會每做一道菜，就寫一篇飯後記或者餐前展望的鴻文巨著。

二、李瞻：正統觀點不被認可

雖然說在學界和業界「很少人附議」，但不能不承認，作爲多年的臺北政治大學新聞研究所所長，李瞻幾十年間出版的新聞學專著不在少數，從 1967 年《比較新聞學》，1968 年《比較電視制度》，1969 年《新聞自由闡釋》，1975 年《我國新聞政策》、《30 年來的大眾傳播事業》，1982 年《電視制度》、《新聞道德》，1983 年《新聞學：新聞原理與制度之批評研究》，1984 年《電視》，1986 年《新聞學》，1988 年《比較電視制度》，1989 年《新聞學原理》。二三十年間，著述不斷，可謂著作等身。而且他又是師承馬星野、謝然之等前輩頂級人物，從教三十年，桃李滿天下，本身也自然是學界重量級人物。學界和業界爲什麼會顯得不以爲然，漠然視之，甚或視而不見？如果不是多方訪談交叉印證，單純從新聞學理論的歷史資料脈絡梳理，後來的研究者很難生硬地忽略或者排除掉李瞻的研究和觀點。

（一）蔣經國有沒有形成「新聞思想」？

李瞻教授喜談孫中山的新聞思想、蔣介石的新聞思想、蔣經國的新聞思想、三民主義新聞思想。直到 1987 年還時有專門論述，但學界的響應似乎並不熱烈。甚至有沒有三民主義新聞思想，學界一直都表示存疑。

對於兩蔣的新聞觀，查本恩的博士論文裏有專節論及，並把蔣介石的威權主義傳播思想概括爲四點：新聞是「一種擴大的教育」；「新聞報導要以國家利益爲上」，進行正面報導；新聞界要爲國家發展建設鼓與呼；新聞界「要站在時代的前面」，引領輿論。基本上，新聞等同於宣傳，等同於教育。到了蔣經國時代，變爲柔性的威權統治與言論自由的開放，過了亂了要失控了，就又收：收買、收拾、收緊，進入一種有鬆動的管制，有限度的開放。按照蔣經國傳記作者、美國學者陶涵在《蔣經國傳》序言中的觀點，「臺灣——而不是只是蔣氏政權——必須找出另一個存在的理由」。而蔣經國對新聞宣傳的見解，可以概括爲：新聞界要「對社會負起教育啓發的責任」；新聞報導要國家利益至上；「儘量刊登民眾關心喜讀的新聞」；「培養富有理性的公眾輿論」。相對來說，他鼓勵「理性的輿論」，希望媒體做「人民的喉舌，政府的諍友」，願意接受媒體的批評和建議，而不是像蔣介石那樣，只允許媒體做黨的喉舌，做領袖的傳聲筒和擴音器。〔註 195〕

在 1987 年 12 月接受《遠見》雜誌的「書面訪問」之前，蔣經國從未接受臺灣媒體記者的獨家訪問，也未定期舉行記者招待會。他到各地巡視訪問的時候很多，也沒有讓記者們隨行報導，似乎他和新聞界隔著一定的距離，讓人對他不無「威權人物」的神秘之感。張祖詒對此的解釋是，「實際上他經常在公共場合出現，接近民眾，當然毫無神秘可言，他之所以未曾接受國內媒體的獨家專訪，是因爲國內媒體眾多，難免會有厚此薄彼的不平之鳴，而外國媒體專程來華訪問後向國際報導，則有助提升我在國際的能見度，所以樂於接受。」「至於記者會和隨行採訪，他直認爲他不喜歡那種一問一答的形式，但是他對從事新聞專業的人士，一直十分友好尊重，而且他非常樂意跟新聞界朋友們接觸聊天，所以在他健康尚可的日子，行政院新聞局每年舉辦的新聞同業園遊會，他每次都去參加，跟記者朋友們談笑風生」。〔註 196〕

在宣布蔣家人不能也不會參選總統，宣布臺灣即將解除戒嚴、開放組黨兩次重大節點上，他適時地接受美國兩大報紙的訪問，贏得了美國和國際社會的好評。再次說明，蔣經國對媒體的態度是內外有別的，也說明他對外善於利用媒體，對內擅於掌控媒體。

做爲一個力倡三民主義新聞思想的正統學者、名門正派，奇怪的是，不管是官修的新聞史、新聞年鑒，還是老一輩的新聞教育家鄭貞銘、王洪鈞的新聞史和傳播學著作，到稍後一代陳國祥、王天濱等的臺灣新聞傳播史、臺灣報業史，幾乎都是一帶而過，找不到多少對李瞻教授成果和觀點的專門評述。只有林麗雲、翁秀琪的傳播研究史、傳播學說史等，從歷史延續的角度做過相應介紹，但更多地將其定位在 20 世紀六七十年代。後來的再版和新著，似乎都被歸於老調重彈，沒有新意創意，極少去引用和呼應。

連帶著李瞻教授的博士弟子賴國洲，似乎也受到相似的影響，1988 年 6

〔註 195〕查本恩，當代臺灣新聞思想的演變——以新聞自由觀念爲主線〔D〕，廈門：廈門大學新聞傳播學院，2013：121。

〔註 196〕張祖詒，蔣經國晚年身影〔M〕，臺北：天下遠見出版公司，2009：267。

月畢業於政大新聞研究所的首批新聞學博士之一，賴國洲的博士論文《我國傳播政策之研究》，打印裝訂出來，洋洋三大冊，585 頁，加上附錄的圖表、問卷等上百頁，又單獨裝訂成一冊。翻遍兩岸三地相關博士論文，目力所及，最厚最長。引用率卻是最少最低。有人隱隱提及賴作爲李登輝女婿的身份，以及後來擔任新聞評議組織召集人、臺視董事長等的特殊地位。這些似乎都不應成爲他的學術成果被人爲貶低忽視的充分理由。

李瞻、賴國洲師徒的學術成果變得如此淡若無感，成爲極少被引用被提及的「影子著作」、「影子論文」。這段新聞理論界「隱藏的歷史」如何挖掘，有沒有挖掘的特別價值，本不應當是關注的重心所在，但其中的「正與邪」、「顯與隱」、「在場與不在場」、「在線與不在線」、「淡忘與淡化」、「無趣與有意」，還是值得打撈勾沉，略加探究。

不管怎麼說，李瞻在報禁之際有很正式的發聲。賴國洲的長篇大論，也有相當篇幅論及報禁政策，甚至是資料最齊全規整的一個。

（二）學術努力被有意無視？

先看李瞻老先生的觀點。他不竭餘力堅持闡釋「三民主義新聞思想」體系，直到 1986 年，他還在《報學》雜誌發表了文章《國父與先總統蔣公傳播思想與現代傳播思潮》。

從以下兩個題目看得出來，報禁前後他是在場的，也不完全是一個不相干的旁觀者。一是 1987 年的《我國〈報禁〉問題及其解決之道》〔註 197〕，二是 2003 年的《新聞評議會的起源、發展、難題及其解決之道》〔註 198〕。

甚至在 2007 年報禁解除 20 年之際，李瞻還發表了長文《臺灣報業危機：政策、自律與他律》。首先，他承認 1949 年 5 月 19 日政府頒布戒嚴令，「對新聞自由有許多限制」，但他堅持把報禁的起始日期確定爲 1951 年 6 月 10 日，這一天，行政院認爲臺灣報紙已達飽和，爲節約用紙，並防止報業惡性競爭，特以行政命令限制新報紙申請登記，是謂「報禁」，即限制新報紙出版，限制報紙張數，與限制報紙在註冊地印行。最爲關鍵的一條是，他再次提及蔣經國的多次「親囑」和他的多次建言，其中就包括報禁解除專題研究報告。茲錄如下：

〔註 197〕李瞻，我國「報禁」問題及其解決之道〔J〕，新聞學研究（臺北），1987（39）：3～26。

〔註 198〕李瞻，新聞評議會的起源、發展、難題及其解決之道〔J〕，新聞評議，2003（336）：3。

> 1979年8月，本人自美返國，蔣經國先生對如何鞏固中美關係，曾徵詢本人的意見。本人認爲，改善美臺關係，政策須做調整，並應儘量符合美國「自由、民主、人權、與和平」之價值標準與其立國精神；即應廢除戒嚴令以保障人權，開放「黨禁」、「報禁」與全部改選中央民意代表，以符合新聞自由與民主政治之基本原則，並以開放大陸探親與兩岸談判，以表示政府追求和平之決心。
>
> 1982年12月，政府爲集思廣益，於陽明山革命實踐研究院，邀請60位資深教授舉行國家重要政策學術研討會，本人應邀參加，爲期五週。對開放「黨禁」、「報禁」，廢除戒嚴令，中央民意代表全部改選，改善兩岸關係以及如何確實保障人權，妥善處理「臺獨」問題，再做周詳研究。研討會閉幕與典禮由全國最高黨、政、軍與情治首長主持，對研討會主題均獲具體結論。
>
> 1983年9月，爲保障人權問題，經國先生曾囑本人兩度與警備總部溝通，並囑對開放「報禁」問題作專題研究。
>
> 1984年2月，完成開放「報禁」研究報告；1986年9月28日，開放「黨禁」，承認民進黨；1987年7月15日廢除戒嚴令；1988年1月1日，行政院俞國華院長宣布廢除「報禁」。自此以後，中華民國正式邁入新聞自由、民主政治、保障人權、改善兩岸關係、與追求和平的開明時代。

可惜沒有更多的證據來印證。不然，李瞻的這段經歷就是臺灣自由化和民主化關鍵十年的最好證明。「黨禁」、「報禁」等問題，五六十年代雷震、李萬居、成舍我、余紀忠等都有公開動議。七八十年代的國代議員中，國民黨的陶百川等人也時有聲音，黨外人士到後來的反對派、反對黨，提出的就更多一些。唯獨不見有李瞻教授的言論見諸公開文字。李瞻還提到，他在1984年2月完成的開放「報禁」研究報告中，曾預期立即開放「報禁」的七大流弊，以及爲防止流弊，應有的四大配套措施。並且毫不客氣地說，「經國先生因健康關係，致政府開放『報禁』未能做好準備工作」，乃產生了八種不好的影響。

如果李瞻所言全部屬實，證明他是早有預見，很有遠見。而他對1988年開放報禁上，政府媒介政策的錯誤，無論進行何種嚴厲的指責，都有足夠的底氣。

李瞻列舉了「報禁」開放 20 年（1988～2007）後的種種結果或者說惡果，比如報紙大量停刊、公營報紙消失、「中時」與「聯合」兩大報團的衰退、「蘋果日報」的興起、「自由時報」的成長等，得出臺灣報業陷入危機的總體結論。進而再次指出「政府政策的錯誤」，在於完全沒有聽進去他的建議意見。其一，「1983 年，本人爲了保障新聞自由，建議開放『報禁』，政府因無配套措施，乃使臺灣報業重蹈資本主義商業報紙的覆轍」，造成自由競爭與報業的商業化。其二，「本人研究廣播電視 30 年，出版一本《比較電視制度》，在 1990 年前，從未看到任何國家主張『開放天空』。」1993 年臺灣「開放天空」的結果，無線電視擊敗了傳統報業，有線電視又擊敗了無線電視。這些電臺與電視臺奪取了報業的大量讀者，又奪取了報業的大量廣告，因之報業陷入危機。其三，黨政軍退出新聞媒介的錯誤。這項主張，結果是強迫「藍軍」退出媒介，而由「綠軍」進入，這是欺騙行爲。媒介對民主政治而言，非常重要，尤其廣電媒介，與黨、政關係非常密切，最重要的是黨、政「公平」使用媒介。「如果黨政軍退出媒介，媒介完全由商人經營，這是何等嚴重的問題！」其四，政府沒有保護高級報紙。「臺灣開放外資，放任自由競爭，主要報紙紛紛倒閉，高級報紙沒有生存空間，報業必然陷入危機。」

流弊、危機，都是眾所周知的事實。回過頭來，看看李瞻先生自陳的當年研究報告四大配套措施。這四大配套措施是：一、制定進步的新聞政策，確定報業爲文化公益事業，不是商業，應由公益財團法人經營；二、修訂新聞法規，防止報業獨佔，保障新聞專業人員，禁止誹謗，維護隱私權，杜絕色情犯罪新聞；三、建立新聞人員專業組織，改組「記者公會」爲「記者工會」，爲報紙發行人協會之相對團體，確實保障新聞專業人員之權益；四、強化新聞評議會爲報業專業法庭，依據報業道德規範，對報業之新聞、言論與廣告，確實予以有效之監督。

以上四點，不外乎政策、法規的他律和行業的自律，可行性有多大？可能性有多高？是不是聽取了他的建議，按他的方案實施，就可以避免這些流弊？就可以避免政策錯誤？就可以避免報業危機？或者換個角度看，這四大配套措施是不是行得通？是不是做得到？顯然，這些提法要麼毫無新意，要麼毫無意義，與歷史趨勢背道而馳，與現實狀況格格不入。「政府成立報業法庭、重新制訂出版法、確定報紙政策、協助創辦公共報紙」這些所謂「一勞永逸解除報業危機」的設想，也只是想當然的癡人說夢。難怪這麼正統、正道、正義的說法，沒有得到當局最高層的認可與採納。學者和業界不想附議和回應的原因，恐怕眞是無從說起，而不是簡單的敬而遠之。

（三）弟子賴國洲：被忽略的名門正派

再看師承李瞻的賴國洲博士，在其 1988 年 6 月的博士論文中對報禁是怎麼論述和評價的。翻遍其論文大小章節標題，竟無「報禁」二字出現。原來，他是嚴守規矩，稱之爲「報限」。他的說法是，「在官方的政策主張上，稱之爲報業三限，本研究簡稱爲『報限』；同時將民國七十七年元旦起的解除限制政策，而稱爲解限」。並且刻意地解釋說，這是「將其和美國聯邦傳播委員會從 1970 年代以來對廣播電視媒介一連串的『解除管制』（deregulation）概念可視爲同一類名詞。」〔註 199〕

行政院院長俞國華於 1987 年 2 月 5 日宣布「報限政策即將解除」的消息，各大報刊第二天發布時大都以這一段關鍵信息作爲新聞導語：「行政院長俞國華五日在院會中指示行政院新聞局，對報紙的登記與張數問題，以積極的態度，重新加以考慮，在兼顧新聞自由與報業應善盡社會責任的原則，盡速制訂合適的規範或辦法，以促進我們今後報業的發展，邁向一個信息健全的新時代。」

日後的研究著述談及報禁，任何人也不可能繞開這段話。而賴國洲引用之「完整性」，在所見的眾多研究論文中，是最顯周全的。他的論文中相關內容注明引自 1987 年 2 月 6 日《民生報》文化版。並且指出，同一新聞稿中並爲過去的報限政策解釋，認爲「以往爲了健全報業發展環境，避免惡性競爭，故有一段時間暫不接受新報紙出版的登記，同時協調各報出版的頁數，使我們的報業可以均衡發展。」

不能說大量有關的著述斷章取義，刻意不提後面這一段政府的解釋性表述。且不說對政府的這種解釋，很多報人和學界專家有認識上的爭議和分歧，單就表達引用的文字處理技術上來說，不提及後這一段，也絲毫不會影響第一段信息的清晰表述。

只能說，賴國洲的引用意在強調後面這一段另有其深意，另有其所指，「在整個解限的架構上，嚴格而言，解限本身並不是原議政策的核心。解限只是過程手段，而必須在此過程中，在兼顧新聞自由與報業應善盡社會責任的原

〔註 199〕賴國洲，我國傳播政策之研究〔D〕，臺北：政治大學新聞研究所，1988：233。

則，盡速制訂合適的規範或辦法，以促進我們今後報業的發展，邁向一個信息健全的新時代」。

也就是說，回到第一段的論述，他的側重點在於緊緊抓住後半句的「社會責任」和「信息健全」，而不是緊緊盯著、或者僅僅盯著「報紙的登記與張數」。「可惜，這一個政策的體認，被大部分的論者徹底忽視了。市場競爭的意識充斥在所有的討論中，多數社會討論方向如此；而業者更是如此，人人自危，家家處心積慮。此後的話題轉向高薪挖角、誰將辦報、公營報紙岌岌可危等。」「站在政策輔導立場的行政院新聞局則在準備一番作爲之後，又在業者利益的拉鋸戰中迷失角色，整個方向終成爲以解限爲政策核心。」〔註 200〕新聞局於當年 2 月 27 日組成「報紙登記張數問題」專案研究小組並召開籌備會議，三個月後拿出了報告。可能是因爲賴國洲的老師李瞻教授也列在邀請的十餘人當中，所以，賴國洲的論文對此「重要文件」的「登錄」也最爲詳實，對新聞局在臺灣北、中、南三區分頭召開的座談會意見，也有記述。

他分析得出的結論之一是：直到這個時候，「政策範圍是環繞在解除限證、限張之有關事務，並無解除限印的說法」。事實上，管理者和從業者都心裏明白，對於相應而來的限印、限價，不管是叫「三限」還是「五限」，如果限證、限張都不是問題了，其他的事情根本不在話下。根據時任新聞局局長邵玉銘的說法，那些本來就是報業自身的事，政府不必操心，也根本管不了管不好。〔註 201〕另外，印張的所謂限制，這個時候根本不是政府「節約用紙」的政策要求，而是商業廣告與印刷成本的算計。單純從印刷技術角度來說，當時「報業印刷機器系統的設計，六大張便需要加倍印刷時間，所以這是一般可承擔的上限」。〔註 202〕

其結論之二，因爲協調困難，隨著時間延宕，「最後是問題集中在張數、售價、及解除限印的問題」。「不但字體大小、廣告比例未獲共識，就是那些根本的考量，如法規修訂、自律增強等，也毫無顧及。至此，所謂報業解限，已可說是爲解限而解限，而缺乏長遠政策的目標及功能意義。」〔註 203〕「只是，有機會制訂完整、長遠的政策而不訂，迎合表象自由之風，依於業者的

〔註 200〕賴國洲，我國傳播政策之研究〔D〕，臺北：政治大學新聞研究所，1988：238。
〔註 201〕筆者 2012 年 9 月 23 日在廣州與邵玉銘進行訪談，詳見附錄。
〔註 202〕賴國洲，我國傳播政策之研究〔D〕，臺北：政治大學新聞研究所，1988：253。
〔註 203〕賴國洲，我國傳播政策之研究〔D〕，臺北：政治大學新聞研究所，1988：243。

予取予求，這樣的解限政策逐漸淡化其政策初訂之功能意義。」〔註 204〕

推論至此，賴國洲與老師李瞻的觀點變得一致起來，「限張與限證不是說解除就解除，說開放就開放」。他再次爲 37 年的「報限政策」提出辯護，「爲了培養民營報紙發展的環境，建立社會信息傳播的更完整，政府以政策方式設下三限，抑制公營報紙（特別是臺灣新生報與中央日報）的絕對優勢，使得民營報紙獲得適當的生存空間。而此期間，在相關政策的正確引導下，我們的教育普及且程度大幅提升，經濟高度繁榮，社會急速變遷。結構及環境條件的變化，民營報紙後來居上，尤其中國時報、聯合報發行量急劇增加，比之其他各報超前差距甚大，並且相關係統之報紙隨之發展，儼然成爲兩大報團」。

他特別強調，政策不能偏離功能目標，「其間規範與制度的變革與因應，實爲重大的關鍵」。進而對政府的解限政策進行了嚴厲的批判，「置現階段情況於不顧而開放，報業來不及因應新競爭環境，而新辦報者亦籌措不及，結果，當然由現已有優勢之少數報紙，繼續擴大其優勢，餘則萎縮。那麼，三十幾年來的限制政策，保護某些報紙的生存及擴大，而成爲報業市場的盟主。這樣的社會利益配置顯然是極不公平，對於社會大眾的傳播資源運用也是極大損害，這正是對於目標功能抹殺的後果。」〔註 205〕

賴國洲論文旨在分析傳播政策，因而專闢一章「非公共的傳播政策」，論述「新聞職業團體」、「新聞事業」的傳播政策，包括業者政策、從業者的傳播功能觀念。這是一個更爲立體、縱深的視野和格局。可選取的對象反而暴露了他的局限。比如業者政策一項，以郵寄問卷方式訪問報業主要負責人，請其描述所主持媒介之傳播政策，包括創辦精神、編輯政策、廣告政策等，選取的個案是：臺灣新生報、英文中國日報、臺灣新聞報、臺灣日報、中華日報、更生日報、聯合報、中央日報九家。問卷的第二個問題也很有意思：「請問，您認爲傳播媒介本身的政策應該引導政府傳播政策，或是政府傳播政策引導媒介本身的政策？」回答問題的媒體是下面這七家：臺灣新生報、英文中國日報、臺灣新聞報、新聞晚報、臺灣日報、中華日報、中央日報。

兩項選樣裏都沒有中國時報、自由時報、自立晚報，顯然會使得選樣的多樣性受到一定限制。當然也有學者如李金銓等指出，在報禁解除前，

〔註 204〕賴國洲，我國傳播政策之研究〔D〕，臺北：政治大學新聞研究所，1988：246。
〔註 205〕賴國洲，我國傳播政策之研究〔D〕，臺北：政治大學新聞研究所，1988：248。

特別是戒嚴解除之前，所有的報紙在新聞採編的方針和原則上，都是聽從政府管理的，雖然說各有取捨側重，言論上角度和尺度有所不同，本質上「大同小異」，都不會太出格，也不會直接衝撞國民黨在政策上明令嚴禁的「高壓線」。正如中央日報社長對第二項問題的回答：「兩者關係交互激蕩，相輔相成。難謂政府與媒體在傳播政策上，誰須引導誰何！即單純以『引導』而言，彼此均有引導之處，僅爲多少強弱之分。即非黨公營傳播媒介，情形亦復如此。」〔註 206〕

（四）當時沒有真正的報人和學者？

號稱「地下新聞局長」的司馬文武（江春男）說得更直白：「戒嚴時期因爲政治環境的限制，臺灣無法產生眞正的報人。」所以只好透過黨外雜誌這種小眾傳播媒體，側面衝擊臺灣的新聞自由和言論自由。名門正派的大報經常指責黨外雜誌「不客觀」，司馬文武不明白：爲什麼黨外雜誌就不能客觀，中常委辦的報紙就可以客觀？而且我也是時報體系訓練出來的，爲什麼以前我客觀，現在我就不客觀了？他說，當時的傳播學術界更是令人失望，不但沒有一位學者站出來，幫黨外雜誌說句話；更糟糕的是，有些學者根本就是國民黨文宣系統中的人，完全就是爲國家發展主義喉舌，合理化政府查禁黨外媒體的行爲。當時甚至還有學者，引用美國記者揭發「水門案」的「負面案例」，指出媒體報導「無論是不是事實，都不應該動搖國本」，這些論述眞的是令人瞠目結舌。政府則經常找新聞學者發表評論，說雖然應保障言論自由，但也應顧及社會風氣。〔註 207〕

《八十年代》成功結合了學術界和新聞界，提升了黨外運動的理論和文化水平，在社會上和政治上建立了一定程度的聲譽。司馬文武當時是《八十年代》總編輯，算是黨外媒體工作者中，少數英文比較好又是記者出身的，因此專門負責接待國外的記者。國外的記者來到臺灣，跑完政府單位之後，幾乎都會來找他，他會帶他們認識「在地的臺灣」，並且傳達黨外的消息，當時有人說他是「地下新聞局長」。司馬文武回顧說，他那一輩的人，剛好是「在地」人裏，第一代受完整教育、會寫文章的人，而在他之前，沒有什

〔註 206〕賴國洲，我國傳播政策之研究〔D〕，臺北：政治大學新聞研究所，1988：387。

〔註 207〕司馬文武，只想當「眞正的記者」〔G〕／／何榮幸 策劃，黑夜中尋找星星——走過戒嚴的資深記者生命史，臺北：時報文化出版企業有限公司，2008：75。

麼典範可以參考，只能靠自己摸索。而這些外國朋友，則帶來許多西方的新聞專業概念。

三、正視歷史：延續的書報刊檢查制度

《簡明不列顛百科全書》對書報檢查的定義是：「進行書報檢查，就是進行判斷和批評，作出評價和估計，以及實行禁止和壓制。」〔註 208〕

書報檢查往往導致兩種結果：一是對未通過檢查的禁書（Prohibited Books 或 Banned Books）實行書禁或報禁（Book banning），如 1917 年教皇本尼狄克十五世批准的天主教會教規法典第三章 398 款對書禁所作的解釋是，「不得出版、閱讀、保藏、出售該書以及把它譯成其他語言和以其他任何方式把該書內容告訴別人」。禁書的命運是被焚或被毀（burned books）。二是對部分通過檢查的書，經刪節修改後允許發行，或限制在某一範圍內流通，即刪節本或抽毀本。沈固朝認爲，上述界定的缺陷是未指出誰有權利以及採用何種手段查禁書籍，在今天，某些文化、教育組織可能根據官方旨意或道德標準限制部分書籍發行，在歷史上則是教會和王權以純潔教義和國家安全爲名通過行政、法律和經濟手段檢查和禁止刊印、發行、進口、流通、佔有不符合標準的出版物。〔註 209〕

書報檢查可分爲兩類，第一類是出版前檢查（prepublishing censorship），亦有稱爲初步檢查（primary censorship）、預防性檢查（preventive censorship）、手稿檢查。與之相關的控制措施有特許制、登記制、保證金制以及相應的懲罰制度即預懲制。第二類是對印行出版物的檢查，稱爲出版後檢查（post-publishing cortrol），也稱爲懲罰性檢查（Punitive censorship）即追懲制。預懲制和追懲制是交替使用的，實行預懲制並不放棄追懲措施，實行追懲制也使用或變相使用預懲制中的一些措施。

從羅馬教皇庇護九世的查、禁、審、罰一套連貫的體系開始，一個有專門機構、專門工具、專門法令和系統的方法所構成的檢查制度形成了，它的主要原則和手段影響了以後 350 多年歐洲各國的檢查制度。檢查制度，歸根

〔註 208〕編輯部譯編，簡明不列顛百科全書〔G〕，北京：中國大百科全書出版社，1986：342。

〔註 209〕沈固朝，歐洲書報檢查制度的興衰〔M〕，南京：南京大學出版社，1999：2～3。

到底是專制主義的，因此，它的存在並不完全隨著國家體制和性質的變化而變化。只要有專制主義的土壤，就有它生存的條件。它孕育並成長於教會神權專制制度中，發展於君主專制制度中，並仍可生存於資產階級議會制的國家政體中。「書報檢查制度的主要目標是控制一切危及統治階級利益，一切敢於向正統挑戰的政治、哲學、宗教和文藝書籍，這並不是說誨淫作品不是檢查官們注意的目標，但至少不是建立檢查制度的初衷」。談到這裡，沈固朝話題一轉說，「本文也不準備從色情作品或道德控制的角度來討論檢查制度」。〔註 210〕豈不知「進化了的管制」，恰恰是以低俗、庸俗爲介入管理的理由，甚至一些暗含政治意味的出版物，查處的時候反而要避免用政治上的理由，一概歸於低俗、庸俗的名堂下。

檢查制度的必然滅亡，除了與文明進步這個外在因素有關，沈固朝引用馬克思《評普魯士最近的書報檢查令》等文章的觀點，提出了四點理由：首先，作爲一種封建專制國家的文化制度，它把國家作爲眞理的裁判人，國家利益成爲衡量眞理的標準，因此它的存在只能阻礙人們對眞理的探求。「凡是政府的命令都是眞理，而探討只不過是一種既多餘又麻煩的因素……因爲探討一開始就被理解成一種和眞理對立的東西。因此，它就要在可疑的官方侍從——嚴肅和謙遜的跟隨下出現。」〔註 211〕

其次，檢查制度的專制主義性質和維護封建統治的目的決定了，無論怎麼修改，它都不可能隨著歷史的發展和文明的進步而存在下去。至少從方法上講，源於羅馬教會的一套檢查方法就無法應付激增的出版物和日益複雜的出版內容。賽伯特評論說，「17 世紀末，充分檢查報刊上的大量材料有明顯的困難。政治的問題多起來，也複雜起來，這都加重了檢查員的負擔。印刷者和出版人對這個制度的耽擱和延續很惱火，並且經常表示不滿；甚至檢查員本身對這種職責也不愉快，因爲他們要負責滿足國策和政府官吏，以及某某公告刊登後的效果，幾乎成爲一種無法去做到的工作。」〔註 212〕

第三，禁止某種出版物往往達不到當局的目的，甚至會有相反的效果。教廷的禁書目錄不僅成爲讀者瞭解清教重要文獻的指南，而且也是地下書商

〔註 210〕沈固朝，歐洲書報檢查制度的興衰〔M〕，南京：南京大學出版社，1999：10～11。

〔註 211〕馬克思，馬克思恩格斯全集（1）〔M〕，北京：人民出版社，2002：30～31。

〔註 212〕（美）威爾伯・L・施拉姆（Wilbur Schramm）等，報刊的四種理論〔M〕，北京：新華出版社，1980：23。

贏利的指南和免費廣告。正如馬克思在《第六屆萊茵省議會的辯論》所指出的，「一切秘密都具有誘惑力。對社會輿論自身來說是一種秘密的地方，形式上衝破秘密境界而出現在報刊上的每一篇作品對社會輿論的誘惑力都就不言而喻了。檢查制度使每一篇被禁作品，無論好壞，都成了不平凡的作品，而出版自由卻使作品去掉這種氣派。」

第四，檢查員很難勝任這種工作，尤其是出版前檢查。從教會時代到俄國革命，檢查員被解職或自己辭職的例子不勝枚舉。他們被統治者委任去管理人類的精神，卻沒有任何客觀標準可作依據，如果有標準，也就是一個，那就是對統治者及其規定的教義的忠誠，任何出版物都要據此來判定其傾向性，甚至書報檢查制度本身也要遭到最高檢查當局的檢查！這種依附於專制制度中的痼疾是無法醫治的，「治療書報檢查制度的眞正而根本的辦法，就是廢除書報檢查制度，因爲這種制度本身是一無用處的」。「如果人類不成熟成爲反對出版自由的神秘依據，那麼，無論如何，書報檢查制度就是反對人類成熟的一種最現實的工具。」

馬克思、恩格斯和列寧都善於充分利用出版自由這個合法武器，親自創辦了一系列的革命報刊。恩格斯指出，「沒有出版自由、結社權和集會權，就不可能有工人運動」，「政治自由、集會結社的權利和出版自由，就是我們的武器」。〔註213〕

四、解禁結局的經濟學解釋

（一）放手即放棄，自由即自棄？

報禁解除如同解嚴和解除黨禁一樣，常常被歸爲政治議題，而很少見到從經濟學上進行解釋。即使談到經濟方面，往往又談成了報業的發行和廣告等經營層面的問題。事實上，在解嚴當天宣布解除外匯管制，在許多經濟學家的眼裏，其價值和意義不亞於解嚴。既然可以從經濟學上加以解釋，也就能夠從經濟學上思考解禁的經濟成本和改革的經濟代價。

促成報禁解除，除了民間社會力量促成政治上管制的鬆動，另一個同樣重要的原因，就是臺灣經濟政策的開放措施。臺灣的經濟政策從1980年代以後就從以穩定中求成長的管制政策爲其主軸，逐步採取開放的措施，特別在

〔註213〕沈固朝，歐洲書報檢查制度的興衰〔M〕，南京：南京大學出版社，1999：233～236。

1984 年宣示經濟自由化、國際化、制度化的政策以後，原本強控制的管制機制已逐漸鬆綁。經濟和社會的兩股力量在新自由主義的架構下彼此呼應。新自由主義以自由市場政策爲主要特徵，鼓勵私有企業和消費者選擇，主張採取市場作用和利益最大化、非市場制度作用的最小化政策，強調民主的政府不該干涉市場，而應遵守經濟自由化、市場定價和私有化等市場原則。新自由主義的主倡者 Friedman（弗里德曼）甚至認爲，營利是民主的本質，任何一個推行反市場政策的政府就是反民主，因此，在政府「干預」經濟盡可能少的情況下，社會運作才可能最佳。臺灣媒體觀察教育基金會董事長管中祥指出：「新自由主義提倡的解除管制原則也應用在媒體的規範上，例如，市場經濟論者便強調，廣電媒體是一種經濟活動，不僅要去除內容管制及商業經營的限制，並且要重視經濟效率及市場競爭。這種說法認爲，媒介自由化後，不但能因經濟效率將會促成經濟之外的可欲的目標——例如：能夠提升多樣的意見市場、展現新聞專業主義、防止政治力量控制，同時也能讓閱聽眾有多樣的選擇，爲人們的政治及社會生活帶來各種好處。」〔註 214〕

在報禁解除二十年後再來反思，管中祥發現，這樣的轉變固然讓媒體市場趨向多樣，人民的傳播權利得到部分的滿足，但卻也帶來嚴重的傳媒問題。臺灣媒體解除控制以來最大的變化恐怕就是媒體的產業結構了。在結構上，缺乏妥善公平分配機制，以及冒推自由化的政策，使得臺灣媒體的控制者迅速地從「黨國」轉到「資本」之手。不只如此，在資本與獲利爲主導的媒體市場架構下，不僅原有政治操控與媒體內容趨同化的問題未能解決，更出現媒體嘲弄與欺凌弱勢者、公共事務無能的現象。管中祥甚至認爲，這是民主政治的悲哀，「這樣的發展不僅是對民主政治重大傷害，也提供了威權體制再起的溫床」。〔註 215〕

（二）自立即邊緣，無限即無用？

如果說，資源是權力的中介，是實施控制的中介，那麼，信息作爲信息資源就是權利的中介，作爲社會資本就是公共領域的中介。順著這個邏輯，

〔註 214〕管中祥，回歸媒體多元本質，人民重返公共領域〔G〕／／財團法人臺灣媒體觀察教育基金會 編著，媒體改革，漫漫長路——紀錄與反思（1999～2009），臺北：臺灣媒體觀察教育基金會出版，2011：140。

〔註 215〕管中祥，回歸媒體多元本質，人民重返公共領域〔G〕／／財團法人臺灣媒體觀察教育基金會 編著，媒體改革，漫漫長路——紀錄與反思（1999～2009），臺北：臺灣媒體觀察教育基金會出版，2011：142。

臺灣興起的公民媒體，不是公家辦的媒體，也不是歐美的公共媒體，而注定只能是另類媒體（alternative media，另譯替代性媒體、小眾媒體）、地下媒體（underground media）、基進媒體（radical media，注：即激進媒體、自由媒體）、社區媒體（community media，另譯社群媒體）、社會媒體（social media，另譯全民媒體或社交媒體）、我群媒體（we media，或自媒體），是公民不滿大眾媒體依附政經勢力、漠視草根聲音，轉而自行打造的傳播平臺。〔註 216〕不管是公民媒體還是個人媒體，小眾、另類、業餘的特點，注定了不同於大眾傳播媒體，既便到了網絡時代，仍與學者期望承擔的公共媒體職能，有著較大的距離，甚至距離越來越大。甚至連發起「媒體改革」、「媒體改造」浪潮的探索本身，也越來越處於邊緣化的境地，獨立的「媒體公民」因爲其獨立而立於邊緣，因其自由而散爲小眾，因其公共而反趨另類。這絕對不是什麼反向的悖論，也不是什麼機緣不對時候未到，而是一種經濟學、政治學、社會學上的必然結果，也是市場競爭中的必然選擇。與管中祥分析報禁解除的經濟學邏輯一樣，大大小小的傳媒次系統、現代服務業產業鏈上的下游產業，擺脫不掉的，是其內在的依附性質，說穿了就是工具屬性。解嚴前的依附黨國、解嚴後的依附資本，本質上都是相通的、一致的，依附性質是內在的、本質的屬性，與戒嚴、解嚴等外在的因素和環境無關。非要獨立而不甘依附，非要自由而不當工具，就是不爲所動、不爲所用。所以，標榜要做所謂的獨立媒體，一定是小眾的、邊緣的，不是別人要你邊緣化，而是你自己選擇了自我邊緣化，自立了就要在心理上準備好不在熱鬧處、不在眾聲喧嘩處，所以說，自立即邊緣。所謂自由媒體，一定是世俗的、向下的，自由度的提升，與影響力和公信力下降，是成比例的、相關的，簡而言之，自由了可能也就沒有用處了，自由的可能就是沒用的，所以說，自由即無用。這就是自由的代價、自立的代價，恰恰來自於自由主義者千呼萬喚才釋放出來的市場力量、民主力量，再也禁不住，再也回不去，只有繼續走上自由而散漫的漫漫長路。呼喚市場力量、市場機制的人們，應該想到卻可能眞沒有想過會是這樣的殘酷結局，更不願意看到這樣的殘忍結論：自立即邊緣、自由即無用。是的，殘酷、殘忍，除非你別無所求，心甘情願接受它、享受它。

〔註 216〕陳順孝，臺灣公民媒體，從邊陲走向主流〔G〕／／財團法人臺灣媒體觀察教育基金會 編著，媒體改革，漫漫長路——紀錄與反思（1999～2009），臺北：臺灣媒體觀察教育基金會出版，2011：217～218。

新聞媒介在政治上、經濟上的依附性地位，往往導致媒介不能眞實、客觀、全面、理性地報導事實、說出眞相，特別是與官方視角相對應、相呼應的反對視角的缺失，導致媒介失聲，致使媒介失憶。「媒體正在演變、蛻化爲美體、迷體、妹體、媚體和黴體」，「這就是人人參與的大眾傳播與生產的被消解、被沖淡、被耗散、被遮蔽、被無名化的危機」，導致了媒介失憶和記憶錯亂〔註 217〕。媒介失聲必然導致媒介失憶，從而導致更大範圍的集體失聲和集體失憶。西方學者研究媒介對恐怖主義報導的三種記憶視角：官方視角、選擇性視角、反對視角。統計發現，用選擇性視角和反對視角表現的恐怖主義，不僅在總量上要比官方視角少得多，而且也是比較邊緣的非主流的觀點。也就是說，因爲記憶視角的選擇，同樣也會造成某些方面的失聲和失憶。

〔註 217〕邵鵬，媒介記憶理論——人類一切記憶研究的核心與紐帶〔M〕，杭州：浙江大學出版社，2016：259。